# 世界の凋落を見つめて

クロニクル2011-2020



彦
Yomota Inuhiko

a pilot of wisdom

世界が凋落《ちょうらく》するときには、矮人の影さえ長く伸びる。

カール・クラウス

目次

## 2015

## 2016 159

## 2017



## 2018

## 2019　267



## 2020　292

文中写真はすべて著者撮影

## 世界の凋落を見つめて

世界は凋落している。間違いなく凋落のさなかにある。

暴力と不寛容が跳梁《ちょうりょう》し、動機も定かでない大量殺人が平然と生起する。人々は差別され監視される。耐えかねて逃亡を図ると、監禁され排除される。テロと疫病は場所を選ばない。地上の誰もが犠牲者となる可能性のもとにある。空間の安全性をめぐって、これまでのように「ここよそ」という分割はもはや成立しない。いたるところが「ここ」になってしまったのだ。

真実というものの輪郭が曖昧となってしまった。情報の出所が問われることなく、一瞬のうちに世界を駆けめぐっている。虚偽の言説と映像が大量に拡散され、メディアの信憑《しんぴょう》性を加速度的に格下げしていく。かつては信じられたものは、もうどこにも存在していないのだ。だがそれを嘆くノスタルジアの感情もまた巧みに商品化され、観光の対象としてたちどころに消費されてしまう。

人間は人間以下のものになろうとしている。

わたしは憶《おぼ》えている。かつて世界が一瞬だが善の方向へ、よくなろうとしていると信じられたときがあった。1990年代の初頭、ソ連が崩壊し、壁という壁が崩れ、冷戦体制が崩壊したときのことだ。日本は異常なまでの好景気に見舞われ、それが泡粒《バブル》のように消えていくことなど想像もできずにいた。

次々と思い出が蘇《よみがえ》ってくる。雑誌社の主催する年忘れ大パーティの最後に誰かが駆け込んできて、ベルリンの壁の破片を両手に掲げて披露した。たちまち拍手と喝采の声が挙がった。ゴルビーに今度のヴァレンタインのチョコレートを贈ろうと誰かがいいだし、その提案が全員一致で決議された。実はその年の初めには巨大な謎であった天皇が崩御し、民主主義と憲法を信奉すると宣言する皇太子が新しい天皇として即位していた。誰もがこれから世界は少しずつだが確実によくなっていくだろうという期待を、無邪気に抱いていた。

だがわたしたちは(「わたしたちは」と、わたしはあえて複数で語ろう)何も知らなかった。何も気付いていなかったのだ。わたしたちが浮かれ騒いでいたときにもパレスチナは屈辱的な状況に置かれていたし、中国と北朝鮮では独裁政権が頑強に存在して、強固な抑圧社会を築き上げていた。やがてユーゴスラビアが分離独立を始め、民族浄化と称して虐殺と破壊が行なわれた。ルワンダでは民族対立による大虐殺がなされた。またナイジェリアでも。

世界はしだいに不寛容の相貌を見せ始め、原理主義者の横行を許すことになった。狂信的な青年たちを乗せた飛行機がニューヨークの世界貿易センタービルに突入し、アメリカがその報復にアフガニスタンに、さらにイラクに爆撃と侵略を開始した。

日本はバブル経済の終焉《しゅうえん》を迎え、予期もしなかった停滞に陥った。神戸で大震災が生じ、オウム真理教が地下鉄サリン事件を起こした。ここから日本の凋落が本格的に始まった。続く世代の若者には正規の就業が少しずつ困難となり、労働意欲を発揮する機会を奪われた。結婚をして家庭を設ける経済的余裕もないままに、苛酷で不安定な労働を強いられた。

恋愛をするにはもはや心も体も、あまりに疲れきっていた。気が付くと、多くの女性が出産適齢期を通り越していた。


2010年代には、事態はどのように変化しただろうか。

2011年、巨大な地震が日本東北の太平洋岸沖で発生し、沿岸地域は予期せざる津波に襲われた。その煽《あお》りを受けて福島第一原子力発電所がメルトダウンを引き起こし、放射能が周辺地域に撒《ま》き散らかされた。これがこの10年の凶事《まがごと》の始まりである。そして2010年代がまさに終わろうとする2020年、世界的に蔓延《まんえん》するCOVID-19（コロナウイルス病2019）が日本にも到来し、現在に至るまで人々を前例のない恐怖に陥れている。

ウイルス禍は単に病理学的な現象ではない。それは人間の自己同一性と相互信頼を破壊するばかりではない。意思疎通と公共圏の可能性を含め、従来の社会が前提としてきた社会的存在としての人間のあり方を、根底的に変えてしまう。日本の2010年代とは、大震災と原発事故に始まり、コロナウイルスで幕を閉じる〈呪われた10年〉である。

幕を閉じるだって？　いや、この表現は間違っている。福島原発もコロナも、いずれもが現時点では幕を閉じることなどできず、いたずらに手を拱《こまね》いている問題だからだ。

破壊された発電所に留《とど》まり続けるプルトニウムも、大気中に拡散して周囲を汚染するセシウムも、完全に除去することは困難であり、消滅どころか半減期を迎えるまでにも気の遠くなるほどの時間を必要とする。ウイルスを地上から完全に撲滅することも同様に不可能である。日本政府はこのふたつの重大な事態に根本的解決策を示すことができない。事実を隠蔽するか、その場その場で応急処置を続けているばかりだ。

この10年の間に日本国家が終止符を打ったのは、わずかにふたつ。「平成」という年号とオウム真理教13人の処刑だけであった。もっともそれはいささかも真理の解明を意味しているわけではない。天皇制をめぐる本質的議論がほとんどなされないまま新天皇は即位し、その直前になされた麻原彰晃《しょうこう》の処刑は、この奇怪なカルト運動の本質を、永遠に解明できない謎に変えてしまった。

権力が行なったのは真理の封印とプロパガンダ言説の喧伝《けんでん》であった。原発はもはや完全に制御された日本は安全を回復したという虚構の物語が広められ、日常生活のあらゆる側面において、ソフトな監視がいっそう強化された。あらゆる「解決」は虚構である。2010年代の日本映画を代表しているのは、皮肉なことに庵野《あんの》秀明のフィルム『シン・ゴジラ』であった。このフィルムではゴジラは殺害も排除もされない。ただ凍結されたまま、東京の中央に留まり続ける。それは現在の日本の根底にある解決不可能性の、巨大な隠喩になりおおせている。

日本をめぐる世界の情勢は、2010年代にどうなっただろうか。

日本政府はますますアメリカに屈従し、韓国との外交関係は史上最悪のものと化した。中国で、アメリカで、タイで、ロシアで、そして韓国で、政治の劣化が急速に進行し、政治家への道徳的信頼が消え失《き》せ《う》せようとしている。グローバリゼーションと世界観光地化が急速に伸展する一方で、コロナウイルスの蔓延がそれをたやすく打ち消してしまった。世界はふたたび差別と排除を旨とする卑小な部分へと分割され、あらゆる部分が偏狭なナショナリズムを声高に叫びつつ、絶望的な孤立に追いやられている。難民をめぐる人種差別が表面化し、誰もが非情な監視カメラのもとに囲い込まれることになった。例年のごとくに異常気象が発生すると同時に、人間による自然破壊と地球全体の温暖化が深刻な問題を引き起こしている。人間とは、スウィフトが喝破したように、大地の皮膚病である。きわめて大局的な視点を取るならば、コロナウイルスの蔓延を招いたのは、「狂牛病」という曖昧な名称のもとに騒ぎ立てた事件がそうであったように、本来人間が踏み入れてはならない自然を侵犯してしまったからだ。

もう一度、繰り返そう。人間はまさに人間以下のものになろうとしている。


紙媒体が忌避され、社会全体が電子メディアによって取って代わられようとしている。誰もが口を揃《そろ》えてそういっている。重要なのは情報であり、速度を伴った情報なのだという。本当だろうか。加速されることで情報はますます起源が曖昧となり、その信憑性を確認することが困難になってしまう。声高々に叫ぶフェイクニュースが横行し、手作りの作業で獲得された真実が遅れて到来したときには、もう誰の注目をも惹《ひ》かなくなっている。今日、人は、ほとんど無限に流れ込んでくる情報の一つひとつを、丹念に検討することなどしない。ただ情報を所有していることで得られる安心感だけを求めているのだ。

人は自分の信じるままに自分が自由な発言をし、周囲に向かって情報を発していると信じている。だがそれは幻想であって、誰もが同じことを、同じ口調で語っているにすぎない。いや、より正確にいうならば、語っているのではなく、何か見えない力によって語らされているだけにすぎないのだ。この愚劣さの構造をファシズムという。ファシズムは語ることを禁じたことなど一度もなかった。ただひたすらに同じことを語るように、人に命じてきたのである。

誰もが同じことを喋《しゃべ》っている。それが正義だからだ。右も左もない。保守もリベラルもない。そして正義はつねに人を饒舌《じょうぜつ》にさせる。それが多数派だからだ。正義に逆らって口を開くことは、絶対にしてはならない。そのような発言を口にする者がいたとしたら、その口を塞ぎ社会的に抹殺するのが、道徳的な務めである。以上が正義の典型的な言説だ。

正義を語ることはたやすい。なぜならば正義という名のステレオタイプは無料だからであり、いかなる自己犠牲も払うことなく、自分が道徳的に高い立場にあるという意思表示ができるからだ。

わたしは本書のなかで、できるかぎりこうした正義に抗《あらが》おうとしてきた。世界がまさに凋落のさなかにあるとき、誰もが同じことを口にするこの世界にあって、たったひとり、異言を口にしようと試みてきた。

この10年間を、わたしは文字通り世界中を駆けめぐることで過ごしてきた。台北で、ニューヨークで、ソウルで、北京《ペキン》で教鞭《きょうべん》を執り、イスタンブールからワガドゥグーへ、さらにアンタナナリヴォにまで赴いて映画を語り、パリでドキュメンタリー映画の企画に携わった。わたしを突き動かしていたのは、なんとか日本を外側から見たい、〈他者〉の眼差《まなざ》しのもとに捉えておきたいという、抑えがたい衝動であった。

それって、無意識的に亡命先を探しているということではないかな。わたしの年配の友人がそういったとき、わたしはふいに心中をいい当てられたような気持ちを抱いた。なるほど、そうなのかもしれない。わたしは気が付かぬうちに、この閉塞的な社会から脱出するという空想に囚《とら》われていたのだ。そしてこの空想もまた、コロナウイルスの世界的蔓延によって、突然に断ち切られてしまった。

だが、いったいどこへ行こうというのか。日本を捨てて異国に赴いた瞬間から、わたしは日本という観念の、圧倒的な捕囚《ほしゅう》と化してしまうだろう。タルコフスキーがソ連から西側世界に脱出した後の苦悶《くもん》に満ちた物語を、卑小に模倣するばかりだろう。

本書は日本と世界をめぐる、わたしの観察日記である。今から長い歳月の後、わたしたちはこの10年を、どのような形で回想することになるだろうか。

## 2011

この年は最初から不吉な予感がしていた。ラニーニャによる気候変動で、南半球のあちらこちらで大雨が降り、巨大な水害が発生していた。パキスタンで、エジプトで、イラクで、オスロで、モスクワで、原理主義者による自爆攻撃がますます頻繁となり、世界中で完全に安全な場所など、どこにも見当たらなくなった。

3月11日、マグニチュード9の地震が日本東北の太平洋岸沖で発生し、予期せざる巨大な津波が襲った。福島第一原子力発電所がその煽りを受けてメルトダウンを引き起こし、福島を中心に広範囲にわたって、現在にまで続く厄難をもたらした。チュニジアでの食糧デモが契機となって、アラブ諸国では次々と反政府暴動が生じ、「アラブの春」と呼ばれた。エジプトのムバーラク大統領からリビアのカダフィ大佐まで、長期にわたって独裁政治を続けてきた者たちが、その地位を奪われた。ミャンマーでも民政への移管が完了し、カストロがキューバ共産党第一書記を辞任した。アルカイダの最高指導者であるウスマ・ビンラディンが、パキスタンで銃撃戦の結果、射殺された。「ウォール街を占拠せよ」という呼びかけに応じ、世界のいたるところで「占拠」が実践された。米軍はイラクから撤退したが、現地の混乱はそれで解決されたわけではなかった。日本では2000年あたりから少しずつ目立ってきた民族差別運動とその言説が、インターネットの力を借りて急速に拡大し、「ネトウヨ」の名称のもとに跳梁することになった。

この年わたしは16年かけて翻訳した『パゾリーニ詩集』を刊行すると、憑《つ》かれたかのように世界中の大学を駆け廻った。震災の2日後にロンドンに渡り、5月からはパリのムフタールに滞在。夏には北京の清華大学と泉州の華僑大学に招かれ、満洲国とシオニズムのプロパガンダ映像の比較という微妙な主題で、映画史の集中講義をした。その後ただちにパリに戻り、ウィーン大学に飛んだ。傷ましい気持ちを抱きながらも、日本にいたくなかったのだ。

## ロンドンの忍者

ロンドンは騒然としている。

昨年暮れに大学の学費が一挙に3倍に値上げされることになって、学生たちが一せいに反撥《はんぱつ》。ただちにデモが生じ、ウィリアム王子が乗っている車が襲撃された。実際このときには、車にゴミや汚物が投げられただけではない。後部のガラスが割られたりして大騒ぎだった。抗議運動がただちに暴力を誘発しかねない状況が現出しているのである。

3月26日に起きたデモはさらに規模が大きく、25万人が参加した。原因は現政権が教育と福祉、文化をはじめとして多くの予算をカットする方針を打ち出したことにある。そこに大企業が政府と共謀して組織的な脱税を行なってきたことへの怒りが加わった。確かにこれはわかる。わたしは今、23年ぶりにロンドンに来ているのだが、貧富の差は以前よりも明らかに目立っている。銀行は破産の瀬戸際に追い込まれ、現在のカット政策が進むとイギリス社会は後戻りができないまでに変質してしまうだろう。

デモに連帯する鉄道労働者によって、汽車が無料となった。そこで連合王国のいたるところから労働者が集まって、学生たちと合流した。これは平和的なデモとして計画された。父親がまだ幼い子供をデモに連れていき、職場の同僚と親しく語り合う。「学校を守れ」「赤い犬」「仕事、成長、正義、すべて別の道へ行進せよ」「政府のバカこそカットしろ」「教育が高くつくと思うなら、無知万歳だ」「カイロに続け」。誰もが好き勝手にプラカードを作り、気炎を揚げている。1960年以来、日本人はデモには親から子への教育的側面があることを長い間忘れていたのだが、イギリスではそれは綿々と続いているのだ。

イギリスのデモが日本と違うのは、多くの参加者が心中に怒りを抱えているにもかかわらず、お祭りにでも出かけるような格好でいることである。派手な造花の冠を被《かぶ》った若い女性たちが歌いながら一群となって現れたり、手に手にパーカッションを持った一行が激しい連打を行なったりする。顔を緑色に塗った男がいたり、仮面をつけていたり、これはもうほとんどコスプレ感覚ではないか。日本ではコスプレーヤーは政治に無関心であり、活動家はコスプレに無関心だが、ロンドンではその境界がないのである。

だがデモの群集のなかにしばらくいる間に、わたしは気が付いた。日本の忍者そっくりに黒装束に身を包み、顔を黒い頭巾で隠した一団がそこに交じっている。彼らはただコスプレをしているだけではない。リッツ・ホテルに発炎筒を投げ込んだり、目抜き通りの有名店に侵入し、2階から垂幕を垂らしたり落書きをしたりして、ただちに身を隠してしまう。その敏捷《びんしょう》さはまさに忍者のものだ。デモ隊は深夜に機動隊と対峙《たいじ》し、200名以上の逮捕者を出してひとまず幕を閉じたが、あの過激な忍者部隊はどこへ消えてしまったのだろうか。謎である。

（『週刊金曜日』2011年5月27日号）

## レヴィ＝ストロースの日本論

文化人類学者のレヴィ＝ストロースが101歳の直前で身罷《みまか》ってから、1年半が経《た》った。パリに移ったわたしがまず書店で見かけたのは、彼の2冊の遺著が店頭に平積みにされている光景である。1冊は『現代世界の問題に向きあう人類学』という講演集で、その最後の部分は「文化的多様性の再生について、日本文明に学ぶこと」と題されている。もう1冊は『月の裏側』という日本文化論集。これは縄文文化から因幡《いなば》の白兎《しろうさぎ》まで、日本における神話的思考を分析的に辿《たど》ったもので、北アメリカからエジプトまでの神話が縦横無尽に比較されている。20世紀のフランスの現代思想家ではロラン・バルトの日本論がつとに有名だが、いずれ後世の思想家は、このふたりの知的巨人がこぞって日本文化に魅惑されてきたことを比較研究することだろう。

5月17日にこの2冊の刊行を記念して、サン・ジェルマン大通りにあるラテンアメリカ会館でシンポジウムが開催された。出席したのはレヴィ＝ストロースの高弟にして同僚であるフランソワ・エリティエや、エジプトの小説家アミン・マアルーフなど5人。エリティエは女性史の立場からレヴィ＝ストロースのアメノウズメ観に言及し、『アラブが見た十字軍』の著者であるマアルーフが、16世紀に日本に渡来した南蛮人を日本人がどう絵画に描いたかに言及した。これはどちらも理解できることだった。

並みいるパネラーのなかでもひときわ興味深かったのは、『月の裏側』に序文を寄せた川田順造の講演である。レヴィ＝ストロースの自伝『悲しき熱帯』の翻訳者であり、日本、フランス、西アフリカ内陸社会という3地域の調査に基づく「文化の三角測量」を提唱する川田さんは、文化人類学における味覚の意味というさりげない話からはじまって、師であるレヴィ＝ストロースが日本を訪問したときの思い出話を披露した。

ご飯に海苔《のり》を載せるのは、紅茶にマドレーヌを浸して食べるようなものかねと訊《たず》ねたりする人のことだ。日本食に強い関心をもっていることはわかっている。だがアマゾン流域で原住民と食をともにしてきた彼にしても、はたして日本のあまりに独自の食べものは受《う》け容《い》れられるだろうか。たとえば泥鰌鍋《どじょうなべ》はどうだ。鯉《こい》の洗いはどうだ。川田さんは次々と癖球を投げたが、レヴィ＝ストロースはいっこうに平然としている。では究極にコノワタ（海鼠《なまこ》の内臓）はどうだと出してみたが、これも「おいしい」といって箸を進めている。ただその彼が後になって告白したのは、どうしても桜肉、つまり馬肉の刺身だけは食べられなかったという事実だった。なぜか。それは感覚的な味の問題ではなく、イギリス人の乗馬好きからもわかるように、ヨーロッパにおいて馬が置かれている文化的位置に関わっている。ここから味覚とは自然のものではなく、文化によって形成されるという真理が浮かび上がる。250人ほどの観衆のなかには、日本の珍妙な食べものの話を聞いてクスクスと笑う向きもあったが、この挿話にはきわめて意味深いものが隠されていると思う。

レヴィ＝ストロースは若いころにアイヌ研究を思い立ち、東京に就職しようとしたが失敗した。そこでブラジルに向かったという経歴の人である。日本学の専門家ではないが、遠くから巨視的な文脈のなかで日本を見つめるその姿勢には、はっとさせられるところが多い。20世紀初頭の柳宗悦《やなぎむねよし》による朝鮮陶磁器の発見は、ピカソの世代がアフリカの彫刻に驚いたのと同時代の現象だという一節を遺著に見つけ、わたしはそれだけで新しい思考のヒントを与えられた気になった。90歳近くになっても、俗にいう狂牛病の蔓延に怒って人類に警告を放っている。まさに感嘆の一語に尽きるのである。

（『週刊金曜日』２０１１年６月24日号）

## 日本赤軍の表象

日本赤軍が解散を宣言してもう10年になる。日本では3年前に、彼らと袂《たもと》を分かった連合赤軍のリンチ殺人と銃撃戦が若松孝二によって映画になったが、このところヨーロッパでは日本赤軍のメンバーのその後を追跡し、その人間的実存を問おうとするドキュメンタリーが、相次いで制作公開されている。

アイルランドのシェーン・オサリヴァンによる『革命の子どもたち』は、ドイツ赤軍の女性指導者マインホフの娘と日本赤軍最高幹部の重信房子の娘とを交互にインタヴューしている。彼女たちの育てられ方と母親に対する現在の気持ちとに焦点が投じられている。獄中にあって娘への連絡を絶ち突然に自殺したマインホフを母とする娘は、祖母に育てられながらドイツ左翼運動史の書物を執筆した。イスラエル秘密警察の手を逃れ、本名も素性も隠して生き延びた重信メイは、中東の地にあって母親から日本のことを学び育った。彼女は20歳代になって初めて日本に「帰国」し、母親が犯罪者扱いをされているのに驚いたという。これは政治映画ではなく、国家の権力に抗う母親がいかに一人娘を守る（あるいは見捨てる）かを主題とするフィルムである。

一方、フランスのフィリップ・グランリューが足立正生《あだちまさお》を撮った『美は解決を推し進める』は、60年代から70年代前半にかけて前衛的作風のフィルムを撮り、カリスマ的な扱いを受けていた映画監督が、突然に無名兵士としてパレスチナの地に渡ったその後を、本人の語りで構成している。25年ぶりに日本へ強制送還されて「帰国」、服役した後で映画監督を再開した足立が、そこではかつて抱いた希望の大きさと後悔、慙愧《ざんき》の念を声低く語っている。

若松孝二や大島渚《なぎさ》の評価が高いフランスやドイツにとって、昨年シネマテックで特集上映が組まれたにもかかわらず、足立は接近不可能な監督に留まっていた。映画祭の企画者たちはいくたびか彼を招こうとしたが、そのたびに過去の旅券法違反の罪が蘇り、ヴィザどころかパスポートさえも彼には配給されなかった。今回のドキュメンタリーは謎の前衛作家アダチについて、多くの貴重な情報をもたらすことだろう。加えてこの作品は強い詩的緊張感をもち、足立の美学的根拠となったシュルレアリスムの思想にまで踏み込んでいる。
かつて1968年に日本では、現実にパリに行くことなど遠い夢であった。にもかかわらず、政治と芸術の領野において革命を信じた者たちはゴダールに憧れ、世界中の反体制運動と自分たちとが同時性を共有していると固く信じていた。なるほどそれは思い込みにすぎなかったかもしれない。43年の後になって今度はヨーロッパの映画監督たちがその同時性を主張しはじめ、こうしたドキュメンタリーを通して日本赤軍の後日談を執拗《しつよう》に追い求めるようになった。さあ日本の若い映画人たちは、彼らの情熱にどう応えるつもりなのだろう？　現在の日本ではパリなどいとも簡単に直行便の飛行機で訪れることができる。だがわたしには、インターネットの普及にもかかわらず、世界同時性という観念は逆にひどく薄らいでしまったように思えてならないのである。

（『週刊金曜日』2011年7月22日号）

## フランス風懐石

パリに住み出して3か月が経過した。こんなに長く滞在するのは20年ぶりである。朝になればパン屋にパンを買いに行き、昼間はお仕事、夜に映画といういたって平凡な暮らしをしているのだが、ときどき人に誘われて外食をしたりするうちに、少しずつこの20年間でのパリのレストラン事情の変化がわかってきた。簡潔に書き記しておきたい。

1　20年前と比較して料理の値段は確実に上がってきている。これはEUのどこでもそうだが、ユーロという共通通貨に切り替えた瞬間から物価が上滑りし続けている。サンドウィッチを別にすれば、10€（日本円で1100円）で食事を終わらせることが困難になった。どんな安い大衆食堂《ビストロ》でも飲みものを入れると15€はする。日本の回転寿司《ずし》や立ち食い蕎麦《そば》が懐かしいなあ。

2　高級なレストランになるほど、料理が日本の懐石料理に似てきている。小さな突き出しの後で、細長いプレートに鯛《たい》のカルパッチョとプチトマトとか、こまごまとしたものが3種類ほど載って出てくる。まったく食べた気がしない。料理の名前はやたらと長々しく説明的になり、無国籍化が進行している。スペインの生ハムを西瓜《すいか》のスライスの上に載せ、豚のベンガル風カレーにイタリアのタリアテッレを和《あ》えたものとか、支離滅裂な創作料理が横行している。あるところでメニューにひどく高いステーキが出ていた。かたわらに小さくワギューと書かれている。和牛のことだった。昔ながらのどっしりとした煮込みを食べるには、田舎料理専門店を探すしかない。

3　多くの客はワインの赤白にまったく無頓着かつ無関心になっている。肉には赤、魚には白などと律儀に考えたりするのは、日本人だけのようだ。

4　かなりの格式にあるレストランでも、食事の途中で男女がふいに席を立ちなかなか戻ってこないという光景を何回か目撃した。料理とサーヴィスに抗議しての退席かと思ったら違った。店の外に煙草《たばこ》を吸いに出ていたのだった。店は喫煙席と非喫煙席を分けることをせず、建物が古いので換気装置を新たに設置などできない。結局、喫煙者は外のテラスで食事をすることを強いられる。たとえ冬であっても。

5　現在のパリは、「地下鉄では手荷物にご注意」と日本語でアナウンスが流れる町である。日本ではパリの食堂を紹介するガイドブックが売れているが、そうした店では客の9割が日本人である。彼らは日本語で話せるというだけで、とてもうるさくはしゃいでいる。この手のガイドの利点とは、それに紹介されている店を避けておけば、日本人の大騒ぎに出くわさずにすむということである。

6　韓国料理の進出はめざましい。今いる家の近くに、なんとミシュランが推薦するというビビンバ専門店がある。行ってみると確かに美味であり、しかも普通の値段だった。

7　こんなことを書くと5に矛盾しているかもしれないが、ひとつだけ絶対にお薦めという食堂を書いておきたい。バスティーユの近く、巨大な朝市のアリグレ街3番地に、地元の住民運動家たちが共同で運営している食堂「ラ・コミューン」がある。誰でも自由に入ることができる。地域住民が替わりばんこに台所に立ち、ヴォランティアで調理をする。市場に行けばすぐに場所はわかるはず。ここはフルコースで10€である。さすが革命の本場バスティーユのメシという感じがする。

（『週刊金曜日』２０１１年8月26日号）

## 台湾の流行文化

東亜流行文化学会という学会が発足し、第1回の大会を台北で行なうという。ついては『「かわいい」論』の著者として何か喋りに来いというので、ひさしぶりに台湾に出かけてみた。ちなみにわたしが5年前に出したこの新書は今日では中国語や韓国語、オランダ語などで翻訳が進んでいる。だがまっさきに翻訳が刊行されたのは台湾においてであった。無理もない。ハローキティで埋め尽くしたホテルを平然と建ててしまうのがこの国なのだ。日本の「かわいい」文化はこの南の地で大輪の花を咲かせている。

学会には東アジアの国々ばかりか、イギリスやオーストラリアからも参加があった。もちろん日本からも。台湾の女性研究者がスピノザを引用しながら「萌《も》え」について発表すると、「萌え」は日本人にしか理解できないと、日本人の社会学者がすかさず反論した。ひとしきり議論がなされた。台湾独立を強く主張した前総統が選挙戦に際して自分の「ゆるキャラ」を考案したことをめぐり、政治人類学的考察がなされたり、最近の中国で流行の極安制作コメディ映画の研究があった。日本の腐女子やアダルトヴィデオにおける検閲をめぐる発表もある。こうなると流行文化と大衆文化、さらに対抗文化をどう定義し直すかが、理論的問題として浮上してくる。

誰かが世界における「ポスト植民地主義」という言葉を口にした。すると、それでは台湾はいつからポスト植民地になったのかという質問が出る。1945年に日本が敗戦によって台湾を手離したときからか？　いや、1895年に日清戦争の敗北によって、清国が台湾を日本に譲ったときからか？　それに対しまた誰かが笑いながら反論する。台湾は今でも植民地ではないか？　この意見には少し説明が必要かもしれない。日本が去った後の台湾には、その直後から大陸の国民党軍が到来し、以後長らく台湾人を支配し続けてきたからである。本来の住民である本省人と、軍隊とともに流入してきた外省人の間には、言語から音楽、食べものにいたるまで大きな違いがあり、前者のなかには自分たちが新しく植民地支配を受けていると感じてきた人も少なくなかったのだ。

面白い発表があった。3年ほど前に台湾と中国とで、1895年をめぐる連続TVドラマが相次いで制作されたのを、メディア論の立場から比較するという試みである。台湾版の『乱世豪門』では清朝の役人とそれに媚《こ》びへつらう台湾の上流階級の腐敗が細かく描かれ、大陸側が台湾にむける偏見と民族自決を求める台湾人の気概に力点が投じられている。中国側の『甲午戦争』では、日本軍到来以前に一時的に成立した台湾共和国の存在はまったく無視され、新しい支配者である日本人の蛮行が強調されている。清国から切り離された台湾人の悲哀と統一への悲願が繰り返し描かれているのだ。

わたしはこの発表を興味深く聴いていたが、そのうちに同じことは沖縄についてもいえるのではないかと考えるようになった。沖縄は1972年に日本へ「復帰」した。今日の公式的な歴史では、沖縄人はもろ手を挙げてそれを歓迎したことになっており、独立運動が言及されることは稀《まれ》である。「復帰」からちょうど一年後の1973年5月20日、一人の沖縄人青年が国会議事堂正門に向かって猛スピードでバイクを走らせ、激突死したことを記憶している人はほとんどいない。死を賭けた抗議だった。

もしこの時期の沖縄を沖縄の側から描く連続TVドラマがあったとしたら、どうだっただろうか。沖縄とは台湾の隣国なのである。

（『週刊金曜日』2011年9月23日号）

## 北京の変貌

Lさんはわたしが手にしていたガイドブックを見ていった。「オリンピック前に出た本ですね。残念ながらこれはもう使えませんよ。3年前の五輪の前後で北京の街は、まったくといっていいほどに変わってしまったのです。」ちなみに彼は、北京を拠点とするある雑誌の編集長である。

確かにそうだった。わたしが以前に好んで宿泊していた前門のあたりは、100年前の清末の街並みそっくりにすっかり衣替えし、大勢の観光客で賑《にぎ》わっていた。それは急ごしらえの看板建築で、薄っぺらい映画セットの連なりに思えた。人々はわざわざ昔風に設《しつら》えられた星巴克《スターバックス》の前で、1杯のコーヒーを飲むために行列している。もっとも裏側に足を向けると、そこにはあいかわらずのゴチャゴチャした路地が延々と続き、臭豆腐の匂いが漂うなか、人々は買い物や立ち食いに明け暮れていた。即席のレトロ趣味はそこまでは達していなかった。

天安門広場に出て東に歩いてゆくと、王府井《ワンフーチン》という盛り場に出る。ここも大規模に変容していた。巨大なショッピングビルが林立し、地上のみならず地下にも伸長している。わたしは昔《むかし》馴染《なじ》みのワンタン屋を探したが、2年前によそに移って行ったよと、無愛想にいわれた。古くからの料理屋のほとんどが姿を消し、外国人観光客のための高級ホテルがあちこちにある。その狭間《はざま》に昔の下町を思い出させる屋台街の一角があり、夜市がある。だがそれは完全に外部から隔離された人工的観光空間であって、そこから一歩離れると殺風景な車道を車が恐ろしい速度で走っている。かつてはブラブラと散歩のできた街角が、今では徹底した管理空間と化していた。

オリンピックの前に北京の公衆便所のいたるところに、トイレでは身を乗り出して用を足せという表示がなされたんですよ。ところがあらゆる表示は外国人にも理解ができるようにという方針で、わざわざそれに英語訳をつけた。訪れてきた外国人はその英文を見て、ひどく奇妙に思ったらしいですね。Lさんがそう語ったとき、わたしは子供だった自分が東京オリンピックに出逢《であ》ったときのことを思い出した。小学校の先生はいったものだ。外国人の前では立小便をしてはいけませんと。

どこの国でもそうだが、オリンピックは地震や無差別爆撃と並んで、都市の景観を破壊する三大元凶のひとつである。北京の街は以前、胡同《フートン》と呼ばれる中庭のある集合住宅がどこまでも続いていて、それが美しい調和をなしていた。今日、ほとんどの胡同は破壊され、残されたわずかのものは観光産業のために利用されるばかりとなった。胡同での生活をこよなく愛した作家、老舎の家（現在は記念館）を訪れしばらく散策していると、胡同の一角がそのまま高級料理である満漢全席の料理店に作り替えられている。コース料理には恐ろしい値段が設定されていた。すべてが表面的で、浅薄で、不均衡というのが、3年ぶりに訪れた北京の印象である。オリンピックと万博を終えた中国は、これから日本のように1970年代の混迷を繰り返すのだろうか？　大通りの向こうにはジャッキー・チェンが監督した新作『1911』の、大きな看板があった。そうだ、辛亥《しんがい》革命から100年が過ぎたのだと、わたしは思った。

（『週刊金曜日』2011年10月21日号）

## マルクスはダメよ

前回に続き、1か月にわたる中国滞在について書いておきたい。今度は大学人と対話をしたさいの印象である。

中国ではこの20年ほどの間に、欧米の現代思想が驚くばかりに紹介されている。フーコーの監獄論が話題を呼び、デリダが訪中して熱っぽい討論を行なっている。レヴィ＝ストロースに対しては、無文字社会ではなくどうして表意文字社会を研究しなかったのかという批判まで出ている。そうしたなかで福沢諭吉と柄谷行人《からたにこうじん》が同じ枠組みのなかで読まれたりもしている。1966年に初めて「紅衛兵」という言葉を考案し文化大革命を戦中派として生きた張承志《ちょうしょうし》に、わたしは再会した。彼はラマダンを終えたばかりで、その期間中ずっと大川周明の著作を読み、心が洗われるようだと感想を漏らした。

わたしはかねがね、この国でカール・マルクスがどのように読まれているかという問題に関心を抱いてきた。中国は何といっても共産党独裁の体制であり、16人にひとりの割で共産党員がいる社会である。『資本論』の作者をめぐって日夜、侃侃諤諤《かんかんがくがく》の議論がなされているとまではいかなくとも、世界の現代思想が次々と翻訳紹介されているこの国では、独自のマルクス論が戦わされているのではないかという期待があった。だが期待は裏切られた。

何人もから聞いた話を総合すると、マルクスについてはまず中学の授業で、レーニン、毛沢東、鄧小平とひと並びにして教えられる。高校でも同じことが、もう少し詳しく教えられる。それでお終《しま》い。大学ではよほどの専門家でなければ、原典は読まない。この社会では共産党に入党しなければ立身出世は不可能なのだが、だからといって入党のためにマルクスについて特別な知識が必要なわけではない。わたしが出逢った大学人のなかには、学位論文を書くときに参考になればと少し読みかけたが、つまらないので途中でやめたと虚心に語った人物もいた。その程度なのだ。

マルクスについて公共の場で言及することは望ましくない。それに気付くのに時間はかからなかった。わたしは講演のなかでマルクスについて触れたが、いつでも反応が皆無だったからである。ある大学教師はいった。「授業中に学生の前でマルクスを語ることは危険なのです。インターネットに何を書かれるか、わかったものではありませんからね。」日本ではインターネットの匿名の書き込みは便所の落書き同様、信憑性のない戯言《たわごと》として軽く受け取られている。だが中国では、当局への密告の決定的な手段なのだ。中国の知識人はマルクスについて語りうる個人の言語を、いまだ持ち合わせていなかった。いや、それを所有することを禁じられていたのだった。だがアメリカのマルクス主義者、ジェイムソンのことなら、いくら語っても無難なようだ。

わたしはかつて実現できなかった、中国人映画研究家との共著のことを思い出した。原稿はすべて揃い、日本語版と中国語版をそれぞれの国で刊行する日程まで決まったところで、中国語版がキャンセルとなった。わたしの書いた原稿のなかに中国映画におけるチベット表象への言及があるというので、中国側の執筆者が急遽北京での出版を取り止めにしたのである。彼は文化大革命のさなかに毛沢東の偉業を讃《たた》える切手の図案を描き、かろうじて迫害から生き延びた人物だった。

わたしが出逢った大学人の多くは、何がチベットで、ウイグルで起きているかについて、知らないわけではなかった。ただそれに対して無関心を装い、会話のさいにいつも話題を逸《そ》らそうとした。その姿は、かつてイスラエルに住んでいたとき出逢ったユダヤ人たちが、ガザで生じている事態に無感動であり、つねに話題を回避していたさまを思い出させた。
これが辛亥革命100年後の中国の知的現状である。

（『週刊金曜日』2011年11月25日号）

## 世界最大の不気味なアパート

パリからウィーンに来てしまった。大学で李香蘭の話をしてくれというのだが、ここは滅法寒い。12月の初めには薄雪がもうチラチラしている。

ウィーンといえば優雅な舞踏の都であり、香《かぐわ》しきクラシック音楽が鳴り響き、道路も、階段も、壁模様も、くねくねと輪舞を描いているといった雰囲気が強い。フロイトとか、シェーンベルクとか、クリムトといった風に、人間の無意識に隠されている危険な欲望をみごとに芸術や学説に纏《まと》めあげた天才たちの都でもある。だが今回の滞在でわたしが偶然見てしまったものは、そうしたウィーンをめぐる先入観をみごとに裏切ってしまうものだった。たぶん自分の人生のなかでも、もっとも不気味な建築だったといえるかもしれない。その名をカール・マルクス・ホーフという。

市の中央では地下を走っていた地下鉄が、いつの間にか地上に出ていくところを場末と呼ぶといったのは誰だったか。ウィーンでも地下鉄が陽《ひ》の光を浴びてしばらくし、終着駅に近づくにつれて、左側に奇妙な建物が見えてくる。クリーム色とカボチャ色、それに灰青色のコンクリート壁が剝《む》き出しの5階建てである。列車の窓から眺めていると、それが切れ目なく続いていて、いつまで経っても終わらない。まるでアフリカか南米にある巨大な蟻《あり》の巣のようだ。後で人に尋ねてみたところ、これは全長が1キロ以上もあり、世帯数にして1382世帯が現実に住んでいるという建物だとわかった。高島平などモノの数ではない。おそらくこれに比肩できるのは中国南部の客家《ハッカ》人の土楼だけだろうという規模の、とてつもない集合住宅だったのだ。

第一次大戦に敗れ、巨大な多民族の帝国から小国になってしまったオーストリアでは、左翼が政権を握り、社会主義の政策がとられることとなった。当時のウィーンの住宅事情は恐ろしく貧しく、電気もガスもない住宅が6割以上だったという。そこで政府は一区画40平米ほどのアパートを大量に建てることにし、プロレタリアート解放を唱えた経済学者の名に因《ちな》んで、それをカール・マルクス・ホーフと呼んだ。ホーフは1927年に工事が着工され、数年後にようやく完成した。ヒトラーの出現の直前である。

この建物は単にアパートであるだけではない。ところどころにあるアーチ形の門を潜って中庭に入ると、幼稚園があったり、歯医者や薬局、郵便局などが設けられている。壁の掲示にはダンスパーティや芝居を予告するビラが貼られていたりして、外部世界に一歩も出なくとも日常生活が完結するようにすべてが設計されている。だが、それにしても、これが人間の住むところだろうか。わたしは思わず驚嘆した。壁に落書きひとつなく、どの窓も、どの間取りもまったく同一の部屋が1382も積み重ねられているなんて！

ところでこのカール・マルクス・ホーフはいまだに現役である。それどころか、世界のあちこちに、規模こそ小さいが、建築学的な種子を撒き散らしつつある。六本木ヒルズがその一例だ。ひとつの建物の内側で何もかもが揃ってしまうという閉鎖的恐怖空間という点で、それは共通している。マルクス主義が滅んだといわれて久しい（本当だろうか？）が、カール・マルクス・ホーフの亡霊はこれからも全世界に次々と出現してゆくだろう。

（『週刊金曜日』２０１１年12月23日号）

# 2012

世界の多くの場所で、金環蝕《きんかんしょく》、皆既日蝕、金星の太陽面通過といった現象が観察された。地球の人口はいよいよ70億を超え、人類による自然破壊と地球温暖化が深刻に討議されるようになった。スマトラではM8・6の巨大地震が生じ、国連はパレスチナをオブザーヴァー国家として格上げ承認した。イスラエルはその報復に、ヨルダン川西岸に3000戸の入植者住宅建設を宣言した。習近平が中国共産党総書記として、最高権力の座に就いた。北朝鮮は人工衛星弾道ミサイルの打ち上げに成功した。日本が尖閣《せんかく》諸島を国有化したことに反対し、台湾と中国で激しい反日デモが起きた。

逆に韓国の李明博《イミョンバク》大統領の竹島（独島《ドクト》）上陸が契機となって、日本では嫌韓本が次々と刊行され、ネトウヨはますます猛威を振るった。自民党が与党に返り咲き、安倍晋三が総理大臣に復帰した。福島第一原発1〜4号機は廃炉が決まったが、それで問題が解決されたわけではなかった。東京の墨田区に東京スカイツリーが開業し、TVは完全なデジタル化をなしとげた。オウム真理教の信者で最後まで逃亡を続けていた人物が、ついに逮捕された。

パリから帰国したわたしは、研究と執筆に専念するため、その足で明治学院大学に辞表を出した。市民プールに通い出し、積年にわたって放置しておいたルイス・ブニュエル論に取りかかった。心は快活であり、進むべき道にもはや障害はなかった。

## 日本に戻ってきたときの印象

ある大事件を間近で体験した人と、たまたまそのとき不在でいた人とは、いったいどこが違うのだろう。事件の直後には違いはまだ定かではない。だが日が経つにつれて、それも何年も何十年も時間が経過するとともに、それが明らかになってくる。空間の隔たりが認識と行動の流儀に大きな影を落としてきたことが、当の本人にも自覚されてくる。

1979年、ソウルに1年間滞在していたわたしは、その年の秋から冬にかけて異常な政治的事態を体験した。10月4日に野党新民党の金泳三《キムヨンサム》議員（後の大統領）が、議員資格を剥奪された。2週間ほどして17日には、彼の地元である釜山《プサン》で大規模なデモが勃発し、非常戒厳令が布《し》かれ、空挺部隊が鎮圧に向かった。18日、デモは飛び火して馬山《マサン》に到《いた》り、さらに19日にはソウルと光州で、続いて25日には大邱《テグ》で大学生たちが反政府デモを起こし、ついに韓国中の大都市で学生たちが軍事独裁政権に対する叛旗《はんき》を翻した。新聞は単に「暴徒」としか報道しなかったが、真相は口から口へとあっという間に伝わった。ソウルでも大暴動が起きるのは時間の問題だと誰もが覚悟した直後、10月26日の深夜、朴正熙《パクチヨンヒ》大統領が腹心の部下であったKCIAの部長の手で暗殺された。ただちに戒厳令が施行され、要所要所に戦車が出現。街角は銃を構えた兵士たちで溢《あふ》れた。

それからしばらくして帰国したわたしは、会う人の誰もがこの大事件に何も関心を持っていないことに気付いた。新聞で読んだけど、あのときは大変だったみたいだね。よくまあ、無事に帰ってこられてよかったね。これが反応の最大公約数だった。気になってその時期の日本の新聞を確かめてみると、どの新聞も最大限に写真と活字を駆使して、独裁政権の終焉を騒ぎ立てていた。もっともそれだけだった。わたしは自分の言葉が誰にも通じないことを、諦念をもって受け容れなければならなかった。韓国で起きることは、それがいかに深刻で恐怖と驚愕《きようがく》に満ちたものであっても、海を隔てた日本では、文字通り対岸の火事にすぎないのである。

わたしは、これは無理だと断念した。ある事件に現場で立ち会ってしまった人間と、その情報を遠くから、間接的な表象を通して受け取った人間の間には、けっして越えることのできない溝が存在しているのだ。

今回はその逆である。

昨年3月11日に起きた大地震と、それに引き続いて生じた原子力発電所の大事故からだいぶ時間が経過して、わたしは成田空港に降り立った。がらんとして人気のない空港ロビーを歩きながら、わたしはこの光景はどこかで見たことがあるなあという、不思議な既視感に見舞われた。しばらく考えてみて、それが１９９０年、つまり崩壊直前のソ連で、モスクワ空港に降り立ったときに似ているなあと思いあたった。照明が暗い。人が疎《まば》らである。誰もが苛立《いらだ》たしげに歩いているような気がする。これまで知っていた成田空港とはまったく異質なものが、目に見えない形でその場を占拠しているような気がした。水で希釈したものの、どうしても否定できない終末観が、そこには漂っていた。

わたしは都内の盛り場に出かけた。街角は雑然と歩いている人々で混雑していた。酒場もまた混雑していた。彼らは狭い場所に閉じ込められ、もはや他に行く場所がなくなってしまった者であるかのように酒を呑《の》んでいた。そのころわたしは、大地震には「東日本大震災」という、当たりさわりのない名称が与えられていることを知った。この名称には、いかにも身を引いた場所に立って名付けてみましたといった印象を持った。

わたしはいつもこうだった。日本で何か大事件が起きたとき、決まって日本に不在だったのである。

昭和天皇が崩御したとき、わたしはニューヨークで韓国人の写真家と焼肉を食べている最中だった。神戸の大震災のときも、オウム真理教の地下鉄サリン事件のときも、イタリアの学生町で勉強をしていた。お昼どきに市場に買い物に出たとき、チーズ屋のおばさんがＴＶに今、東京が映っているからといって、わたしをなかに招き入れた。画面には地下鉄のプラットフォームらしき場所に横になって並べられている、たくさんの人々が映っていた。彼らはどうして眠っているのだろう。それがわたしの第一印象だった。

その場に居合わせていないということ。これは体験の不在である。いろいろと理屈を並べてみたところで、第一、お前はあのときにいなかったじゃないか。自分たちがどれほどの恐怖を体験したか、想像できないだろう。そういわれそうな気がする。確かにそうなのだ。わたしは神戸で被災した人の絶望にも、ひと電車遅れていたら霞ケ関《かすみがせき》駅でサリンガスに襲われていたという人の恐怖にもけっして到達することができない。そして東北の沿岸地域にあって津波で家族と家屋のすべてを喪失した人の行き場のない悲嘆にも、原発事故で家畜を置き去りにして避難することを命じられた人の憤りにも、彼らを前にして安易に相槌《あいづち》を打つことができない。

現代社会では、厄難はただちに見世物と化してしまう。その時点で偽りが生じる。その場に居合わせていなかった者が現場に向かうとき、また現場の映像を手にするとき、彼はいとも簡単に観光客の立場に立たされてしまう。同情によって他人の苦痛を推測することは傲慢である。被災者たちと彼らを見つめる旅行者の間には、けっして踏み越えることのできない距離がある。

現場にいた者は巨大な喪失感に打ちひしがれて、体験したことのすべてを忘れてしまいたいと語る。だが遅れて到来した者はそれを遮り、すべての体験を忘れてはならない。それは歴史として記憶されるべきだと説く。あたかも歴史の次元に立つならば、現実の苦痛など軽減されるかのように。だが厄難のさなかにあって体験のトラウマに囚われている者は、その言葉を受け止めることができない。

わたしがわたしにおける体験の不在を、別の体験として読み直していくためには、これから何をしなければならないのだろうか。

（書き下ろし）

## 吉本隆明さんの思い出

吉本隆明さんがこの3月に亡くなられた。87歳だった。親鸞《しんらん》の研究をすると長生きができるといわれているが、90歳まで生きた親鸞とほぼ同じくらいまで生き、親鸞と同じように、晩年にあっても旺盛な執筆欲（口述筆記ではあるが）を見せていた。

吉本さんは批評家である。それも「国民的」という形容詞がつくくらいの。彼は自分の生きてきた人生の尺度として、寅《とら》さんいうところの「てめぇ、さしずめインテリだなっ」と呼ばれるインテリたちを、快刀乱麻を断つように斬っていった。加藤周一は「スマトラ人」。山口昌男は「猿」。浅田彰は「生まれ損ない」。とにかく罵倒の激しさはただごとではない。思うにこれは若き日に『マタイ福音書』を読《よ》み耽《ふけ》ったからだろう。イエスもまた口中に唐辛子を含んで吐き出すかのように、悪魔やパリサイ人を罵ったものだった。

わたしの周囲では、ヨモタさん、大丈夫？　メチャクチャにいわれてないのは、今ではヨモタさんくらいのものだよと、心配してくれる人もいた。わたしは何も気にしなかった。罵倒というのは人類学的にいえば一種の礼儀であり、相互に応酬しあうことで見物人を沸かせるような約束ごとにすぎない。吉本さんがわたしを罵倒しないのは、きっとわたしが罵倒に値するほどの文章をまだ書いていないということなのだろうと、ノンビリと構えていた。

いや、一度だけ、彼はわたしについて書いたことがあった。『源氏物語論』のなかで〈古代〉なるものを説明するにあたり、当時は厄難を避けるため、子供にあえて「入鹿《いるか》」とか「魚」とか、卑賤な動物の名前をつける習慣があった。現代でも「四方田犬彦」という人の名前にその痕跡が残っています。吉本さんはそのように書いて、古代世界の呪術性を論じていた。

わたしの本名は外国名であり、無理やりに漢字を当《あ》て嵌《は》めたものだ（このことは以前にも書いたので繰り返さない）。いちいちそのことを説明するのが面倒臭いので、犬が好きだから「犬彦」という通名を考案し、これまで用いてきた。吉本さんの説明を聞いて、ふうん、そうだったのか、これからはそう説明すればいいのかと、妙にいい気分になったことを憶えている。

最初に吉本さんをわが家に引っ張ってきたのは、フランス文学者で作家の出口裕弘《ゆうこう》さんだった。わたしがまだ月島の長屋で、気楽な独り暮らしをしていたころのことだ。

吉本さんは月島の船大工の家に生まれた。子供のころは路地でベーゴマを廻《まわ》したり、運河のハゼ釣り客のための、家業である貸しボート屋の番をしたりして過ごしたという。わたしの家に来たときはもうすっかり童心に戻っていて、出口さんが持参してきた相当に気張ったワインを、「葡萄酒《ぶどうしゅ》というのはいいものですなあ」といいながら呑んでいた。

吉本さんはそれ以来、何回かうちに来られた。一度などは、わたしがある文学賞をもらったときで、お祝いですと、益子《ましこ》焼の壺《つぼ》を持ってきてくださった。といっても大概の場合は前もって電話などない。なんとなくその辺を歩いていて、そういえば……という感じで、鍵のかかっていない長屋の戸を開けると、薄暗い三和土《たたき》にフラリと入ってこられる。ちょうどお昼どきだったので、作りたての炒飯《チャーハン》を分けて食べたこともあったし、近くだからといって、いっしょに商店街のわきの路地にあるレバカツ屋に入ったこともある。牛のレバーを薄切りにし、衣をつけて揚げたもので、1枚100円。戦前から月島の工場労働者が好んで食べた屋台料理である。

「子供のころは1枚2銭でね、親がくれる小遣いしかなかったから、1枚しか食べることができなかったですね。工員さんたちが焼酎を呑みながら何枚も食べているのが羨ましくて仕方がなかった。でもねえ、今は大人になって、自分で稼いでいるのだから、何枚食べたっていいいんですよ。」

こんなことを真面目な口調でいう吉本さんを見て、わたしはすっかり驚いてしまった。目の前にいるこの人は若いころ、『カール・マルクス』という、触れれば指が切れそうになるような鋭い本を書いたり、とにかくやたらと難しい『共同幻想論』とか『心的現象論』といった著書のある大思想家ではないか。フーコーと対談までしている。そんな人がなぜ、こんな子供っぽいことを真顔でいうのだろう。

だが、それはまだ序の口だった。われわれがその後で佃島《つくだじま》のあたりを散歩しながらどんな話をしたかというと……。

「犬と猫はどちらが偉いか。餌をたくさん与えると、犬はあるだけすぐに食べてしまうが、猫は少しずつ、何回にも分けて食べる。猫の方が頭がいいから、かならず『猫さん』と呼ばなければならない。犬は『犬』で、呼び捨てでいいんですよ。」

「大通りに上村というお蕎麦屋さんがあるでしょ。あそこの親父《おやじ》さんは背が高いんじゃない？ぼくとねえ国民学校で同級で、ただひとり、ぼくより背が高かったんだ。」

「やっぱり野球は阪神タイガースだ。ぼくは本郷のタイガース・ファンクラブの会長なんですよ。だからうちの客間にはビアホールのように生ビールの器械をちゃんと備えてあって、町中の人がタイガースのために集まっても困らないようにしてある。」

わたしはとにかく日本にじっとしているのが嫌いで、暇さえあれば海外に出たくて出たくて、たまらない人間である。これまで一度も外国に行かず、井戸の底に棲《す》む蛙のように生きている人間の気持ちがわからない。

「吉本さん、外国とか行かないんですかあ。」

「外国？　そんなところ、わざわざ行かなくても。」

「ぼくは韓国に住んでたことがあるんですけど、吉本さんの『自立の思想的拠点』という言葉を、あちらの知識人が、自分たちに必要なのはまさにこれ！　この言葉だ！　っていって、興奮してましたよ。」

「そんな。僕なんかが韓国に行ったら殺されてしまう。そうに決まってますよ。」

今だから、わたしには理解できる。吉本さんは生まれ故郷の月島にいて、要するに童心に戻っていたのだ。

わたしは敬老精神？から反論などしなかったが、娘さんの吉本ばなながが国際的小説家として華々しく活躍しているのとは、まったく対照的だった。とはいえ、わたしのなかには疑問があった。外国に行かない。それは理解できる。しかし、それではなぜ吉本さんは、ある漫画や音楽といったサブカルチャーを評価するにあたって、「世界でもっとも優れた水準に達している」

といった評言を連発するのだろうか。それではまるで縁日でゴム紐《ひも》を売っている、寅さんの口上ではないか。

あれはいつごろだっただろう。わたしがイスラエルに発《た》つ直前のことだったから、吉本さんが80歳くらいのときだったと思う。吉祥寺、といっても中央線のではなく、本家の本駒込にある吉祥寺のお宅にお伺いしたことがあった。もちろん大量のレバカツをお土産に持参してである。レバカツを前に吉本さんはご機嫌だった。そのときたまたま3年に一度の佃祭の話になった。

「吉本さんも子供神輿《みこし》とか担いでたんですかあ。」

「ぼくは一度も神輿は担がなかった。お祭りのときはいつも独りで部屋にいて、詩を書いてました。」

吉本さんの理論では、人は庶民大衆のなかに生まれ落ちるのだが、あるとき親の知らない書物を読んだり、生活に直接関係のないことに思い悩んだりして、観念の世界で上昇を遂げる。それが知識人になることだという。ひとたび知識人の階段を上り出すと、もう後戻りをするわけにはいかない。たった独りで、周囲の誰もが考えてもいない全世界の問題に対決しなければいけないのだ。自分を育んでくれた庶民大衆は、そうした知識人を理解してくれない。「さしずめインテリだな?」といって距離を取り、馬鹿にするだけだ。

だが、ひとたび難解な知識や思考に取りつかれてしまった人間は、もう過去ののどやかな世界に戻れない。自分が後にしてきた人々が、そのときいかにも屈託もなく、幸福に暮らしているように感じられてくる。イエスも、高村光太郎も、そして自分もそうだった。いろいろとモノゴトを学んでしまうと、どうして人は孤独で不幸になってしまうのだろう。吉本さんの思想は、突き詰めるとそのようになる。

吉本隆明、レバカツを食す（2004年）

月島佃島がお祭りで沸き上がっているとき、それに加わろうとせず、ひとりぼっちで宮澤賢治を一生懸命に読んでいる少年。このとき吉本さんは知識人になる階段を上りかけていた。彼が『歎異抄《たんにしょう》』の教えに共感し、人生の半ばを超えたあたりからしきりと親鸞について書くようになったのは、知識人の頂点にまで上り詰めてしまった人間が、いかに階段を下り、知識や学識とは無関係な人々の世界に着地できるか、その方法を弄《まさぐ》っていたからだった。

80歳の吉本さんは、もう大分に目が不自由になっていた。わたしが高校時代から読み続けて、すっかり傷んでしまった詩集を鞄《かばん》から出すと、「まあ、こんな昔の本を」といいながら、サインペンで署名をしてくださった。字は少し間隔が開いてはいたが、堅固な構造をもった文字だった。ゆっくりと、ゆっくりと、字画の一つひとつを確認するようになされた署名だった。

（書き下ろし）

## 出雲《いずも》で考えたこと

かつての国鉄大社駅は廃駅になっていた。出雲大社の神殿を模して設計されたこのユニークな駅は、もう20年以上前に使用されなくなり、プラットフォームに立つと、赤錆《あかさ》びた線路は半ば土砂に埋まり、雑草が生い茂っていた。向かい側のフォームへと通じる踏切の金属板には、一つひとつに兎のレリーフが施されていたが、それも例外なく錆びていた。

わたしは子供のころ、正月に出雲市駅から列車に乗り、この駅で降りたことがあった。参拝客で賑わう門前通りを、父方の祖母に始まり、伯父や伯母、それに晴着を着た何人もの従姉妹《いとこ》たちといっしょに、一団となって大社まで歩いていった。現在の参道には、当時の殷賑《いんしん》を感じさせるものは何もなかった。道行く人は少なく、土産物屋のほとんどは店を閉めていた。小さな川を渡り駐車場の案内を越すと、樹木の鬱蒼《うっそう》とした暗がりがあり、出雲大社に到着する。誰もが自家用車で大社の脇の駐車場に乗りつける時代に鉄道駅は用済みとなり、門前通りはその本来の役割を終えてしまったのだ。

ひさしぶりに訪れた出雲大社は、やはり威風堂々とした佇《たたず》まいを見せていた。来年秋に大々的な改築を予定しているというので本殿に上ることはできなかったが、境内には若いカップルを始め、女性の観光客が目立った。さすがに縁結びの神様を祀《まつ》っているだけのことはあると、わたしは納得した。

本殿から少し行ったところにある博物館では、思いがけないものを観《み》ることができた。広々としたロビーの中央に、ガラスケースに収められて、黒々とした巨大な塊が三つ、陳列されている。かつて神殿の支柱であった宇豆《うづ》柱だった。

柱と書いてみたが、もはや柱の形態を留めているわけではない。一つひとつは直径1メートル半ほどの太さの、黒い岩の塊に見える。説明板によると、10年ほど前に本来の本殿跡を発掘していて、偶然に出土したものであるらしい。発見されたとき、宇豆柱は直径6メートルの大穴のなかに立てられ、柱を固定するために隙間にはびっしりと石が敷き詰められていた。地下水が滾々《こんこん》と湧き出る場所に埋められていたため、長い歳月を経て発見されたにもかかわらず、木材として朽ちることがなかった。

支柱の太さはただごとではない。3本の樹木の幹を束ねて使用してきたということは、支柱が全体として4メートルを超える太さであったことを意味している。この太い柱が縦横に9本並んで棟を支え、その上に神殿が築かれていた。その事実からして、古代の出雲大社の規模が想像できる。雲を衝くというのはいかにも常套《じょうとう》な表現であるが、これだけの巨木を惜しげもなく土台に用いた建築であるからには、その高さと拡《ひろ》がりにおいて、今日では想像もつかないほどのものであったことだろう。

原武史の『〈出雲〉という思想』（公人社、1996年。現在は講談社学術文庫）は、読み直すたびに新鮮な印象を受ける書物である。わたしは自分と同じ年に同じ賞を受けたこの政治思想史研究家から、つねに示唆を与えられてきた。

古代から近世にいたるまで出雲大社の威厳には、他の神社仏閣とは比較できないほど強大なものがあった。大社の神主は「出雲国造《いずもこくそう》」と呼ばれ、代々世襲制で祭祀《さいし》を司《つかさど》り、中国地方のみならず、四国を含める西日本において、天皇に匹敵する宗教的権威を持っていた。また藩主を上回るほどの権威をも携えていた。原によれば国造は地面に直接に足をつけてはならず、つねに神火を携行し、その火で調理した飯以外のものを口にしてはいけないとされていた。とはいうものの、天皇のように内裏の奥に隠れ、見えない神としてあがめられてきたわけではない。明治に入って第80代国造となった千家尊福《せんげたかとみ》は、中国四国を廻りながら一般人に直接に語りかけ、行く先々で生き神様として熱狂的な歓迎を受けた。私見だが、そのあり方はかつてのチベットにおけるダライ・ラマを髣髴《ほうふつ》させたのかもしれない。

だがこの尊福は、急速に西洋化を目指し、天皇制国家を確立しようとする明治政府の姿勢を前に、挫折を余儀なくされる。彼は神仏混淆《こんこう》の江戸時代にあって、一般には七福神のひとつ、大黒様を祭神と信じてきた出雲大社のあり方を根底から改め、オオクニヌシノミコトを中心とする神学を受け容れる。幽冥界の主宰神であるオオクニヌシを中心とするという復古神道の立場は、本居宣長《もとおりのりなが》から平田篤胤《あつたね》にいたる国学者の系譜のなかで醸成されてきたものであるが、それを明治政府に提言し、出雲大社の伊勢神宮に対する優位を認めさせようとする。これはアマテラスオオミカミを中心として神道の一神教化を推進する政府のあり方と、根本的に対立する立場である。

当然のことながら尊福は迫害された。アマテラスより偉大な神をもし認めたとすれば、アマテラスの直系の子孫である天皇の権威の絶対性が否定されてしまうためである。彼は心ならずも爵位を与えられ、埼玉県知事に任命されてしまう。神聖なる本拠地出雲から切り離され、世俗の官吏たることを強要されることが、生き神とまで呼ばれた神聖権威の存在にとって流謫《るたく》であり懲罰であることはいうまでもない。かくして出雲神道は貶《おとし》められ、アマテラスを主神とした国家神道が確立される。日本近代における最大の新宗教である。国家神道のもとに天皇は絶対存在として君臨することになり、戦死者の鎮魂という理由のもとに、靖国神社が強い権能を振るうことが許される。その後、出口王仁三郎《おにさぶろう》の大本教がオオクニヌシの復権を目指したが、官憲によって徹底的に弾圧された。神聖なる威厳を否定された出雲大社は、戦後の日本社会にあって、もっぱら縁結びの観光名所として喧伝されるだけになってしまった。

いったい出雲とは何なのか。

（書き下ろし）

## 2013

　ＣＩＡ職員スノーデンがアメリカの情報活動機関の内実を暴露して、ロシアに亡命した。北朝鮮の金正恩《キムジョンウン》が後見人である義理の叔父を処刑した。アルジェリアではイスラム武装組織が日本人人質10名を殺害した。シリア国軍が内戦時にサリンガスなどの化学兵器を使用していると、国連委員会が発表した。イスラエルとパレスチナ自治政府の間の和平交渉が再開され、またしても頓挫した。エジプトではクーデタによってモルシ政権が崩壊し、「アラブの春」の民主化が灰燼《かいじん》に帰した。北京の天安門では、共産党の一党独裁とウイグル人迫害に抗議するため、3人のウイグル人の乗った乗用車がフルスピードで門に衝突。全員が即死した。この時期、すでに中国は恐ろしい大気汚染に加えて、全世界の監視カメラの半分を作動させている国家と化していた。

　日本では、返り咲いた安倍総理が「アベノミクス」なる経済政策を始動させた。特定秘密保護法が、国会での与党の強行採決によって成立した。２０２０年夏に東京でオリンピック（いつの間にか「パラリンピック」という語を付加することが政治的「正確」だと見なされるようになったらしい）が開催されることが決定された。福島第一原発からは、高度の放射性物質に汚染された水が休みなく大量に放出されていた。安倍総理は「状況はコントロールされている」と明言した。富士山が世界文化遺産に登録された。

わたしは2月に友人たちを招き、小さな還暦祝いをした。ソウル、台北、香港《ホンコン》の大学で講演を行ない、「先生はまるで黒杰克《ブラック・ジャック》みたいですね」といわれた。かつての留学先ボローニャを再訪。旧友がパゾリーニ協会の会長に就任していると知った。10月からは、台湾の清華大学の客員研究員に落着いた。

## 原発を語らず

昔からそうだった。何か重要な事件が起きたときに、わたしはかならず日本にいない。天皇裕仁《ひろひと》が死んだときも、オウム真理教事件のときも、異国の地にいてそれを知らされた。福島の原子力発電所が崩壊し、大事件となったときもそうだ。ロンドン大学のキャンパスで学生たちが声をからして、トーホクを救えとカンパ活動をしているのを、わたしは憂鬱な気持ちで眺めていた。

昨年の初め、帰国したわたしは、留守中に溜《た》まっていた雑誌や単行本を整理しながら、さらに憂鬱な気分になった。津波と原発をめぐって、今日までに3000点近い書物が刊行されている。大新聞は美談だらけだ。小説家は、今こそ自分の道徳意識を発揮できるといわんばかりに、書きまくっている。彼らは文学の無力に苦しんでいるのか。それとも格好のネタが発見できたと、はしゃぎまくっているのか。わたしには区別できない。原発は誰に対しても、平等に饒舌の好機を与えた。わたしはロラン・バルトの言葉を思い出す。ファシズムとは人に発言を禁じるのではなく、逆に言葉を積極的に口にするように命じるものなのだと、彼は『文学の記号学』のなかで語っている。

わたしは自分に言葉を禁じた。ひとつには、人を過剰に語らせる眼《め》に見えないシステムに、搦《から》めとられたくないからだ。もうひとつは、自分には語る資格がないと判断したためだ。わたしはその場にいなかった。日本人が不安と恐怖の時間を生きているときに、ヨーロッパの安全地帯にいた。わたし以外の日本人が辛《つら》い体験をしているときに、わたしはそこからひとり隔てられ、コンピュータの情報と外国語での対話を通してしか、それを心に思い描くことができなかった。フランス人たちはいった。きみは逃げて来ることができて、運がよかった。いつ、家族と犬を呼び寄せるつもりなんだい？　彼らはつねに善意であったが、わたしはこの善意を屈辱と感じていた。

9・11で瓦礫《がれき》と化した世界貿易センターのビルの下で、猫が無事に出産していたと判明した。ニューヨークの新聞に掲載されたこのニュースが日本の大新聞に転載されたとき、わたしは突然に吐き気を感じた。3・11の罹災地《りさいち》でヴォランティアの人間が『上を向いて歩こう』をトランペットで演奏し、人々を勇気づけているという記事を同じ新聞で読んだときにも、なんともいいようのない不愉快な気持ちになった。ヒューマニズムの美談がすべてを窒息させてしまう。本来は沈黙することしかできないような事実を前にしても、人々を饒舌へと駆り立てていく。

だから、はっきりいっておこう。わたしが聴きたいのは坂本九の感傷的なメロディではない。あらゆる感傷を拒んで鳴り響くクセナキスの実験音楽なのだ。『上を向いて歩こう』は人を涙させることはできても、涙を超えるものを差し出してくれない。クセナキスはそれに比べて、人間の精神をより自由へと導いてくれる。わたしが批評家としてなすべきことは、「こんな大惨事を前に、クセナキスなど聴いている場合じゃない」という公共の声、常識の声、メディアの声に対し、クセナキスの正しさ（理性）を弁護することだ。

繰り返していおう。わたしは原発の惨事について語らない。わたしはいなかった。わたしには語る資格がないのである。

（『週刊金曜日』２０１３年5月10日号）

その昔、アレクサンダー大王がなんとか記憶術を学びたいものだと思い、その名人を探し求めたことがあった。その甲斐《かい》あって美しい巫女《みこ》が見つかり、彼女が王に術を授けることになった。

巫女はまず大きな火を焚《た》き、炎の姿を読み取ることが大切だと、大王に語った。でも、鰐の左の眼のことだけは絶対に考えてはいけませんといった。右眼のことならば、いくら思い出してもかまいません。ただし一瞬でも左眼のことを考えると、すべての努力が水の泡になりますと、彼女は真顔で忠告した。

大王はいわれた通りに炎を読み取ろうとした。だが、鰐の左眼のことが気になって仕方がない。これまで鰐の眼のことなど気に留めたこともないというのに、記憶のなかにある鰐の顔を思い出し、ついその左の眼のことを考えてしまった。

その瞬間に美しい巫女はいった。大王様、すべてが駄目になってしまいました。もう少しであなたは、人間の力では及びもつかない記憶術を手中に収めることができるところだったというのに、鰐の左眼のことを考えてしまいましたね。もうとりかえしがつきません。こうして大王は、世間一般の人間と同じく、次々とモノゴトを忘れてしまうようになったのである。

いったいこの話の教訓とは何なのか。

もし大王が抜かりなく鰐の左眼の形など取るに足らぬものだと心得、それを心に思い浮べることを懸命に自制していたとしたなら、彼はいかなる者にもまして優れた記憶術を取得することができただろう。そのさいにはおよそナイル河だろうが、インダス河だろうが、彼の広大な所領地の河川に棲息《せいそく》する、ありとあらゆる鰐の姿かたちを思い描くことも叶《かな》ったであろうし、好きなだけその左眼の大きさや色や瞬きのぐあいなどを想像することもできただろう。だが現実にはそうならなかった。人間というものは、思い描くなと命じられると、いっそうそのことを考えてしまう不幸な動物なのである。

そもそも記憶術とは、ひとたび見てしまったことを、永遠に忘れないようにする特別な技能のことである。だがはたしてそれは、いかなる状況にあっても、人間にとって本当に必要なことなのだろうか。

一方に、見てしまったこと、体験してしまったことをなんとかして忘れ、心の平安を取り戻したいと願っている人たちがいる。この人たちにとって緊急に必要なのは、忘却の術である。だがもう一方に、思い出せ、忘れてはならないと、叱咤《しった》激励する人たちがいる。彼らは記憶術こそが大切だと、大声で主張している。忘れたい人の声はひどく小さい。声を立てれば立てるほどに、忌まわしい記憶が戻ってきそうな気がして、怖《おそ》ろしくてならないのだ。加えて鰐の左眼の問題が残っている。ひとたび鰐の左眼のことを心に思い描いてしまった人間は、記憶と忘却のなかで、死ぬまで迷い続けることしかできないのだ。

ところでわたしはこの話をどこで聞いたのか、先ほどからそれを思い出そうと努力しているのだが、それが思い出せない。おそらくわたしもまた古代の大王よろしく、大切な行為の最中につい鰐の左眼のことを思い出してしまい、記憶術の獲得に失敗してしまったのだろう。だがそれにしても、鰐の左眼とはいったい何なのか。

（『週刊金曜日』２０１３年6月7日号）

## 曝書《ばくしょ》について

「曝書」という言葉がある。文字通り、書物を曝《さら》すことである。最近、高橋英夫の『文人荷風抄《ぶんじんかふうしょう》』（岩波書店）を読む機会があって、今では滅多に口にされなくなったこの年中行事のことを、ひさしぶりに思い出した。

漢籍と和書は、積み重ねるのが普通である。当然のことであるが、重みによって書物が傷んだり、高温多湿のせいで黴《かび》が生えたりする。紙魚《しみ》がこっそりと忍び込んで、和紙を食い荒らすことも考えられる。そこで1年に一度、土用のころに書物を書庫から順繰りに運びだすと、真ん中あたりの頁を開き、そのまま屋根瓦のようにして床に並べる。といっても文人の家のことだ。広々とした豪邸に住んでいるわけがない。書斎なり、客間なり、また廊下や縁側なり、ともかく空いている場所に書物を拡げ、充分に虫干しが終わったころを見計らって、ふたたび書庫に戻す。

蔵書が少ない場合には、曝書は1日か2日ですむだろう。だが森鷗外《おうがい》のような蔵書家ともなると、これは家族総出の大行事であった。家屋のなかだけでは干す場所が足りず、雨戸を外して庭に並べた上にも、さらに庭石の上にも書物を並べたようである。もちろん1日ですむわけがない。作業は1週間から2週間にわたって続いたと伝えられている。

曝書はこうして大変な行事ではあったが、それゆえの愉《たの》しみがないわけではなかった。夕暮れともなり、1日の作業が終わると、手伝った子供たちには氷水やラムネ、葛桜などのお菓子が振舞われたと、鷗外の息子である森於菟《おと》は『耄碌寸前《もうろくすんぜん》』（みすず書房）のなかで思い出を語っている。加えてそれは子供たちにとって、書庫という厳粛な空間に隠されている未知の書物に触れることができる、貴重な機会であった。ひとたび書物を床に並《なら》べて終《しま》えば、後は何もすることはない。子供はいくらでも抓《つま》み食《ぐ》いならぬ、抓み読みに耽ることが許されるのだ。

抓み読みは、手伝いの子供にかぎったことではない。曝書を取り仕切る当の本人にしたところで、長らく仕舞い込んでいた書物に思いがけず再会し、行事をそっちのけで読み耽ってしまうことがいくらでもあった。先に名を掲げた高橋氏の著書によれば、永井荷風は1944年の空襲ですべての蔵書を失うまで、ほとんど毎夏にわたり、この曝書を実践している。そしてその期間中に読み直した少なからぬ書物に着想を得て、新しい創作をなしえたという。こうなると曝書とは、膠着した思考をリフレッシュさせる、積極的な意味あいをもっているといえる。

31年間勤めた大学を退職し、研究室を畳んだときに生じたのは、大津波とも呼ぶべき書物とDVD資料の、わが家への到来であった。その数は段ボールにして142箱。とりあえず70箱は自宅に運び込み、残りの72箱は書庫に押し込んだ。ひと夏をかけて自宅のものはなんとか整理し終えたが、書庫のものはまだほとんど手つかずのままだ。和書漢籍と違って、洋書とDVDには虫干しの必要はない。だがそれでもパゾリーニ戯曲集が急に必要になれば、積み上げられている段ボールの山中に潜り込み、軍手をしながら「発掘作業」に精を出さなければならない。詰め込んだ書物を床に並べ、1冊ごとにチェックしてみなければならないのだ。

最近になって考えが変わった。これもまた曝書ではないか。鷗外漁史の時代にあった、優雅にして和やかな曝書とは雲泥の差かもしれないが、かつて購《あがな》ったまま読まずに仕舞い込んでいた書物を発見し、何することもなくそれに読み耽るという行為こそ、逆に貴重な体験ではないか。思いがけない着想とは、こうした無為の読書から生まれてくる。加えてもうひとつ。曝書には1銭もお金がかからないのである。

(『白水社ブックカタログ　2013』)

# ある香港の詩人の死

香港は土砂降りだった。空港に着くとすでに送迎の車が待機していて、わたしを乗せるとただちに動き出した。隣の座席にはチューリッヒから来た研究者がいた。まさか、こんなに早く亡くなってしまうなんてと、彼女はいった。1月にメアリーから緊急の連絡があって、短くていいから今すぐに追悼の文章を書いてほしいって。それで1日で書いて送ったのよ。ぼくもだと、わたしはいった。とにかく急いで書いた。そんな話をしている間に、車は嶺南《れいなん》大学のゲストハウスに到着した。明日から3日間、香港の50年代文化を討議する学会が開催されるのだ。わたしたちはそれに招待された。だが招待状に署名した当の本人は、すでにこの世を去っていた。雨はまだ降り続けている。

也斯《イエース》は1949年、香港に生まれた。両親は大陸に成立した共産党政権を避けて、上海《シャンハイ》から逃げてきた。彼は貧しい境遇のなか、大学で文学を学び、詩を書き出した。アメリカで学位を得て帰国する途中、立ち寄った東京の日本武道館でボブ・ディランを聴いた。そのときはよほど感銘したようで、後にディランの歌詞を中国語に翻訳している。

也斯は70年代に批評家としてデビューすると、文字通り孤軍奮闘の戦いを続けた。香港とは美食と映画だけではない。ちゃんと文学も存在しているのだと、身を以《もっ》て証明しようとしたのだ。詩集を刊行し、欧米の前衛文学を翻訳した。論争を受けて立ち、世界中の都市で自作の朗読を行なった。2006年に東京で世界村上春樹会議が開催されたときには、パワーズというアメリカの作家とともに基調講演を行なっている。彼はハルキの故郷の神戸が香港に似ているというので、上機嫌だった。香港での也斯の位置は、日本でいうならば若き吉本隆明かもしれない。

わたしは香港の中国への「返還」のしばらく後で、也斯と知り合った。彼は恐るべき食通で、日本料理に対しても貪欲な好奇心を隠さなかった。ニコニコとしていて、人生を享受しているという風だった。だが本当のところはどうだったのか。そのころ彼が、香港返還をめぐって動揺する知識人たちを諷刺《ふうし》した小説を別名で発表し、大変な騒動を巻き起こしていたと、わたしは後になって知らされた。ともあれ意気投合したわたしたちは、いっしょに1冊の書物を書こうと決めた。数年経ってそれは、『いつも香港を見つめて』という題名の往復書簡として岩波書店から刊行された。

也斯が癌《がん》を患い余命いくばくもないという報《しら》せを、同僚のメアリーから受けたのは、3年前のことである。わたしはただちに航空券を求め、1週間後に香港で彼に会った。息せき切って駆けつけたわたしに、彼は、大丈夫だよ、漢方でゆっくり治すからと、いつものニコニコした顔で応えた。まだ書きたいことがたくさんあるうちは生きていられるとも。

シンポジウムは盛会だった。最後に何人かが、それぞれの言語で也斯の詩を朗読した。わたしは日本語で自分の訳したものを読んだ。わたしたちの共著の中国語版は7月に刊行されるらしい。わたしはそれを聞いてうれしく思ったが、ふと振り返ってみると、もうそこに也斯はいないのだった。

（『週刊金曜日』２０１３年7月5日号）

## 恍惚《こうこつ》と畏怖に満ちたサーカス

昔は「フリーク」などという、こまっしゃくれた言葉はなかった。「因果もの」といった。親の因果が子に報い……という、あの「因果もの」である。

ふたりの姉妹が、両親といっしょに食卓を囲んでいる。どこにでもある、平凡で幸福な光景だ。ただひとつだけ他の家庭と異なっているのは、姉がひどく醜い、というより人間の範疇《はんちゅう》を大きく食《は》み出たかのような、因果ものであることだ。妹はその不憫《ふびん》な姉を労《いたわ》り、懸命に気遣っている。

そこで遠くから、不気味な声が聞こえてくる。

「片輪はどこだ！　片輪はどこだ！」

何人もの男たちが祭神輿を担ぐかのように声を挙げながら、一家の方へ近づいてくる。

「片輪はどこだ！　片輪はどこだ！」

彼らは食卓についている姉を目敏《めざと》く見つけると、わが意を得たといわんばかりに拉致してゆく。妹は叫ぶが、姉はもう覚悟を決めたかのように神妙な顔を見せ、攫《さら》われるままに男たちに身を任せる。


ゴキブリコンビナートが２０１１年に見せた舞台である。

恐ろしいものを見てしまった、という気がした。自分の無意識の奥に固く封印して、あたかもそれがなかったかのように振舞ってきた恐怖が、突然に封を切って立ち昇り、不気味な煙となって、目の前でみるみる展《ひろ》がっていくような気持ちがした。やっぱりそうだったのだ。因果ものの人たちはこうして因果ものに攫われ、厳しく芸を仕込まれ、華々しく照明を浴びながら、舞台へと上がってゆくのだ。因果ものは人並みに平凡な家庭の幸福などを夢見たりせず、因果ものどうしのなかで堂々と生きて行くのが筋というものだ。

だがこの気持ちはただちに方向を変え、自分に反転してきた。はたしてこれはあの人たちだけに起こる出来ごとなのだろうか。〈わたし〉とあの人たちは、どこが違っているのだろうか。もし同じことが〈わたし〉の身の上に起こったとすれば、〈わたし〉はこれからどう生きていけばいいのか。わたしは昔に読んだ、カーソン・マッカラーズの『結婚式の参列者』という小説を思い出した。そこではアメリカの南部の小さな町に住むひとりの少女の夢想が延々と語られている。彼女は街角に畸形《きけい》の人間を見て、自分もいつかはああなるのだと思いめぐらすのだ。

あるとき町外れの空地に広々としたテントが設けられ、何台ものトラックが並ぶ。テントの裏側からは、檻《おり》に入った獣たちが立てる、独特の臭いが漂ってくる。ほどなくして街角にポスターが貼られ、サーカスの到来を告げる宣伝マンが往来を練り歩く。夜ともなれば、テントにはイルミネーションが煌《きら》めき、音楽が高らかに鳴り響く。空中ブランコ。玉乗り。学者犬。猛獣の火潜り。道化師たち。馬たち。テントのなかでは高さと低さ、速さと鈍さ、遠さと近さといった地上の法則のいっさいが転倒し、人間が人間を超え、動物が人間を超えてしまう。だが恍惚と魅惑の夜が何日か過ぎてしまうと、テントは忽然《こつぜん》と消えてしまう。町外れの空地はふたたび空地となり、そこには狂騒を感じさせる痕跡は何も残っていない。サーカスはどこかに行ってしまったのだ。

サーカスの記憶はすっかり遠のいてしまった。

いや、遠のいていったのは、サーカスばかりではない。縁日の見世物小屋も、キャバレーのマジックショーも、往年の芸能を探しだそうとしても、それがどこに行ってしまったのか、見当がつかない。わたしの世代はわずかに神社の縁日で、石狩川で生まれ育ったという触れ込みの蛇女が鼻から口へ蛇を通すのを目撃して、子供時代に驚嘆した世代に当たっている。幸運なことであった。だがキャバレーの舞台での金粉ショー全盛の日々には出遅れてしまい、いつしかヌード劇場は「観客参加」が中心となって、踊り子のダンスのエロティックな技量を賞味するという雰囲気から遠ざかってしまった。

わたしはわたしに畏怖の感情を思い出させてくれるパフォーマンスを、長い間探していた。マッカラーズの描く少女のように、自分の存在を根底から危うくさせてしまうのではないかという舞台、このようなものを一たび目の当たりにしてしまったら、はたして無事に夜更けに家に辿り着くことができるのだろうかと、つい不安になってしまうような舞台を目の当たりにしたいものだと、探し求めていたのである。内藤巽《たつみ》が団長として主宰し、1年に一度、東京のあちらこちらで深夜に開催される「サディスティック・サーカス」を知ったのは、そのような不充足の日々のことであった。

一晩を徹して、サーカスで繰り拡げられるさまざまなショーと見世物を、まんじりともせずにつきあっているうちに、これこそが自分がもうとうに期待することを諦めていた、理想的な舞台であることが理解できた。そこには恐怖と隣り合わせになった恍惚があり、惨《むご》たらしい苦痛の表象があった。軽快にしてエロティックなコミックがあったかと思うと、およそ人間の想像力の限界を超えるかのような悪趣味があった。

ただちに想起したのは、鶴屋南北の『独道中五十三駅《ひとりたびごじゅうさんつぎ》』のような、頽廃《たいはい》的な歌舞伎舞台である。江戸時代のパゾリーニともいうべきこの劇作家の作品では弥次さん喜多さんが東海道を旅行中、ふとしたことから地獄の釜が大きく開いてしまったおかげで、経帷子《きようかたびら》姿の亡者たちが次々と地上に出現してくる。蛇使いにはじまり、力婦、両性具有（ふたなり）、さらに夥《おびただ》しい種類の畸形までが、所せましと舞台の上にゾロゾロと登場し、観客である生者を嘲笑するかのように挑発してみせる。サディスティック・サーカスという舞台を突き動かしている力のなかにも、たぶんにこの南北的なる想像力が働いているように、わたしには思われる。

サディスティック・サーカスを知って以来、夏が訪れるたびに、その到来を心待ちにするようになった。文字通りそれはある晩に突然出現し、夥しい芸人や踊り子、パフォーマーたちが百鬼夜行を繰り拡げたかと思うと、翌日にはもう何ごともなかったかのように霧散してしまうのである。

サディスティック・サーカスを包み込んでいるのは、めくるめく華麗な眩暈《めまい》のイメージであり、恍惚と陶酔のイメージである。だがそれは同時に、暗い苦痛、不条理な転落のイメージと深く結びついている。一方にアラビア風の異国情緒に満ちた快楽のイメージがあり、もう一方に神道の修験者のもつ厳粛で禁欲的なイメージがある。女性の身体《からだ》は、あたかも農耕儀礼の延長であるかのように、植物や鳥の羽で飾りたてられ、供犠に供されたかと思うと、驢馬《ろば》の仮面を被せられ、乳首に矢を突きたてられて、急激な光の回転の渦に捲き込まれてしまう。それは金粉を塗りたくられ、炎の下を潜り、天井から吊《つ》るされて、ブランコのように大きく揺れ続ける。舞台の上に実現されているのは、文字通り魔法にほかならない。こうしたさまざまなパフォーマンスが究極的に目指しているのは、死への強い退行的欲動である。首くくり梼象《たくぞう》（本稿執筆後に死亡）は裸女とギタリストを従え、みずからの首を縄にかけて吊り下がり、早乙女宏美は白褌《しろふんどし》を締め、短刀を裸の腹に突きたてると、歓喜の表情のうちに切腹をしてみせる。そしてすべての危険な欲動が舞台の上で猖獗《しょうけつ》を極めたのち、ダイアン・アーバスの写真から登場してきたかのように、こまどり姉妹がデュエットを演じる。

日本の文化がこぞって平板なものとなって久しい。文学も、漫画も、ポップスも、家庭の幸福とやらも、セックスも、われわれを構成しているもののことごとくが管理され、そつなく調教され、容易にアクセスが可能となり、平等に享受できる、フラットなものに成り果ててしまって、短くない時間が経過してしまった。もはや地下の文化、アンダーグラウンドの文化というものは、どこにも存在していないように思われる（もしそれを求めるなら、最後の砦《とりで》として、北京やピョンヤンの抑圧的な文化状況に赴くしかないだろう）。なるほど奇を衒《てら》う芸術家は、いつの時代にも存在している。だが彼らがひとたび人を恐怖させ、怒らせ、当惑させる実験を行なったとしても、今日の日本社会はただちにそれを呑み込んでしまい、最新流行の思いつきとして消費してしまうばかりなのだ。

サディスティック・サーカスに集結している芸人、芸術家、パフォーマーは、こうしたアングラ殺しの状況のもとにあって、まさに奇跡的に成立しているように思われる。彼らはけっしてTVで持《も》て囃《はや》されたりすることなく、芸の孤独さを観客とともに分かち合いながら、今後も進んでいくことだろう。孤独な芸を探り当てるのは、ひとえに観客の一人ひとりが内面に抱え込んでいる孤独である。

（DVD「サディスティック・サーカス」〈ヴァニラ画廊〉解説）

## 消滅しないもの

パソコンというものを弄《いじく》りだして間もないころのことである。

不用になった原稿や映像はデスクトップの端にある、「ごみ箱」という場所に捨ててしまえばいいのだよと、わたしは教えられた。こいつはいいや、何でもここに突っ込んでしまえばいいのか。そう、「ごみ箱」は便利だった。現実に自分の部屋にあるごみ箱と違って、いっぱいになればビニール袋に詰めかえて、外のゴミ捨て場に運ばなければいけないこともない。放り込んでしまいさえすればいいのだから。

あるとき画面の操作を間違って、つい「ごみ箱」をクリックしてしまった。その瞬間、デスクトップに夥しい数のファイルと縮小された映像が出現した。どれにも見覚えがあった。かつて廃棄処分したはずのものだ。そのとき、わたしは気付いた。「ごみ箱」というのは一時的な猶予の状態にすぎず、情報を永久に消滅させたわけではないのだ。人はいつでも「ごみ箱」の中身を拾い出し、デスクトップに持ち帰ることができる。これは恐ろしい発見のように思えた。どんなに隠し逃げ回ったとしても、一度刻み込まれた情報は、この地上からけっして完璧に消し去ることができない。わたしにはそれが、何か人生そのものの原理を語っているように思えた。

知床半島から網走《あばしり》まで、車を走らせて廻ったことがある。熊に注意という標識を道路に見つけてしばらくすると、本当に2匹の熊がアスファルトの道路の上を歩いていたりして、なかなかスリルのある旅だった。

そのとき気付いたのは、途切れなく続く灌木《かんぼく》の林の間にときどき何も樹《き》の生えていない一角があり、崩れた小屋の破片が周囲に散らばっているのを見かけたことである。戦争直後に開拓団が入り、土地のあまりの苛酷さに開拓を放棄してしまった跡だ。満洲国（現在の中国東北部）や樺太《からふと》からソ連軍に追われ、生命をかけて内地に逃げ帰った人たちの、さらなる挫折の痕跡である。おそらくここにかつて開拓民が住んでいたことに気を留めている人は、もうどこにもいない。彼らは一体どこへ行ってしまったのだろうか。

北海道の旅でもうひとつ気になったのは、ルピナスの花だった。屈斜路湖《くっしゃろこ》のほとりでも、網走に向かう国道沿いでも、わたしは紫や藤色の花の美しい群生をよく見かけた。人間が計画して植えたものではない。殺風景な空地やゴミ捨て場に平然と生えていて、眼を驚かせてくれる。わたしは現地の人に訊ねた。もとより野生の花ではないのに、どうしてこれだけ繁茂しているのですか。これは昔、炭鉱《ヤマ》の人たちが宿舎の前に植えていたのですよと、わたしは教えられた。炭鉱町が寂れ、労働者の家族らがどこかへ行って、もう長い時間が経った。ただ一度植えられたルピナスだけは根分かれして、枯れることなくあちらこちらに花を咲かせているのだ。ここにもけっして消えない痕跡があった。その痕跡は、かつてそこに炭鉱に生きる人たちがいたことを、無言でわたしに告げていた。

ああ、パレスチナと同じだと、わたしは思った。かつてパレスチナ人が住んでいた集落をイスラエル政府が破壊してしまう。住民は殺されるか、追放されて難民となる。集落は荒地に戻るが、よく見るとサボテンの芽がキレイに一列に並んでいたりする。かつて人々が家の門に植えていたものの地下茎が残っていて、地上に浮上してくるのだ。北海道のルピナスもまた同じである。植物は不屈だ。

（『週刊金曜日』２０１３年９月６日号）

## 戦災を受けていない都市

ある種の言葉はただちに理解される。素直に受け取られ、素直に忘れられる。だが、ある種の言葉は違う運命を辿る。それが口にされた直後には理解されないまま捨て置かれるのだが、長い歳月の後に読み直してみると、まるで読む側に匕首《あいくち》を突き付けてくるように響くといった言葉のことだ。

「終戦後六年の今日、日本各地を旅行して歩くと、異様な、また悲しいことに目をうたれざるを得なくなる。戦災をうけない都市が、戦災都市よりも汚いのだ。」

これを書いたのは坂口安吾で、1951年に執筆された「風流」というエッセイの一節だ。この発言をどう受け取ればいいのだろうか。

大概の人は、戦災を受けた町のことを語る場合、戦争さえなければ昔はもっと立派な町だったのに、という表現をする。まるで若くして死んでしまったお母さんは、本当に美人で、優しくて、いつも心のなかに生きていますとでも、いいたげなように。だが安吾はこうした感傷をドライに否定してしまう。戦争が起きる前、日本人がどれほど貧しく、不衛生で、惨めな家々に住んでいたことか、思い出してみろ。アメリカの空襲ですべて焼け野原になったからこそ、都市は新しく復興し、活力に満ちたバラックが雨後の筍《たけのこ》のように建てられていったのではないか。どこか街角に焼け残った一角があるのと比べてみたまえ。昔の日本人はあんなに情けなく、汚らしいところに住んでいたのではないか。

日本人は焼跡からみごとに都市を復興させた。では彼らは、もう二度と戦争などごめんだと思っているのだろうか。安吾はけっしてそうとは見ていない。

「実にたった六年足らずで戦前に復活しうる庶民生活というものは、いつでも戦争の用意ができているようなものだ」と、書いている。このエッセイが書かれた1951年とは朝鮮戦争の真っただ中であり、アメリカ軍の空爆機がどんどん日本の基地から出発していった。日本はこの戦争による特需で大儲《おおもう》けをし、高度成長のきっかけをつかんだ。安吾の洞察力は恐ろしく冴《さ》えている。

わたしはボスニア戦争の被害も生々しいモスタルの町を歩いたことがあった。スマトラ島の最先端にあって、ツナミによって町全体が攫われてしまったアチェの町を、惨事の1年後に訪れたこともある。どちらの町にも共通していたのは、いたるところに空地があり、廃墟《はいきょ》があり、そして真新しい簡易住宅が夥しく建ち並んでいたことだ。それはモスタル橋の有名な伝説や、アチェ王国の昔日の栄光を聞かされてきた者にとっては、見るのも無残な光景であった。

とはいえ現地人に向かって、昔はここは美しかったのでしょうねと語ることは、無礼であるように思われた。かといって安吾のように、災害を受けていない都市の方が、受けた都市よりも汚いと断言する勇気もなかった。安吾の言葉はいまだに難解である。賛成か反対かという問題ではない。人をその場に立たせ、考えさせるのである。

安吾は上手な小説家ではなかった。上手というのは太宰治の短編を指していう言葉である。安吾の文学は、エッセイとフィクションの区別を問わず、すべて強烈な光と熱に満ちている。彼は死後の名声という考えを軽蔑したが、死せる安吾はわたしに憑《と》りついてやまない。

（『週刊金曜日』２０１３年10月4日号）

## ただ金のために

裂くのに時があり、縫うのに時がある。黙るのに時があり、語るのに時がある。『伝道の書』がこう語っているように、すべてのものごとには、それにふさわしい時というものがある。文筆業を30年以上続けてきて、わたしにも少しずつこのことが理解できるようになった。

あらゆる芸術のジャンルには、それが輝きわたる時というものが存在している。少なくとも一度は。運がよければ二度。けれども二度目というのは同じように見えて、実はまったく違ったものの再来であることが多い。

わたしはロックンロールというものが、１９７０年代の中ごろまでに絶頂を体験し、本質を終えたという考えを持っている。もちろんその後も、優秀なロック演奏家は輩出している。だが音楽が真に危険で、次に何をやりだすか見当もつかないという状況は、一段落を遂げた。そのときロックは固有の役割を終えてしまったのだ。

ロックにとって致命的だったのは、不用意にメッセージを所有してしまったことだった。１

950年代にも、60年代前半にも、ロック歌手はただ健康的に欲望を叫んでいればよかった。演奏行為そのものが、圧倒的にメッセージであったからだ。ところが社会に貢献しようという小利口なメッセージを口にしだした瞬間から、ロックはそれ自体が充溢《じゅういつ》したメッセージであることをやめた。外部のメッセージを取り込み、それを表象する媒体へと転落してしまった。聴衆はロックを通してロック以外のイデオロギーを受け取る、あるいは学ぶようになり、音楽としては単なる容器と化してしまった。

こうした頽廃的な趨勢《すうせい》のなかで、わたしの知るかぎり、フランク・ザッパだけが正常で健康的な神経を持っていたように思われる。周囲のグループがラヴ&ピースとか、アパルトヘイト反対とか、バングラデシュ救援といった、さまざまなメッセージを目的としてコンサートを開いたり、小利口な歌詞を口遊《くちずさ》みだしたとき、彼は宣言したのですね。

俺たちはただ、金のためにやってるんだ。

わたしはこの発言に感動した。なぜならばザッパはそのとき、自分の音楽を聴く者は、第二次大戦下でアメリカの日系人が、カリフォルニアの僻地《へきち》に建てられた強制収容所に収容されたという不条理な事実を、前もって心に思い浮べながら聴けという、長々しくも過激なメッセージを飛ばしていたからである。しかし彼は同時に、冷めた認識を抱いていた。たかだかロッカーがギターでスゴ技を披露したところで、人間の頑迷な認識に啓蒙《けいもう》を施すことなどできるわけがないと、ショービジネスの構造を見つめていたのだ。だから叫んだ。

俺たちはただ、金のためにやってるんだ。

大衆消費社会では、あらゆる芸術は商品としてしか扱われない。ナチズムの暴虐を訴えるDVDも、ナチズムの崇高さを賛美するDVDも、アマゾンの陳列棚ではまったく同じ場所に、隣り合わせで並べ置かれている。福島の惨事の後で苦悶する人々を描いた真面目な小説も、惨事などなかったかのように書かれた不真面目な小説も、そこではいささかの違いもない。今日の日本では、文筆家は歴史上のどんな時期にもましてもっとも簡単に、自分を道徳的存在として売り込むことができる。自分が福島に拘泥するのはけっして金のためでないという身振りをするだけで、それには充分なのである。

(『週刊金曜日』2013年11月1日号)

## キッチュの世界

「世界はもうすぐ終わろうとしている。世界がまだ続くかもしれない根拠は、ただひとつしかない。それは現にそれが、これまで存在してきたというだけのことにすぎない。」

19世紀の詩人、ボードレールがこう書いたとき思い描いていたのは、文明という文明が廃墟になり、人類が野性に戻って狩猟生活を続けるといった光景などではなかった。彼が説いたのは、たとえ世界が物質的に存在し続けるとしても、それがはたして存在という名前に値するような仕方であり続けるかが、たぶんに疑わしいという認識だった。野性に戻って、瓦礫のなかでたくましく生き延びていくというのなら、それはそれで結構ではないか。だが世界が滅ぶというのはもっと寒々しい真理だ。人間は冷酷な道徳律の見せしめとなって死んでいくのである。もう一度、ボードレールの言葉を引こう。「われわれは、自分たちが生きてきた根拠と信じてきたものによって、死滅することになるだろう。」

あるときからわたしは信じるようになった。自分が生きている現在の世界は、かつて見知っていた世界のキッチュ、紛《まが》いもの、ニセモノではないだろうかと。寿司屋《すしや》で出されるバランは、いつしか緑色のプラスチックのものに代わった。重油によるビニール栽培は、一年を通して多くの花や野菜の入手を可能にした。その結果、野菜や果物から季節感がなくなり、食材の均一化と管理化が進行していった。真正な食べものが消え失せると同時に、「真正さ」を謳《うた》った食べものが、これ見よがしにスーパーに出現した。

宅地造成によって老木が次々と切り倒されていくと、樹木が携えていた土地の記憶は消滅してしまった。住宅地の街路樹は、昆虫がつかないように在来種の樹木が遠ざけられた。雌雄の樹木の交配によって結実が生じると、臭気によって近隣の住民が迷惑するという理由から、けっして結実しない処理がなされた。その逆に工事現場に立てかけられた作業塀には、鮮やかな緑の植物デザインが描かれるようになった。土地はもはや土地であることをやめ、単なる空間へと転落している。前者は固有の記憶を携えているが、後者は交代可能な匿名的な拡がりで、もちろんそこには記憶など存在していない。

何十年にわたって進行していったこうした事態を眺めながら、わたしは考えている。もはや世界にはどこを探してもアウラ、つまり事物の霊力というものが消滅してしまった。われわれが住んでいるこの世界は、過去の世界のチープ・イミテーションにすぎないのだ。もはや臆することなく、そう叫んでみようではないか。あのころはすべてがまっとうだった。人々は不便と貧しさを当然のこととして受け止めていたが、そこには生きることの落着きがあった……。

だが、ひとたびこう書き記した瞬間から、わたしは名状しがたい不安に襲われてしまう。悪魔が「あのころは」というのは、いったいいつごろのことだったのかねと、耳元で囁《ささや》いているのに気付くのだ。ひょっとしてその当時の人々も、今のわたしと同じ感想を抱いていたのではないか。ノスタルジアの円環は、ふたたびわたしを現在へと引き戻す。現在がキッチュであるなら、世界は昔からキッチュではなかったかという、ひどく哲学的な問いの前に、わたしを立たせるのだ。

（『週刊金曜日』２０１３年11月29日号）

# 2014

ロシアがウクライナの南部クリミア半島に軍を派遣し、領土として併合した。この2国の関係は、前世紀初頭の日本と朝鮮を想起させた。ウクライナとはロシアの朝鮮なのだ。イスラム過激派組織がシリア北東部、イラク北西部に「イスラム国」ＩＳを樹立し、住民と異教徒の迫害と虐殺を開始した。パキスタンではイスラム武装勢力が学校を襲撃し、140人を超える生徒を殺害した。西アフリカではエボラ出血熱が、かつてない規模で蔓延した。イスラエルがガザを実効支配するハマースと戦闘状態に陥り、ガザ侵攻が本格化した。

韓国では旅客船「セウォル号」が沈没し、修学旅行中の高校生の乗客を中心に、304人が死亡した。日本から廃船直前の状態で売却された船舶に、規定値の数倍に当たる貨物と乗客を満載させた結果だった。船長はいち早く船から逃亡した。香港では民主化と香港の政治的独立を求める学生たちが立ち上がり、金鐘《カムチヨン》をはじめとして幹線道路を2か月半にわたり占拠した。警官隊の催涙スプレーから顔を守ろうとして雨傘を用いたことから、この運動は「雨傘運動」と呼ばれた。オバマ大統領がキューバとの国交正常化の交渉を開始した。

日本政府は憲法を改正せず、そこに新たな「解釈」を施すことによって、集団的自衛権行使を容認する道を選んだ。自衛隊員のなかには動揺が生じた。衆議院選挙は投票率の低さにおいて戦後最低の記録を更新し、与党自民党が圧勝した。理化学研究所の小保方晴子が刺激惹起《じゃっき》性多能性獲得細胞（STAP細胞）の生成をめぐり虚偽の発表を行なったと非難され、醜聞を招いた。消費税が5％から8％に上がった。ネトウヨが匿名の言論勢力として、社会的に無視できない力をもつようになった。

わたしはハバナ大学で集中講義をし、文部科学省の雑事を片付けると、もう一度台北に戻った。わたしの学生たちは立法院に立て籠もっていて、わたしをなかに招き入れてくれた。その後、大甲から新港まで200キロ近い道のりを、媽祖《マァツ》進香の巡礼に参加した。9月にはリオ・デ・ジャネイロのフルミネンセ連邦大学で集中講義。イルダ・イルストという前衛作家の存在を教えられ、見様見真似で翻訳を決意した。詩集『わが煉獄《れんごく》』を刊行し、新宿と鎌倉で朗読会をした。バンコクでチラナン・ピットプリーチャーに会った。彼女は1970年代にラオス・タイ国境の森に潜み、武装闘争を続けてきた闘士だった。

## 軽蔑の流儀

もう20年ほど前の話だが、イタリアの大学町に住んで、映画の勉強をしていたことがあった。

やがて教授たちとのつきあいから始まって、映画祭の面々と知り合いになり、ときに詩人や古書店の主人が開くささやかなパーティに招かれることがあった。今からすると、それはイタリア人の立ち振舞いを観察するのにいい機会だったと思う。彼らは明らかに三通りの階級に分かれていた。ブルジョアと庶民と、それから外国人労働者である。階級が違うと、聴く音楽も、服の買い方も違う。簡単にいうとブランドものを揃えた洋服屋で服を買うのがブルジョア。市場で買うのが庶民。そして階級の存在を否定する身振りこそが、ブルジョアの最たる特徴だった。

とはいえイタリア人の行動のなかに、ときおりどうしても理解できないことがいくつかあった。たとえば軽蔑という感情の表し方である。イタリア人はこれぞと軽蔑する人物に向かって、わざわざ自分の著書を献呈したり、パーティの招待状を送ったりするのだ。

この奇妙な仕種《しぐさ》を、わたしは自分なりに考えてみた。現在のわたしは職業的な著述家であるが、もし自分の新著を誰か人に送るとすれば、その相手は、かならずやわたしが敬意や親愛感を抱いている人物である。いや、少なくともわたしが自著を読んでほしいと期待する人物のはずだ。この感情は、中国人との交際において絶頂に達する。中国人にとっては、詩文の趣をともにする友人に署名入りで自著を送ることは、人生の重要な悦《よろこ》びであるからだ。いや、もう少し簡単にいえば、中国人は志を同じくする者に書物を献呈することの幸福のために、昼夜こつこつと筆を動かしているといってよい。

自分が馬鹿にしている人間にこそ自分の書物を贈る。イタリア人のこの屈折した行動を動機づけているものは、何だろうか。「悔しかったら、お前もこんな立派な本を書いてみるんだな」という心理だろうか。だがそれだけでは、まだ人間観察が不充分である。というのもここに横たわっているのは、相手を徹底して圧倒せんとする意志であり、拒否も反論もできない形で封じ込めてしまおうとする、老獪な悪意だからだ。この奇怪な行為が示すメッセージはひどく単純であり、次のように要約できる。すなわち、わたしは存在する。そしてお前は存在していない。この命題に、それ以上どのような説明が必要だろう。

だがこのメッセージには、それが発せられた瞬間から、さらに次元の高い、もうひとつのメッセージが伴う。わたしは先ほどの自分の行為と態度に対し、そもそもいかなる関心も興味も抱いていないというメッセージが、意地悪く添えられているのだ。

書物を受け取った側はどう振舞うべきなのか。日本人と違って、イタリアには突然の著書の贈呈を送り主の好意と勘違いするお人よしはいない。彼（そして少なからぬ場合、彼女）は、送り主の抱く軽蔑をただちに読み取る。では無視を決め込んで、書物をごみ箱に投げ入れるべきか。表情ひとつ変えず、形式的な丁重さを装った礼状を執筆すべきか。とはいえ前者は解決の放棄であり、後者は屈辱である。こうして受贈者の書斎机の上で、敵から贈られてきた書物は爆弾に匹敵する、禍々《まがまが》しい存在へと姿を変えてしまうのだ。こうした悪意は、なかなか日本人には理解されないのではないかと、わたしは考えている。もっとも稀有な例外がないわけではない。あるとき、江藤淳は、嫌いで嫌いで仕方ない開高健から新刊が贈られてきたので、怒り心頭に発して出版社に電話した。たまたま編集者が間違って贈ってしまっただけだと真相は判明したが、江藤の怒りはそれでも収まらなかった。この過敏な評論家は、そこに開高の自分に対する蔑意を読み取り、耐えられなかったのである。

（『週刊金曜日』２０１４年1月10日号）

## 最後の瞬間

それについて語ろうとした途端、日本語のなかに適当な言葉を探し当てることができず、では他の外国語ではどうだろうと考え出してもやたらと混乱するばかりで、結局うまく言葉に直せないままに終わってしまう状況というものがある。たとえば自分が現に今、目のあたりにしている事物なり人物なりを見ることが、これが最後だと知らされたとしたら。その瞬間に心のなかに浮かび上がって来る、曖昧だが複雑な感情。それを一言で表現できる言葉は、はたしてあるのだろうか。

逆の場合ならば簡単である。ある人なり物を最初に見た瞬間から、たちどころにそれを好きになってしまう現象は、「一目惚《ぼ》れ」という。英語では love at first sight だ。「はじめて会ったときから……」というのは、歌謡曲でもハリウッド映画でも、恋愛の定番メニューである。だが一目惚れということは、現実の生活ではめったに生じることのない事件だ。冷静になって思い出してみると、実はその反対の場合の方が、はるかに頻繁に起こっていることに気付く。

とりたてて特別な感情を抱いていたわけではないのだが、いつも馴《な》れ親しんできた人物が、これを最後にもういなくなってしまう。いや、少なくとも逢うことができなくなってしまう。そのときになって、予期もしていなかったことだが急に感情がこみ上げてきて、自分がその人物に対して掛け替えのない気持ちを抱いていたことがわかる。愛を発動させるのは、「もう遅い」という運命の託宣だ。明日からは永遠の不在の側へと移行してしまう存在を前に、最後の最後になって愛が湧き上がる。もちろんこの愛が報いられることはない。それは最初から挫折を告知されている愛なのだ。

明日から転校していくクラスメートの前で、病室でまさに死に行こうとしている人の前で、われわれはこれまでいくたび、この感情の噴出に見舞われてきたことか。いや、何も人間の場合だけとはかぎらない。明日から水没してしまう村の全景を、完成されたばかりのダムの上から眺める村人も、同じ気持ちに突き動かされてきた。閉館の前日の名画座。救命ボートのなかから見上げる、沈みゆこうとしている豪華客船……。喪失が愛を引き寄せると同時に、その無力をも宣言する。だというのに、どうしてこうした現象を表す言葉が見当たらないのだろうか。

けれどもこの一瞬の愛は、まだしも救われている。人はある物を喪失したとき、最後の瞬間をしっかりと心に焼きつけ、いくたびもなく、記憶を反芻《はんすう》しながらノスタルジアに耽ることができるからだ。消滅の予告は、少なくとも凝視のために若干の時間を与えてくれる。この劇的な凝視だけを頼りに、われわれはなんとか残りの人生を生き延びることができる。

最悪の場合とは、凝視をする間もなく、いかなる告知もなされないままに、すべてが失われてしまうことだ。人は記憶も映像もない不在に対して、どのように服喪すればいいのだろうか。末期の愛が形成される間もなく、終末が到来してしまったとき、手元に遺《のこ》されるのは空虚だけである。もうすぐ3年になるが、東北の海岸を襲った厄難は、最後に見つめ合うという別れすらも人に許さなかった。すべてが認識をする時間もなく、一瞬にして断ち切られてしまった。日本語にはまだ、この悲惨を表現する言葉がない。

（『週刊金曜日』２０１４年2月7日号）

## キューバの外国音楽

文化の神話というものは、たくさんの要素の結合からなりたっている。たとえば68年の神話のなかでは、誰もが長髪で、ビートルズの『ヘイ、ジュード』を聴き、ゲバラ日記を読み耽っていた。数年前に世を騒がした小熊英二の『１９６８』のような書物が、実は権力に阿《おもね》るだけの愚著であるのは、こうした文化神話のいっさいを無視して、刊行された冷たい記録だけをもって時代を語りうると信じた傲慢ゆえである。彼は全共闘世代へのインタヴューを拒み、証言者としての彼らの口封じに加担した。それでは何のために、日本人はこれまでベンヤミンを翻訳し勉強してきたのだろう。

とはいえ、この文化の神話がどこまでも狭い領域の内側で育まれた、ノスタルジックな夢想であることも、われわれは認めておかなければならない。それが明らかになるのは、思いもよらなかった場所に赴き、神話を構成している要素のことごとくが、音も立てずに解体してしまうのに立ち会ってしまった瞬間だ。

キューバに2週間、行ってきた。16年ぶりである。ハバナ大学に招かれ、三島由紀夫の『憂国』を上映したり、沖縄問題について授業をしたりしてきた。

ハバナはだいぶ変わっていた。まず観光客の数がどっと増えた。カナダとドイツが多い。だが一般人は、インターネットもクレジットカードもない生活をしている。買い物はすべてキャッシュだ。食事代は、日本円にして100円くらい。もっともメニューはまず選べない。豆ご飯に豚とバナナのスライスといった感じである。

毎日、授業が終わると、学生たちと音楽を聴きに行った。といっても、彼らはソンとかサルサといったキューバ音楽に興味を示さない。あれは年配の人と外国人のためのものですよと、こともなげにいう。もちろんヴェンダースの撮った観光音楽映画など観たこともない。学生たちが好んで聴くのはビートルズやツェッペリン、クリームといった、60年代から70年代初めのロックである。「イエローサブマリン」というライブハウスに連れていかれたが、満員で恐るべき熱気だった。

わたしには最初、その理由がわからなかった。若いくせに最初からナツメロもないだろうと、不思議に思っていた。だが彼らの話を聞いているうちに、だんだん事情が呑み込めてきた。

1959年、キューバ革命が起きた直後にカストロが決めたのは、あらゆる種類の外国音楽を聴くことの禁止である。敵国アメリカの音楽はもちろん、資本主義の毒に侵されている他のラテンアメリカの国の音楽も禁じられた。演奏を許されたのはキューバ音楽だけ。もちろん長髪はゲイと同義であり、まったく許容されなかった。

ハバナとマイアミの距離は近い。わずか350キロである。勇気のある者はこっそりとアメリカの短波放送を通してロックを聴いた。もちろん発覚すれば大ごとである。彼らはビートルズの面々の顔も知らないままに、食い入るようにしてその曲を聴き、旋律を記憶した。驚くなかれ、キューバで外国音楽を聴いてもよいという許可が下りるのは、1980年代の終わりなのである。だから90年代のハバナでロックを演奏することは、もうそれだけで体制に反抗的であることの意思表示だったのだ。

わたしは68年をめぐる神話的映像が、音もなく崩れていくのを感じていた。ゲバラ日記とビートルズは、われわれが憧れてやまなかったこの国では、けっして結合していなかったのである。

（『週刊金曜日』2014年3月7日号）

## ハバナの三島由紀夫

ハバナの国立映画製作所に若手の映画人を集めるから、ひとつ日本映画について講演をしてくれないかといわれた。そこで発作的に、三島由紀夫の『憂国』の上映を思い立った。30分のDVDに収まっていて手ごろだったこともあるが、なによりもキューバ人がサムライを大好きで、切腹について異常な関心を寄せていたからである。なにしろ革命後の20年間に180本もの日本映画を配給上映し、いまだに三船敏郎と座頭市とが二大ヒーローという国なのだ。ここはやはり切腹が処刑でも奇怪な見世物でもなく、名誉を賭けた究極の自己表現であるという事実を真面目に語っておこうと、わたしは考えた。

『憂国』は以前にソウルの大学で、参考上映をしたことがある。韓国の学生たちは強烈に興奮して、意見が続出して深夜に及んだ。男子学生は全員軍隊を体験しており、軍隊内の信義と友情の強さを知っているから、三島由紀夫が説いた物語を他人事《ひとごと》とは思わないのである。わたしは、ハバナとソウルの反応を比較してみたいと思った。

結果は期待していた以上だった。30人ほどの聴衆を前に、侍と三島、2・26事件の輪郭を説明したところ、上映後に質疑応答と討議が2時間近く続いた。誰もが「オレにいわせろ」といわんばかりに手を挙げ、意見を述べた。

日本の「天皇」という言葉は、ロシアのツァーリと同様、なかなか外国語に翻訳しにくい言葉である。「エンペラー」つまり皇帝と訳したところで、どうもしっくりいかない。だが社会主義国の若者の前だからとりあえず「皇帝」で通し、2・26事件の説明に入る。学生のひとりが、それでは革命じゃないですかといいだすと、その後は「皇帝」か「革命」かという論争が始まる。キューバ革命に誇りを持つ聴衆たちは、当然のように革命の支持に廻る。『憂国』の主人公は何も自決をすることはなかった。同志たちの革命軍の側に迷わず飛び込めばすむことだったのではないかと、ひとりが意見をいう。

しかし待ってくれよと、わたしが註釈を加える。そもそもその革命は皇帝に捧《ささ》げられたものだったのだ。皇帝がそれを拒絶した以上、革命軍はどうすればいいのか。わたしがそういうと彼らは当惑してしまう。皇帝が革命軍を裏切ったのなら、皇帝を殺すというのはどうでしょうか。いや、そんなことをしたら、主人公はたちまち同志たちの手で殺されてしまうよと、わたし。しかしその死は、後に歴史のなかで裁定されるでしょうという声が挙がる。

すると今度は女性の聴衆から、主人公の妻が夫の切腹を見届けると、鏡台に向かって身づくろいをした後で臆せずに自決するというところに、とりわけ感動したという声が挙がる。キューバ人にはここまでの思慮と忍耐は不可能だと、彼女はいう。それに反論して、とても正視できなかったと感想を語る、別の女性が現れ、しだいに議論は制御できないまでに拡がっていく。主人公の切腹については、最後まで結論は出なかった。ただわたしが感じたのは、キューバの若い映画人たちの異常なまでの興奮だった。

講演と討議に午後いっぱいを費やして外に出てみると、夕暮れだった。どこかで太鼓の練習をしている音が聞こえてくる。三島さんはブラジルには行ったが、キューバに来ていたらどう思っただろう。わたしはぼんやりとそんなことを考えながら、海辺まで歩いていった。あいかわらず高い波だ。

（『週刊金曜日』２０１４年４月４日号）

## 台湾学生の立法院占拠

議場中央の背後の壁には、孫文の厳粛な肖像画が掲げられている。だがその周囲は手作りのポスターと垂幕で埋め尽くされていた。「貿易協定を民主審議せよ」という標語があり、「台湾魂」と記されたものもあった。よく見るとその下に、「永不退縮　誓守民主」とあった。立て看板にはズラリと国会議員の顔写真が並んでいる。学生たちの要求に賛成の議員には「吉」、反対の議員はすべて馬総統の顔をして、「凶」と記されている。

演説をしている者がいて、円陣を組んで討議をしている者がいる。次々と寄せられてくる手書きメッセージの紙片を壁に貼り付けている者も、寝袋で眠っている者もいる。太陽花（ヒマワリ）がいたるところにあり、黒いTシャツ姿が目立った。夥しい数の撮影機が並んでいた。

立法院の内部に入ってしばらくするうちに、わたしは気が付いた。壁には落書きひとつなく、床にはゴミひとつ散らばっていない。ざわめきはあったが、声高く絶叫する者はいない。何百人もの学生たちが立て籠もっているというのに、そこに流れているのは不思議とゆったりとし

台湾で立法院を占拠する学生たち（2014年）

た時間だ。唯一の破壊は、議場の扉の前に築かれたバリケードである。椅子と机をガムテープと白い紐でグルグルに巻きつけたそれは、現代美術の展示のようだった。

わたしは陳為廷に訊ねた。学生運動の指導者のひとりだ。壁にある孫文の肖像画は、何か意味があるのか。彼は、何も意味はないですと答えた。彼はまだ20歳代の中ごろで、青いTシャツを着ている。その口調には尊大さもカリスマ的な演技も、何もなかった。彼はただ淡々と事態を説明した。われわれはここにあるものを何も変えません。民主主義が蹂躪《じゅうりん》されたから、民主主義を取り戻しに来ているだけです。細かな禁止事項など、何も表だって決めてません。何も破壊しないし、けっして暴力を用いない。何ただ不正を監視する法律をまず制定して、それから今回の協定の再審議を行なってほしいのです。

議場の外に出ると、絨毯《じゅうたん》を敷いた回廊が続いている。広々とした中庭は静寂の世界である。大勢の警官たちが硬い表情をして並んでいる。立法院を一歩出ると、そこは祝祭の場所だった。いたるところで、大小さまざまな討議がなされている。「人民国会開講」と称して、掛け合い漫才をしている男女二人組がいれば、一般人から次々と送られている食べものや衣料品を仕分けしている者がいる。真剣な表情で座り込んでいる高齢者がいて、学生を支持する大学教師たちの一団がいる。いきなりオーケストラが出現して、ベートーヴェンの『第九』の演奏を始めた。人々は手拍子でそれに反応した。立法院の白い建物を振り返ってみると、壁に「当独裁成為事実　革命就是義務」という文字が目に入った。4月5日の夕方、台北の青島東路でのことである。

3日後、立法院の議長は学生たちの要求を受け容れ、監視条例を定めないかぎり、中国とのサーヴィス協定の審議は行われないこととなった。そこで陳為廷は、2日後に学生全員が退去すると宣言した。10日の夕刻、わたしは彼らが流血もなく退去し、前の通りで大集会を開いているのを認めた。立法院の建物の文字はまだそのままだった。学生たちはつねに整然として冷静であり、しかも情熱的であった。彼らは585時間にわたって、直接民主主義を実現したのだった。

（『週刊金曜日』２０１４年5月9日号）

## 新しい郵便切手

郵便切手とは、大国が子供部屋で差し出す名刺である。ベンヤミンのこの言葉は、いつの時代にも真実である。切手とは国家という記号の外皮、つまりシニフィアンなのだ。

4月になって消費税が値上がりし、郵便料金が改定された。そのため3月の時点で、従来の50円と80円に代り、52円と82円の通常切手が発行された。また50円切手を使用したときの不足料を埋めるため、２円切手が、さらに２０５円、２８０円、３１０円の切手までが発行された。いずれもこれまで日本の通常切手に例のない、不自然な印象を与える額面である。10歳から半世紀にわたってフィラテリスト（切手蒐集家《しゅうしゅうか》）であった者として、この新体制についてコメントをしておきたい。

２円切手が発行されるのは、なんと１９５３年から61年ぶりだ。前回は凜々《りり》しい秋田犬だったが、今回は兎である。デザインのレヴェルは落ちている。民間にある50円切手のストックがなくなれば不用のものとなるという考えから、いかにも手抜きで作成されたという印象がある。

52円は葉書用で、ソメイヨシノの図案。この桜ものが最初に登場したのは、前回の東京オリンピックの直前で、観音を描いた法隆寺壁画の10円を駆逐して発行された。だが、このような使い廻しの最たるものは、今回の封書用82円切手に描かれた梅だろう。梅切手は戦時期に発行され、戦後まで持ちこたえた10円切手のご老体だった。われわれがこれからもっとも頻繁に目にすることになる葉書、封書用の切手が、こうしてはるか昔の切手の、保守的な図柄の焼き直しであることに、わたしは嫌なものを感じる。１９９０年代にツユクサやノハナショウブ、タチツボスミレといった可憐《かれん》な野草を図案として採用してきた実験は、いったいどこに消えてしまったのか。

戦前には低額切手は将軍、中額切手は山岳と植民地の光景、高額切手は神社仏閣と、相場が決まっていた。５銭が上高地、６銭には台湾最南端の鵝鑾鼻《オランビ》の海岸、７銭は朝鮮の金剛山《クンカムサン》であった。いずれもエキゾチックな光景が演出されている。今回それに相当しているのが、２０５円の屋久島の縄文杉、２８０円の那智の滝、３１０円の利尻のお花畑である。この3つの映像こそは、現政権が公式的に提示したい「美しい日本」の最大公約数なのだろう。そこには惨禍に苦しむ福島や三陸海岸の映像はない。それどころか、奄美や沖縄の映像もない。もちろん国際的には言及されてほしくない場所の映像だからだ。われわれの隣国ではすべてが逆である。韓国は日本向け郵便のため、わざわざ独島（竹島）の切手まで発行している。

これから向こう6年の間、またオリンピックのために国威発揚切手が乱発されるのだろうなあ。そう考えると、日本切手を集める意欲がますますなくなってくる。けれども今回の新切手7枚は、後世には案外レアものとして記憶されるかもしれない。もし数年後に消費税がさらに値上がりしたとしたら、さらなる郵便料金の改定によって、今以上に奇怪な額面の切手が次々と登場するからだ。そのとき、今回発売されたばかりの7枚の切手はたちまち忘れ去られ、裁断処分される。なんと薄幸な切手たちよ。情けないデザインであるばかりか、あまりに短い寿命しか与えられていないとは！

（『週刊金曜日』２０１４年6月6日号）

## 絶壁の上の豪邸

「1年に一度、葉山の別邸から、天皇皇后両陛下がお越しくださいますの。」彼女は得意げにいった。「わたしはもうここに50年住んでおります。」

広々としたガラス窓の向こうには、ゴルフ場のような芝生と、夕陽に染まった富士山が見えた。これはすばらしい、富士山を見るだけでもここに来たかいがありましたと、外交官がいった。本当にきれいねえと、イタリアから里帰りした女性がいった。まるで松竹映画の出だしそっくりだと、わたしは心のなかで呟《つぶや》いた。

邸宅は海を見下ろすこの絶壁の上にあった。夕食会に招待されたのは、ふたりの外交官とその夫人、青年医師、里帰りの女性、そしてわたしである。わたしを除いて、誰もが彼女の心酔者だった。小説を愛読するばかりか、彼女の提唱するアフリカ救済活動に深く共感していた。青年医師は医療治療のため、アフリカの島に何回も足を運んでいた。

わたしは招待を受けてから、慌てて彼女の新聞小説を読んだ。若い日本人修道女が島の僻地に渡り、飢餓と貧困と不衛生のなかで、神の与えたもう生命の大切さに目覚めるという物語だ。ただひとり、神を信じない、心のねじまがった日本人の男性が登場する。彼は自分の娘の深い障害ゆえに神を信じず、尼僧の純朴なる信仰を嘲笑する。だが最後には大金を修道院に寄付し、黙って日本へと帰っていく。こいつはいいや、ブニュエル映画にもってこいの素材だなと、わたしは思った。高名な女性小説家の邸宅で、外交官と医者が集まる晩餐会《ばんさんかい》？『皆殺しの天使』そっくりの設定じゃないか。

わたしが彼女の招待を受けたのには、もうひとつ理由があった。邸宅のある絶壁の下には手つかずの湿原と原生林が拡がっていて、生態学的にきわめて興味深い環境を形成している。日本でもここにしか棲息しない貴重な蟹《かに》が何種類もいる。ほとんど人跡未踏の場所なのだが、わたしは近隣に住む写真家の友人に誘われて、一度足を踏み入れたことがある。そのときわたしは、さる著名な女性作家が絶壁の上に「豪邸」を構え、さるラテンアメリカの元大統領を個人的に匿《かくま》っていたという話を耳にしたのである。

実際に訪れてみると、豪邸とは凡庸な芝生のある、凡庸な平屋にすぎなかった。わたしは彼女に、このあたりは生物学的にとても重要なゾーンですねと話しかけてみた。わたくし、一度も下に降りたことがありません。だって気持ちの悪い蟹がいっぱいいるというじゃありませんか。彼女はそう答えた。そうか、飢えた子供たちを探してアフリカの奥地に行くことはできても、崖下の原生林には50年住んでいても足を向けないわけか。

夕食にはぶ厚く切ったトロの刺身と、イワシの煮付けと、キンメダイの煮付けと、ブリのカマの焼いたものが出た。ワインは白も赤も、ギンギンに冷やされていた。彼女は上機嫌で、アフリカの役人にいかに賄賂をつかませるかという話をした。得意げだった。食事中に気付いたのは、彼女が「食べる」という言葉ではなく、つねに「食う」という語を口にしたこと。それから英語を含め、いかなる外国語も苦手だということだった。わたしは彼女を尊敬しようと思った。たとえ言葉ができなくとも、悲惨なアフリカ人を前に心で通じ合える信仰の深さに感動したのだ。それから80歳を超えても、平然とベストセラーを出し続けるエネルギーにも。

（『週刊金曜日』2014年7月4日号）

# 森のなかの武装闘争

「まずお米の炊き方を勉強することから始まったわ。バンコクで学生だったころは、炊飯器にスウィッチを入れるだけだったでしょ。森のなかでは薪《まき》を集めて、火を熾すことから始めなくちゃいけない。それから家を建てること。内通者だっていたしね、国軍に居所が察知されると、ただちに移動しなくちゃいけない。竹を切って組合せると、家はあっという間に作れるし、あっという間に分解もできる。日本の家だってそうだと聞いたけど。」

バンコクの芸術文化センターのカフェで、チラナン・ピットプリーチャーはそう語った。博物館の構想を立案したり、写真展を組織したりする彼女にとって、そこは仲間たちが親しげに集う、気の置けない場所だった。

「森のなかにはカレン族が住んでいた。あの人たちにとっては、ミャンマーとタイの国など何の意味もないの。わたしたちがタイ国軍と戦っていることもまったく無関心。だから親切にしてくれたわ。わたしは森のなかで双子を産んだけど、心配は何もなかった。大学病院の医者とか医学生が何人も森に来ていて、お産を手伝ってくれた。とにかく何千人という人間が独裁政権の首都を捨てて、国境地帯の密林に身を隠したのよ。」

1973年、漠然と写真家を志望してチュラーロンコーン大学に入学したチラナンは、その直後にミス・チュラー大に選ばれた。その当時、バンコクでは日本製品ボイコットをきっかけに大学生の間に反政府運動が高揚。彼女の恋人は運動の指導者のひとりだった。白色テロを恐れて、ピストルを携帯する日々が続く。やがて官憲の弾圧が激化すると、多くの学生や音楽家、芸術家が中国経由で森へと向かい、現地でタイ共産党に合流した。チラナンも少し遅れて彼らに加わった。現実に行なわれていたのは、中国から与えられた武器を用いた武装闘争だった。

「国軍の兵士と直接に対峙したことはなかったわ。ときどき遠くの方で大砲の音が聞こえたり、飛行機が爆弾を落としに来ることはあったけど。いろいろな人がいたのよ。過激に戦線に出ていく人もいれば、自然に囲まれてコンミューン生活を愉しんでいる人もいた。あるミュージシャンがこっそりと下界に戻り、手紙を配る役をしていた。だから両親はわたしのことを心配していなかったし、運動を支持してくれてたわ。」

1980年代になり、中国がタイ政府と協力して、ヴェトナムを「懲らしめる」戦争を起こしたとき、タイ共産党は切り捨てられた。後ろ盾を失った学生たちは森に置き去りにされた。国王と政府は彼ら全員に恩赦を与え、武装闘争は終焉を迎える。学生たちはバンコクに戻ると、さまざまな道を選ぶ。僧侶になる者もいれば、大臣として内閣に参画する者も出てくる。チラナンはコーネル大学に留学し、森のなかでの生活を謳った詩集『消えてしまった葉』を発表。

それはたちまちベストセラーとなり、彼女の波乱に満ちた人生は有名スターによって映画化された。

森での生活を懐かしそうに語るチラナンは、微笑を絶やさない。わたしは彼女に好意を抱いた。だが同時に、日本人として複雑な気持ちにもさせられた。日本の若者たちも1972年に冬山に入った。だが、彼らを待っていたのは銃撃戦とリンチ殺人だった。タイでは仲間殺しどころか、投降者への懲罰すらなかった。ふたつの立憲君主国は、どうしてこうも違っているのか。

（『週刊金曜日』2014年8月1日号）

## 井田真木子の思い出

「その思いは、今、四十歳を目前にしてさらに強まっている。年齢に比して、あまりにも幼稚すぎる認識なので口に出していうことはないが、近頃では親しい誰かれと会うとき、つねにこれが最後かもしれないと思う。」

井田真木子はこう書いた後、4年後に死んだ。44歳だった。食べるべきものもロクに食べず、極度の栄養失調に陥り、救急車で運ばれた先の病院で息を引き取ったのである。最後にはふたつのことしか眼中になかった。眼の前の仕事と、来たるべき死のことである。最後に執筆していたのは、束《つか》の間《ま》の栄光の座から滑り落ち、世間からはもう終わった人だと思われていたノンフィクションライターの物語だった。自分が未来の自画像を描いていることに、彼女は気付いていた。

わたしは彼女に二度、逢ったことがある。1980年に彼女は駆け出しの詩人で、伊藤比呂美といっしょに渋谷で朗読会をしていた。自分のことを「僕」といい、ランボーの真似のような詩を書いていた。『微笑』のライターをしているんですと自己紹介をしたが、わたしにはその意味がわからなかった。韓国から戻ってきたばかりで、現代詩のことも、『微笑』という雑誌も、何も知らなかったのである。

2回目はそれから16年後の1996年で、彼女はもはや若手ノンフィクションライターの旗手になっていた。女子プロレス、中国残留「孤児」、同性愛者、エイズ、援助交際……。市民社会が回避したい主題を次々と題材に選び、一度狙いを定めると、取材対象のなかに飛び込んでいく。どこまでも対象とつきあっているうちに、対象そのものが変化してくる。もちろん取材する側も変化していく。映画でいえば原一男のやり方だが、要するに身を切るようにして執筆するということだ。わたしたちが再会したのは、新宮で行なわれた中上健次をめぐるシンポジウムの打ち上げ会場だった。ここはまるで戦場ですね、わたしは従軍記者にすぎませんよと、彼女はいった。

しばらくして、シンポジウム観戦記がある雑誌に掲載された。中上のことはほとんど何も書かれていない。ただシンポジウムの参加者の序列や、中心人物の威圧的な振舞いなどが、日本の軍隊の比喩を用いて巧みに描写されていた。被差別部落を題材に『紀州』というすばらしいノンフィクションを遺した中上に、彼女は深く魅惑されていたが、彼の取り巻きの文芸評論家たちに対しては、明確に距離を置いていることが窺《うかが》われた。文壇への野心がないからこそ、捨て身で書けた文章だった。

そう、井田真木子はいつも捨て身だった。誰かに庇護《ひご》されたり、安全地帯に身を置いたりして書くことを拒んできた。そして死ぬとたちまち忘れられた。彼女のことをなんとか記憶しておきたいという編集者が、死後13年目に、ようやく絶版本を探しだし復刊させた。『井田真木子著作撰集』（里山社）である。心ある人はその書物を繙《ひもと》いて、彼女の〈直接の生〉を知ってほしいと思う。

わたしは遠いところから彼女を眺めていたにすぎない。彼女にしても、これが最後の出逢いだといったふうには、わたしを見ていなかった。彼女にとってわたしとは、戦場で出逢う風景にすぎなかった。それにしても寝食を忘れて執筆をし、栄養失調で討ち死にするとは、なんということだろう。長編を書くときは、鍋いっぱい野菜スープをあらかじめ作っておくものである。

（『週刊金曜日』２０１４年９月５日号）

## 音楽の作者

どうしてその弦楽四重奏のＣＤを買おうとしたのかは憶えていない。クラシックのチェロの棚でもひときわ目立つところに置かれていて、きっと「おススメ」とか「新譜」とか、コピーがつけられていたのだろう。わたしがＣＤを買うときというのは気が大きくなっているときで、一度に何枚も勢いで買ってしまう。そのときもゴリホフとか湯浅譲二とか、いろいろなＣＤを買おうとしていて、聴いたこともない作曲家のものに手を出してみたいという気持ちが働いていたはずである。

そこで家に帰ってくると、さっそく聴いてみた。題名は『シャコンヌ』、まあ伝統的な命名だ。滑らかな旋律が次々と優雅に変奏されてゆく。バルトークのような苦味も、ラヴェルのような極微の細やかさもないけれども、耳に気持ちがいい。作曲家は現在の日本人なのだが、名前の漢字をどう読んでいいのかわからない。まあ、そんなことどうでもいいやという気持ちで、それから二度ばかり聴いてみた。２年前の話である。

……ついひと月前のことだった。たまたまCDを整理していると、この『シャコンヌ』がひょいと出てきた。なんと作曲家として佐村河内守《さむらごうちまもる》と記されている。あの全聾《ぜんろう》を偽って他人に代作をさせてきた稀代《きだい》の詐欺師のことだ。もっとも昨年台湾にいたわたしは、彼の虚名も醜聞も何も知らなかった。名前の読み方がわからないので、「サムラ・カワチノカミ」だと思っていた。友人にそれを話すと、事件発覚の直後からCDはすべて回収されていて、高値がついているという。

いったい彼の物語を知らなかったわたしは、騙されていたのだろうか。気になって、『交響曲第一番』（講談社）という自叙伝を取り寄せてみた。アマゾンで7円だった。帯文を五木寛之が書いている。すべてが虚偽だと判明してから読んでみると、これはすこぶる面白い読書体験だった。広島で被爆した両親をもち、聴力を完全に喪失しながらも、使命感に促されるように作曲を続ける。感動的な物語だ。日本人の過剰な感傷性のツボをみごとに突いている。わたしはなんとなく愉快な気持ちになった。種村季弘《すえひろ》さんが生きていたら、よくもここまでと、快哉《かいさい》を叫ぶのではないだろうか。

ひさしぶりに『シャコンヌ』を聴き直してみた。やはり悪くない曲だと思う。もっとも現代に作曲されてはいるが、けっして現代音楽、つまりジョン・ケージ以降の音楽的状況を自覚して作られた音楽ではない。むしろ現代音楽の前衛性や実験性を毛嫌いする、一般の音楽愛好家を消費者として想定された音楽だ。代作を引き受けていたのは、新垣隆《にいがきたかし》という正真正銘の現代音楽の作曲家である。おそらく彼にしてみれば、いささか音楽史を逆行すれば、この曲はお茶の子さいさいに書けたのだろう。もっともそれを自分の名前で発表することは、ケージ以後を生きる作曲家のプライドが許さなかった。

ではどうして彼は、代作の真実を告白したのか。結果として面白がったのは音楽と縁もゆかりもない世間だけで、佐村河内も、その音楽のファンも、そして新垣本人も、けっして幸福になれなかった。いつまでも「合作」を続けていて、どこがいけないのだろう。

わたしは被爆二世の全聾の芸術家の作品として『シャコンヌ』を聴かなかったことを、運がよかったと思う。生まれた子供に罪がないように、作曲された曲にも罪がない。昨年来の騒動でもっとも侮辱されたのは、音楽である。

（『週刊金曜日』2014年10月3日号）

## リオの危険地域（1）

同じ都市のなかでも、低い場所に住むのと高い場所に住むのとでは、まったく違う。

まず気温が違う。花の開花時期が違う。商業地域は交通の便のいい低地にあるので、騒音だって違う。多くの都市では、丘の上というのは高級住宅地であると考えられている。わたしは幼少期を大阪の阪急沿線で過ごしたから、それを実感してきた。ナポリだってローマだって、そうだった。

例外がないわけではない。一昔前のソウルでは逆で、旧市街の西北が昔のお屋敷町であり、都市の四方を取り囲む山々の中腹に住むのは貧しい人たちだった。そこは「解放村《ヘバンチョン》」と呼ばれ、朝鮮戦争のさいに北から逃げてきた難民の建てたバラックが延々と続いていた。ところが最近になって、もっと巨大な例外があることを発見した。リオ・デ・ジャネイロである。

実はブラジルの大学に呼ばれて、もう2週間以上もリオでぶらぶらしている。この町は驚くべきことがあまりに多い。レストランで寿司はキロ単位2400円で量り売りされているし、ピザ屋ではピザは食べ放題いくらである。コパカバーナには1泊6万円の高級ホテルがあるが、30メートル離れたところではホームレスが固まって、毛布にくるまっている。しかもそのホームレスはビキニを着ているのだ。9月の冬でさえ気温が30度近くになる町だから可能なことで、その方が体を洗うのにも便利かもしれないが、それにしても驚きだった。だがもっとも驚いたのは、人口の15%がファヴェーラというスラム街に住んでいて、平地とは隔絶された生活を営んでいることだった。

リオは海岸と険しい丘が複雑に入り組んだ地形である。丘の中腹には、かならずといってよいほどファヴェーラがある。もともとこの言葉は、皮膚につくと面倒なので誰もが嫌がる雑草のことらしい。19世紀に生じた内戦に勝利した黒人兵たちが、首都であったリオに凱旋《がいせん》してきたものの、政府が住む家を供給してくれなかった。そこで急な勾配をもつ空地に無許可で掘立小屋を建てだしたのが、ファヴェーラの起源である。20世紀になると東北からの労働者がどんどん流入して、あちこちに大小さまざまのファヴェーラを築いた。水道も電気もない劣悪な環境のなかで、マッチ箱のような小さな家をびっしりと建て、警察も足を踏み入れることのできない濃厚なコミュニティーを形成した。

平地の一般市民はあたかもファヴェーラなどないかのように、毎日を過ごしている。わたしは大学の授業のとき、ファヴェーラに行った人はいませんかと訊ねてみた。わずかにひとりの学生が、知ってる人が住んでたので一度行ったことがありますと答えただけだった。ドラッグと犯罪の温床であり、頻繁に銃撃戦が行なわれる場所だから、絶対に行くなと厳重注意された。

もっとも最近ではマイケル・ジャクソンがミュージックヴィデオを撮影したり、レディ・ガガが訪問したり、いくつかのファヴェーラは外部の訪問客を受け容れ、観光対策を考えているという。2年後に迫ったオリンピックを前にして、政府としてもこの厄介な地域の問題をなんとか解決しておきたいのだろう。ジェントリフィケーション、いわゆるキレイ化である。そこでわたしは、ファヴェーラに入ってみようと決意したのである。以下は次回にて……。

（『週刊金曜日』２０１４年10月31日号）

## リオの危険地域（2）

リオ・デ・ジャネイロは美しい海岸と急な勾配をもつ丘が複雑に入り組んだ地形で、旧市街の他に、イパネマとかコパカバーナとか、いくつかの区域に分かれている。わたしが滞在していたのはボタフォゴという区域で、海岸を別にすれば三方を丘に囲まれている。下から覗《のぞ》いてみると、どの丘にもマッチ箱のような小さな家がびっしりと建てられている。白い壁を地に赤や緑、黄色といった原色の色彩が塗りたくられていて、遠目にはひどくかわいらしげに見える。それがファヴェーラだ。ある日、わたしはフィリップといっしょにそのひとつ、サンタ・マルタに入ってみることにした。

フィリップは哲学者である。チョビ髭《ひげ》をした堂々たる巨漢で、もうこのボタフォゴに26年住んでいる。だが聞いてみると、一度も自分の家のすぐ近くのファヴェーラに足を踏み入れたことがないらしい。わたしが誘ったので、そりゃいい機会だと、いっしょに行くことになった。もっともどこから入り込めばいいのかがわからない。地図にはファヴェーラの存在は、いっさい記載されていないからだ。

現地の案内人を見つけファヴェーラに足を踏み入れた途端、これまでまっすぐだった道が突然に曲がりくねった坂道に変わる。凸凹だらけの、石畳の道だ。壊れた車が乗り捨てられてあったり、ゴミ捨て場に何羽もの鶏がいて、餌を探している。急な勾配のため、ケーブルカーが準備されている。それに乗って終点まで登りきると、一気に眺望が開けた。リオのほぼ全体を見渡すことができた。

丘の上は長い間もっとも危険な場所でしたと、案内人が話してくれる。若い連中がドラッグの取引きをし、よく撃ち合いになった。なるほど、建物の壁にはたくさんの弾痕があった。もっとも現在はドカンと警察の対策本部が置かれ、多くの警察官が待機しています。おかげで暴力は目に見えて減りましたと、案内人。

ひどく貧しく老朽化した木造家屋が、隙間もなく並んでいる。壁には「ジェントリフィケーション」（キレイ化、高級化）反対を叫ぶポスター。政府の取り壊し政策に対し、住民が反対しているのだ。彼らは共同体として結束し、ゴミ処理や盗電問題を解決して、なんとかファヴェーラの自主管理を行なおうとしている。この見晴らしのいい場所からは、リオでもっとも高い山頂に建てられた、巨大なキリスト像がよく見える。キリストは両手を拡げ、こちらを正面から見つめている。

曲がりくねった狭い石段が、どこまでも続いている。一段ずつ気を付けながら下りていくと、空地にたくさんの洗濯物が干してあったり、ひっそりとした陰のなかに老人が佇んでいたりする。ボンディア（こんにちは）と挨拶をすると、ボンディアと返してくれる。予想していたよりもひどく静かな場所だ。だが、どこかで誰かがこちらを見つめている。その気配がする。さらに下っていくと小さな店があり、壁をカラフルに塗った、煉瓦《れんが》造りの家々が現れる。職業安定所があり、コミュニティー・センターがある。

わたしはふと中上健次の故郷新宮にあった、被差別部落のことを思い出した。集落が取り壊される前、中上が撮影した映像によれば、それは急な勾配をもつ山の中腹に密集していた。路地は世界中に遍在していると彼はいい、46歳で夭折《ようせつ》した。中上さんにファヴェーラを見てもらいたかったなあ。

（『週刊金曜日』２０１４年12月5日号）

## 2015

ＩＳが猛威を振るい、パリ、イスタンブール、エジプトといったさまざまな地域で、大規模なテロ活動を行なった。パリでは預言者を揶揄《やゆ》した漫画週刊紙『シャルリ・エブド』編集部に狂信的なテロリストが乱入し、12人が射殺された。イラクでは日本人人質がふたり処刑され、その画像が公開された。欧州の国々は国際的包囲網を設け、シリアのＩＳ拠点を爆撃した。

シリアを中心として生じた中東・アフリカの難民が、大量にヨーロッパに向かった。難民の群れにテロ容疑者が潜伏していたことが、事態を複雑にした。ＥＵの旗印、シェンゲン協定による域内移動の自由は、有名無実になろうとしていた。地球温暖化阻止のため、温室効果ガス削減をめぐるパリ協定が採択された。深刻な経済危機に陥っていたギリシャでは、ＥＵ離脱が取りざたされたが、危機はかろうじて回避された。

日本では安全保障関連法が成立し、条件さえ整えれば、自衛隊が海外で堂々と武力行使をできることになった。日本と韓国は慰安婦問題を「最終的かつ不可逆的に解決すること」で合意した。日本政府は元慰安婦支援のため10億円を供出する代りに、在韓日本大使館前の慰安婦少女像の撤去を執拗に要求した。

鹿児島の川内《せんだい》原発1号機の再稼働が始まり、日本の原発ゼロ時代は、2年ももたぬうちに幕を閉じた。東京オリンピックのための新国立競技場の建築計画が、白紙に戻された。政府は「民意」に基づく沖縄県知事の反対を押し切り、辺野古沿岸で、米軍新基地移転のための埋め立て工事に着手した。円安とヴィザ要請の緩和によって、外国人観光客の日本訪問が急増した。とりわけ日常品からブランド品までを大量に購入する中国人の「爆買」が話題を集めた。毎年、2人、3人と受賞者が出ることが続いたため、日本人はノーベル賞にほとんど無関心となった。

わたしは前年の台湾滞在記『台湾の歓《よろこ》び』を刊行するとニューヨークへ飛び、コロンビア大学の映画学科と東アジア学科の両方で教鞭を執った。留学生としてこの大学の門を潜り、サイード教授に廻《めぐ》りあってから、28年目のことだった。6月にはマダガスカルのアンタナナリヴォで日本映画上映と講演。10月には台北の台北詩歌節に参加し、シリアの亡命詩人アドニスと対談をした。『月はどっちに出ている』『パッチギ！』の制作者李鳳宇《リ ボンウ》と、嫌韓ブームとネトウヨに抵抗する3冊目の対談集『民族でも国家でもなく』を作った。12月に京都大学での日本映画学会で基調講演をし、日本映画研究は日本学の下位区分であるのか、それとも世界映画研究の一部であるのかという問題提起をした。アメリカの大学にいて切実に感じた問題を、若い世代の研究者に理解してもらいたかったのである。もっとも彼らは自分の研究課題しか眼中になく、提言を真剣に考えていないという印象をもった。

## いつも問題は少女

誰もが改めて口にこそ出さないが、社会全体に見えない形で立ち込めているものを、イデオロギーと呼ぶ。「支配的なイデオロギー」という表現は間違いである。イデオロギーはいつも支配的だからだ。「それをいっちゃあ、おしめえだ」という寅さんの科白《せりふ》は、まさにこのことを指している。

イデオロギーはそれ自体としては見えない。その代りに、きわめて親しげでわかりやすい映像を媒介として、人々の内面に浸透していく。批評家はその修辞学を見破らなければいけない。

今から3年前、ソウルの日本大使館前に、チマ・チョゴリを着た可憐な少女の彫像が建てられた。彼女は裸足で、力強く拳を握り、鋭い目つきで大使館を見つめている。無理やりに連行されたことに怒り、抵抗を示している「従軍慰安婦」の像である。

だがこの像は、どこまで慰安婦の実態を体現しているのだろうか。そう問うのは、『帝国の慰安婦』(朝日新聞出版)を書いた韓国人研究家、朴裕河《パクユハ》である。今日発見されている資料では、慰安婦の平均年齢は25歳であった。少女像は現実の慰安婦とは無関係に、慰安婦をあるべき「民族の娘」、純潔な処女として理想化するための虚構にほかならない。

かつて朝鮮が日本の統治下だったとき、半島全域にわたって独立運動が起きたことがあった。京城（日本統治時代の名称。現在のソウル）で率先して旗を振り、官憲に捕らえられ、拷問死した17歳の少女がいた。「韓国のジャンヌ・ダルク」と呼ばれるこの少女、柳寛順《ユグワンス》の名は、今なお抗日運動の神話的記号である。従軍慰安婦の銅像は、実は彼女にそっくりなのだ。韓国ナショナリズムが、慰安婦を民族独立の闘士に仕立ててしまった。

とはいえ日本人に、韓国ナショナリズムの虚構を笑う資格があるとは思えない。日本も同じく、ある少女の映像を前面に押し出し、北朝鮮を難詰糾弾しているからだ。

拉致は、けっして繰り返されてはならない傷ましい事件である。北朝鮮の政権は誠意をもって真相を究明し日本に対応すべきだ。とはいうものの、なぜメディアは他の多くの犠牲者を差し置いてこの少女だけに特権的な焦点をあてるのか。歌が作られ、アニメまでが公開される。なるほど彼女は傷ましき犠牲者だ。だが拉致事件の錯綜《さくそう》した全体を無垢《むく》でいたいけな少女の映像で代表させ、物語を単純化することで何が失われてしまうかを、日本のメディアは冷静に考えてみなければいけない。少女が無事に戻ってくれれば、すべては解決されるのか。

こうして日本海を挟んで、日本、韓国、北朝鮮という3つの国が、少女の映像を掲げながら、非難と罵倒の応酬をしている。この映像はなまじ感傷性に満ちているだけに、いっそう危険である。一民族に与えられた脅威と屈辱を無垢で純潔な処女の受難として描くことは、19世紀以来、あらゆるナショナリストが訴えてきた修辞であった。そしてわれわれの見ている前で、ふたりの少女が日本と朝鮮半島に横たわる歴史的時間を、イデオロギーの衣装をまといながら渡ってゆく。

わたしはひさしぶりに『不思議の国のアリス』を読みながら、こんなことをぼんやり考えていた。アリスが兎を追い駆けて深い深い穴に墜ちていったとき、アリスの両親たちは何を考えていただろう。彼女が赤の女王の恐怖の法廷に連れ出されたことを、はたして知っていただろうか。

（『週刊金曜日』2015年1月9日号）

## フランスの漫画雑誌

ウォランスキーの名前を知ったのは、復刊されたばかりの『ユリイカ』で、植草甚一が紹介していたからだったと思う。男がすました顔で、かたわらに立っている女のスカートのなかに手を入れ、お尻を触ってみせる。女が途端にウンチをしてしまうので、男は手を汚してしまい、ゲゲッといった表情になる。女は澄ました顔で歩いていってしまう。なんともエゲつない、それでいて男の卑小な性的欲望をからかってみせた4コマ漫画である。植草さんの解説を読んで、それがパリで出ている『ハラキリ』という雑誌に掲載されたものであると知った。フランスだから本当は「アラキリ」と発音するのだろうが、それでは意味がわからないので、「ハラキリ」と書くことにする。

ウォランスキーは1961年に『ハラキリ』が創刊された直後から、いつも過激な漫画を発表していた。五月革命が起きると、政治的にさらに過激な雑誌にも手を染めた。あまりの発売禁止が祟《たた》って『ハラキリ』が休刊となると、その後身である『シャルリ・エブド』で長らく編集長を務めた。世界には漫画のネタにしてはいけないものは何ひとつないという確信のもとに、厳粛なる権威を引きずり降ろすことを任務だと考えていたのである。シャルリとはレジスタンスの英雄ドゴール将軍のことだ。『シャルリ・エブド』とは翻訳すれば「週刊ドゴール」。フランスの偉大なる英雄を馬鹿にするために考案された誌名である。

権威に対するパロディや諷刺は、かつて日本でも盛んに行なわれた。少なくとも1970年くらいまでは。赤瀬川原平が『朝日ジャーナル』誌上で「アカイ　アカイ　アサヒ　アサヒ」という漫画を発表し、怒った朝日新聞社が雑誌を即時回収処分にするときまでは。日本のメディアはそれ以後、パロディに手を付けなくなった。つい先日の朝日バッシングのときにも、ユーモラスに朝日をからかう漫画はなく、どのメディアも満身の憎悪を込めて朝日を糾弾するばかりだった。すでに報道から寛容と達観という姿勢が失われていたのだ。

もっとも日本でパロディが消滅したのと裏腹に、『シャルリ・エブド』は２０００年代に入っても、いっこうに過激路線を崩さなかった。最近でも福島の原発事故で畸形となったふたりの力士が相撲をとるというショッキングな漫画を掲載したり、ムハンマドのヌード姿を戯画化したりしている。ムハンマドが斬首される漫画が登場したとき、ついに一部のイスラム過激派の堪忍袋の緒が切れた。彼らは編集部を急襲し、いあわせた12人を射殺した。もちろんそのなかには、わたしの愛するウォランスキーもいた。ただちにパリでは抗議デモが起こり、「言論の自由」を求めて20万人が参加した。彼らは口々に、自分たちこそ「シャルリ・エブド」だと連呼していた。世界各国の首脳が駆けつけ、デモの先陣を切ったことは、すでにいたるところで報道されている。これは誰もが反対できない、大義名分に保証されたデモである。

だが、わたしは思うのだ。もしこの雑誌の名前が元のまま、つまり『ハラキリ』だったとしたら、デモの参加者は「ハラキリ！　ハラキリ！」と連呼したのだろうか。その場合、日本のメディアはそれをどのように報道しただろう。9・11の自爆攻撃のとき、日本を除く多くの外国のメディアは、それをためらうことなく「カミカゼ」と呼んだのである。

（『週刊金曜日』２０１５年2月6日号）

# 誰がテロリストなのか

## 1

10歳代のわたしは、〈敵〉という観念で武装することを片時も忘れていなかった。ただそれが短くない歳月のうちに、しだいに〈他者〉という観念へと移行変容していったことを、自分としては幸運なことだと思っている。「奴は敵だ、敵を殺せ」という内ゲバの時代に大学生活を送り、その後、モロッコやインドネシアといったムスリム世界に親しみを覚え、しばしば滞在を重ねたことが、わたしに〈敵〉観念からの解放を促したのだ。イスラム文明も、その特化された発展形態としてのヨーロッパ文明も、わたしにとって等しく他者である。だが、それはけっして敵ではない。

わたしが親しげな他者だと信じていた者たちのなかに一部、敵という観念が強力に台頭してきたとしたら、わたしはそれに対しいかなる判断を下せばいいのだろうか。それが局所的な病的現象であることはいうまでもない。しかし他者が病んでいるということは、それに向かいあっているわたしも何らかの意味で、病の圏域にあるということではないか。

## 2

今回の漫画雑誌襲撃事件を企画したり、それに共感を抱いている人々は、世界の首脳を含む20万人の人間たちがデモ行進に参加している映像をTV画面で眺めながら、今回のテロが成功《せいこう》裡《り》に終わったことを祝っていることだろう。なんとなればテロとは、スペクタクルとして結実したときに初めてその意味が確認される暴力だからである。

テロは恒常的な戦闘状態のなかでなされる殺人とは峻別《しゅんべつ》される。テロがテロたりうるのは、それがとうていありえない日常的な空間において突然に勃発し、メディアを通して全世界に惨状が報道され、人々に決定的な動揺を与えるかぎりにおいてである。殺人や誘拐が重要なのではない。そうした具体的な行動によって「市民の日常」という観念に修復不可能な亀裂を走らせたとき、テロはみごとに目的を果たし、テロリストは歴史に傷痕を残すという自尊心を満足させるのだ。これは滑稽ではあるが否定できない逆説である。テロに反対する者たちの政治的示威行動が大きく盛り上がれば盛り上がるほどに、テロリストは自分たちの引き起こした、相対的にいって豆粒ほどの行為の重要性に酔い痴れるのだから。

テロに反対する者たちの非暴力主義と、テロリズムが信奉する暴力とは、正確に鏡像の関係にある。どちらかが欠落したとしたら、もう一方もたちどころに崩れてしまうだろう。非暴力主義が存在理由をもちうるためには、世界中に暴力の嵐が吹き荒れていなければならないし、テロルはありとあらゆる暴力が抑圧され封印された状況においてこそ、スペクタクルの一瞬の輝きを、全世界の闇に向かって放ちうることができるからである。

テロルは悍《おぞ》ましい事件であるが、それを契機としてくだんの漫画雑誌の部数が3万部から300万部へと一気に拡大し、非暴力を唱える多くの人々がそれを手に振《ふ》り翳《かざ》すという現象は、さらにグロテスクな現象であるように思われる。これまでアンダーグラウンドにあった文化が、テロルの犠牲者となることで一気に消費社会のなかの文化商品の栄光を手にすることに、わたしは耐えられない気持ちを抱いている。健全なる市民社会はこうして、かろうじて生き延びてきた文化スキャンダルのメディアをも再領土化してしまうのだ。もちろん次の瞬間にそれが無残にも放擲《ほうてき》されることはいうまでもない。

### 3

シネマトグラフは、本来が恐怖のスペクタクルを視覚的に組織する試みとして、19世紀の終わりに考案された。それが殷賑を極めた20世紀とは、同時に現実世界においてテロルが猖獗を極めた世紀でもあった。暴力がスペクタクルとして提示されるとき、視覚メディアである映画は、それに対抗して何をなしうることができるだろうか。わたしは『ダイ・ハード』のように、テロリスト撲滅作戦を描いた低劣なハリウッド映画の盛況について語っているのではない。ブニュエルをはじめ、若松孝二、ファスビンダー、ベロッキオといった映画作家が、いかに真摯にテロリズムに向かいあってきたか、その跡を今こそ謙虚に辿ってみる必要がある。テロルの犠牲者への服喪のあり方として映画に再定義を試みるのは、こうした確認作業を通してでなければならない。テロルのさなかにあってわれわれが認識しなければならないのは、映画に宿命的な属性である事後性を、服喪の契機として読み直すことである。だがこうした微妙な企ては、多くの場合、テロリズムのスペクタクル性を卑小に模倣しみずからの富として喧伝する映画産業の情報洪水のなかで、聞き届けられることが稀である。

長年の懸案であった『テロルと映画』という論考をようやく脱稿して、ニューヨークに逃げてきた。コロンビア大学に収蔵されている、戦前の日本映画についての莫大《ばくだい》な資料に埋没して数か月を過ごすためである。ところが到着して早々、人に勧められ、とてつもなく愚劣なフィルムを1本、観るはめになってしまった。この原稿が活字になるころには、あるいは日本でも公開されているかもしれない。エヴァン・ゴールドバークとセヌ・ローゲンが監督した*The Interview*というお笑いドタバタ映画のことだ。わたしはそれを満員のヴィレッジ・シネマで観た。全米350館でいっせい公開されたこのフィルムに、観客たちは笑い転げていた。

セレブのゴシップを暴き立てては笑いをとっている、下品なトーク番組がある。司会者のデイヴとアーロンは、あるとき奇妙な噂《うわさ》を耳にする。北朝鮮の金正恩が番組の熱烈なファンだというのだ。そこでふたりはジャーナリストに化け、中国経由でこの国家最高指導者にインタヴューを申し込む。もちろんCIAにとってこんなチャンスはない。さっそくふたりに毒薬を手渡して、金正恩の殺害とクーデタの演出を依頼する。ふたりは不承不承にそれを引き受け、北朝鮮に入国する。彼らには国家宣伝官の女性スク（漢字だと「淑」だろうか？）がつねに同行する。

デイヴは金正恩と意気投合し、一度はお互いに誤解が解けたと信じ込む。だが金の護衛のひとりが、毒薬をチューインガムと間違えて口にしてしまうあたりで金正恩の悪《あ》しき真意を見抜き、やはり彼の神格化の化けの皮を剝がさなければならぬと決意する。一方、スクはアーロンと恋仲になり、金正恩を悪しざまにいうようになる。ここで3人は協力し、国際的なTVインタヴューの場に最高指導者を登場させることに成功する。彼らは意図的に金正恩の父親の「偉業」に言及し、ついに若い最高指導者を落涙させてしまう。生き神様が泣いているという映像に接した北朝鮮の国民たちは仰天し、最高指導者の威光は地に堕ちてしまう。3人が戦車で逃亡を試みると、怒った金正恩は大陸間弾道弾で攻撃を仕掛けてくる。だがデイヴが機転を利かせ、ヘリコプターごと彼を殺害することに成功する。独裁者が消滅した北朝鮮は民主主義の国家に生まれ変わり、スクが臨時大統領となる。

荒唐無稽といえば、これ以上に荒唐無稽なフィルムはない。最初わたしはそれを、1933年にレオ・マッケリーがマルクス兄弟を起用して撮った『我輩はカモである』と比較できるだろうかと考えてみた。ヒトラーが政権を取った直後に、ニューヨークのユダヤ系ボードヴィリアンたちが彼を徹底的に諷刺して演じた、スラプスティック喜劇である。だがそれはできなかった。マルクス兄弟の場合には、敵を罵倒するというヴェクトルが突然に反転してわが身へ向かい、最終的には無方向な攻撃衝動と四散するというアナーキズムがあるが、*The Interview* にはそれが完璧に欠落している。北朝鮮をテロ国家として敵視するアメリカの政治外交方針を無前提的に踏襲したまま、安全地帯にあって不毛な道化芸に徹しているだけだ。そこにはナチスもアメリカもどこが違うのだといわんばかりに、民衆の戦争への狂信を距離化してみせるといった、マルクス兄弟の残酷な批評眼はない。ＣＩＡの指令を受けて最高指導者の暗殺を計画するふたりのコメディアンは、誰の眼からしてもテロリストである。これはテロリズム国家に対してはテロリストを送り込むことが外交的に許容されるというプロットラインを、お笑いを通して説いているイデオロギー的なフィルムにほかならない。

*The Interview* の一般公開をめぐる騒動については、すでに日本でも充分に報道されていると思うので、ここでくだくだと説明することもないだろう。このフィルムの製作を聞きつけた謎のハッカー集団が製作会社を脅迫し、会社は一時公開を見合わせた。それに対し大統領が言

論の自由の侵害を訴え、劇場を鼓舞して公開を推奨した。結果は大ヒットとなり、YouTubeを通して今や映像は、北朝鮮を含めて全世界的に散種されている。わたしはこうした映像の遍在という現象をも含めて、テロリズム的状況であると考えている。十五年戦争の末期に日本の軍部が女学生たちを動員して製作された風船爆弾が、こうして形を変えて、全地球規模でグロテスクに再現されているのだ。

4

パレスチナの映画作家エリア・スレイマンは、エッセイ的なフィルム『殺人のオマージュ』(1992)のなかで、みずからコンピュータにこう書きつけた。

「テロリスムを名付け直す。テロリスムを呼び直す。それをもう一度、テロリスムと呼び直す。動かないものを動くものに変えるために。ものを、すべてのものをテロリスムと呼んでやろう。人々を、多くの人々を、誰も彼もテロリストだと呼んでやろう。ぼくたちがもう一度、人々になれる時が来るまで。ぼくたちがもう一度、テロリストになれる時が来るまで。」

晦渋《かいじゅう》な言葉である。だが同時に、身を斬るような切実さのもとに書き込まれた、悲痛な言葉でもある。その晦渋さをいくらかでも緩和するために、簡単な説明をここで記しておこう。

スレイマンは1960年、イスラエルのナザレにパレスチナ人として生を享《う》け、少数派の二級市民として、屈辱的な少年時代を過ごした。22歳のときにニューヨークに留学して、映画製作を学ぶ。その後、1993年にオスロ合議が成立すると、期待を抱いてパレスチナ自治区西岸に渡った。もっともアラファト政権下の自治区の状況に幻滅を感じ、ある時期からは拠点をパリに移して現在に到っている。日本でも『D.I.』というフィルムによって記憶している人は少なくないだろう。

『殺人のオマージュ』は、ニューヨークに滞在して10年目を迎えたスレイマンが、故郷パレスチナを離れていることの孤立と焦燥を動機として撮りあげた、プライヴェイト・フィルムである。主人公はマンハッタンのアパートにひとり閉じこもりながら、イラクのクウェート侵略と、それに引き続いて起きたアメリカのイラク攻撃のニュースに苛立っている。パレスチナのためにまったく無力な自分に、恥と焦燥を感じているのだ。「パレスチナ人は神の前で、地獄に墜ちよと宣告された。ユダヤ人はアラファトとテロの厄難のおかげで、天国に行けることになった」と独言を呟いてみせるが、何も解決しない。そこで思い余ってコンピュータに書きつけるのが、先の言葉である。

恐ろしい、逆説的な表現に満ちた言葉である。ここにはイスラエルにおいて、また留学先のアメリカにおいて、テロリスト民族と呼ばれ、孤独と屈辱に塗《まみ》れていた若き映画人の苦しみが、ひりつくような皮肉のもとに語られている。スレイマンはイスラエルが占領地で日夜行なっているテロ行為に心痛め、今まさにアメリカが国家的な規模でイラクにテロリズムを仕掛けているという状況に絶望的な気持ちを抱いている。いったいテロリズムとは何なのか。自分は世界のあらゆるものを「テロリスト」と呼び直し、みずからも「テロリスト」だと開き直ってみせることで、この言葉の意味を更新させ、それが携えてきた少数派への抑圧的な攻撃性を解体してみせようではないか。スレイマンはこの言葉に続けて、『マタイ福音書』にある「誰か罪なき者こそ石を投げよ」という一節を引用し、イスラエル軍に向かって嬉々《きき》として石を投げるパレスチナの子供たちの映像で、『殺人のオマージュ』の幕を閉じている。

1992年のスレイマンと2015年の『シャルリ・エブド』の間には、2001年の9・11事件が横たわっている。その間にあって世界はテロリズムについて、何を学んできたというのだろう。ある人物なり国家なり宗教をテロリストだと名指しし、害虫を駆除するかのようにその撲滅を試みること以外には、何も努めてこなかったのだ。日夜生産される対象の映像、図版、コンテンツは〈敵〉という観念に踊らされ、虚構の二項対立の物語を全世界に蔓延させてきたばかりだった。その結果として、テロリストのお笑い芸人を「テロリスト国家」に送り込むというグロテスクな喜劇映画と、神聖な存在を侮辱されたという理由からテロリズムに訴える狂信者、さらにそれに抗議する、降ってわいた群衆が、時を同じくして出現することとなった。いずれの場合にも共通しているのは「言論の自由」という鍵言葉であるが、これがきわめてイデオロギー的な言辞であることを、まずわれわれは認識しなければなるまい。

誰がテロリストなのか。誰がテロリズムの映像を携えているのか。われわれの周囲にはこうした問いが氾濫している。だが、それが誤って定立された問いにすぎないことを、われわれは謙虚に受け容れるべきではないか。正しい問いとは、それをテロリズムと名付けているのは誰であるのか。誰の力に帰属しているとき、それがテロリズムと呼ばれるのかというものである。

（『ふらんす』特別編集『シャルリ・エブド事件を考える』２０１５年）

## キューバからの亡命者

正月からずっとニューヨークに来ている。前に長く滞在したときから30年近い歳月が経ってしまった。その間にはエイズ騒動はあるわ、9・11はあるわ、不動産大暴落はあるわで、この都市は実に大変だった。ひさしぶりに来て思ったのは貧富の差がこれまで以上に拡大していること。警官がいたるところにいて、表向きはひどく安全になったこと。もはや新しい文化とアートの中心はマンハッタンから離れ、隣のブルックリンに移ってしまっていることなどだ。

以前に滞在していたとき、わたしの関心を引いたのは、日本や韓国、台湾、中国といった東アジアのアーティストが、白人たちの偏見と無知のなかでいかに孤軍奮闘しているかという問題だった。今のわたしが着目しているのは、アメリカ合衆国におけるキューバ人亡命者の特異な位置である。というわけでもっぱらつきあうのはキューバ人ばかり。その伝手《つて》を辿って、マイアミの巨大なキューバ人集落まで足を延ばしたりしている。おりしもオバマ大統領がこれまでの対キューバ政策が失敗であったと認め、半世紀にわたって続いた経済封鎖を解こうとしている時期でもあり、会う人ごとにまったく違った感想を告げられた。

NY大のキューバ文学の教授は、今回の外交正常化にきわめて懐疑的である。カストロの独裁政権はいつも段階的な改革で巧みに生き延びてきただけで、あの人権無視の政権の延命のため、オバマはみごとに騙されていると批判する。ラテンアメリカ美術専門の美術館の学芸員は逆に、経済封鎖という不自然な措置がなくなることはいいことだという。けれどもその結果、津波のように押し寄せてくるアメリカ人観光客によって、これまで質素な生活を送ってきたハバナ市民がいかに混乱するかが心配らしい。彼はキューバが現代中国の拝金主義を真似てしまうことを憂いているのだ。まあおカミが勝手に決めているだけで、いつだって亡命者の声はマイナーで無視されてきたのだからと、シニックな態度を示す美術家がいる一方で、これから気楽に故郷に里帰りできることを悦ぶ料理研究家がいる。

あまたいるヒスパニック系移民のなかで、キューバ人は特権的な存在だった。合衆国に到着して1年と1日後には、例外なくアメリカの市民権が獲得できるからだ。これはもちろん冷戦体制の産物であるが、メキシコ系やプエルトリカン系の移民との間に大きな溝を作ることになった。アメリカに移民したキューバ人の人口は１００万人ほど。同じスペイン語を喋るというのに、つねにキューバ人だけで固まり、英語を取得してアメリカ社会のなかで必死に生き延びるよりも、自分たちのメディアを作り、強いプライドを隠そうとしない。わたしが会った人たちはみな、マンハッタンからハドソン河を隔てたニュージャージー州に住んでいる。東京から見た神奈川県のようなところだ。驚くべきや、この州ではふたつの市の市長がとうの昔からキューバ人なのである。もちろん街角はキューバ料理店だらけだ。

　わたしは日本に居住している韓国人、朝鮮人のことを考えている。鶴橋や三河島《みかわしま》には彼らの巨大な集落がある。しかしそこで行政に携わっている人間は皆無なのだ。もし仮に日本にもオバマ大統領のような人物がいて、北朝鮮との正式な国交樹立へと動き出したとしたら、何が起こるのだろうか。

（『週刊金曜日』２０１５年3月6日号）

## ピーター・パン作戦

マイアミに行こうと思ったのは、なにも零下10度のニューヨークが耐えられなかったからではない。昨年、ハバナ大学で教鞭を執っていたときから、キューバの対岸、わずか350キロの近さにあるこの都市が気になっていたのだ。

マイアミにはふたつの顔がある。ひとつは陽光輝くビーチで、椰子《やし》の樹の下で白人の女の子がごろごろと寝そべっている。だがその裏側に驚くべきや、80万人近いキューバ難民がいて、巨大な共同体を形成している。カストロの共産主義独裁を嫌って、小舟から飛行機まで、さまざまな方法で亡命してきた人々だ。18年前、初めてハバナに行ったとき親しくなった3人の人物に会うことが、わたしの目的だった。

ひとりは美術家で、ここでは創作の素材が自由に手に入るのがうれしいといった。もうひとりは詩人で、なぜか芝生にプールのある邸宅に住んでいた。3人目は料理研究家で、キューバ料理の本を執筆していた。食糧危機が度重なったキューバでは、伝統的な地方料理の存続が危ぶまれている。自分の少女時代までの記憶に基づいて、キチンとしたレシピ集を残しておきたいのだと、彼女はいった。ここでは日常会話で英語を使う者はいない。街角の掲示も、店の看板も、すべてスペイン語である。

詩人はいった。「フリーダム・タワー」という建物をぜひ訪れてほしい。キューバ人が最初に入国審査を受け、自分たちの命運を決められた場所だからだ。強く勧められたわたしはタワーを訪れた。中世のアンダルシアの塔を模したゴシック風の建物で、現在は移民博物館となっている。そこには驚くべき展示があった。

カストロは革命を起こした直後に、すべてのカトリック教会を閉鎖した。困り果てた神父たちが、せめて子供たちだけでもアメリカに亡命させようと策を練った。「ピーター・パン作戦」と名付けられたこの試みには少なからぬ両親が賛成し、3年の間に1万4000人の子供が飛行機で脱出した。彼らは3着の服を手にすることしか許されず、両親と永遠の別れを告げた。そして40分の飛行時間の後、マイアミでみごとに孤児となった。博物館にはこうした子供たちの写真や手記が、夥しく展示されている。彼らはその後、アメリカの各地に養子としてもらわれていった。もっとも少なからぬ者は、キューバ懐かしさにマイアミに戻ってきた。そのなかから『ハバナに雪を待ちながら』という回想記でピュリッツアー賞をとった作家カルロス・エイレや、みずからの肉体を大地に供犠として捧げる、アナ・メンディエタといった過激な美術家が輩出した。

60年代とは、世界中の中産階級の若者たちがユートピアの情熱に駆られ、イスラエルのキブツやキューバの砂糖黍《さとうきび》農場へ率先して向かった時代だった。キューバに赴いた日本人は、すぐ近くで同じ砂糖黍刈りをしている現地人の相当数が、反政府活動で収容所に送られてきた知識層だとまったく気が付かないでいた。まあ無理だったかもしれないな。彼らは革命を無邪気に謳歌《おうか》する外国人を警戒していたし、第一に若者たちはスペイン語が理解できなかった。今から考えてみると、彼らは独裁国家のプロパガンダにみごとに乗せられていただけの話である。

だがこうしたノーテンキな訪問者のかげで、悲痛なピーター・パン作戦が行なわれていたことを記憶している人は、今どれだけいるのだろう。

（『週刊金曜日』２０１５年４月３日号）

## 凶行《まがごと》の愉しみ

このところ海外での見聞ばかり書いてきたので、今回は少し内省的なことを書いておきたい。人間60歳を過ぎてしまうと、なかなか未知の体験というものに廻りあうことが少なくなってしまう。もちろんまだしたことのない遊びはいくらでもある。たとえばわたしはバンジージャンプというものを、いまだかつて試みたことがない。スキューバダイビングも、フィリピンパブ通いも、サファリツアーも、したことがない。要するに高度消費社会が提供してくれる気晴らしというものとは、ほとんど無縁な生活を送ってきたのだ。

けれどもこうした体験の欠落が自分の世界観にもはや影を投じないだろうことを、わたしはすでに知っている。本当の未知の体験とは、それによって自分の人生が決定的に屈曲し、思いがけない方向へと進展しかねない体験のことだ。今のわたしはその不在を振り返り、いささか複雑な気持ちのもとにある。もっと端的にいおう。わたしはこれまでドラッグ、演劇、ホモセクシュアリティという3つの出来ごとから遠ざかり生きてきたことに、ある後悔を抱いているのだ。

ドラッグは、周囲に耽溺《たんでき》している者がいないわけでもなかったが、なぜか深く手を伸ばす気になれなかった。これには日本という環境が災いしていた。もしアムステルダムで大学生活を送っていたら、違っていたかもしれない。ドラッグをよく知らないので、人間の意識変容の可能性について、批評家としての自分が寛容さを欠いているのではないかという気持ちが、いまだに抜けない。何かに耽溺しそこから解放されるという壮絶な体験をもっていないからだ。

次に演劇。17歳のときに寺山修司のオーディションに落ちてしまったわたしは、それ以来、心のなかにある演劇への情熱を殺してしまった。その後に演出を1回、制作の真似ごとを1回ずつしたことはあったが、稽古を積み重ねて初日を迎えるという時間的緊張に耐えられそうにない自分を知った。映画へ向かったのは、それが演劇ほどに凝縮した完成の瞬間をもたないからだ。けれどもそれでよかったのだろうかという疑問が、最近になって強くなってきた。わたしは演劇に対しつねに冷淡であったことで、何を失ったのだろう。

最後にホモセクシュアル。わたしはワイルドと三島由紀夫を愛読し、中上健次と死ぬまでつきあい、長い時間をかけてボウルズとパゾリーニを翻訳した。だというのに、彼らの実存の根底にある同性愛の問題を、つねに距離をもって見つめるに留まった。わたしの内面にある禁忌と抑圧があまりに強かったということなのか。それともたまたまぞっとするような美少年に、人生のどこかで出逢うことがなかったというだけの話なのか。もとより資質がなかったのか、偶然のことにすぎなかったのか。にもかかわらず、わたしは映画と文学における同性愛的なるものに、つねに強力に魅惑されてきた。わたしは同性愛を倒錯であるとは信じないが、こうしたわたしの態度こそは、ひょっとして倒錯的なのではないだろうか。

凶行の愉しみ知らねばむなしからむ死して金棺に横たはるとも

春日井建の歌である。生きることの愉しみとは実は密《ひそ》かになされた凶行のうちにこそあると、彼は説いている。とはいえ、もはや時遅し。わたしの抱いている後悔には、どのような終止符が付けられるのだろう。

(『週刊金曜日』2015年5月1日号)

## ジョークはどれも似ている

ジョークには作者がない。誰かから聞かされたり、教えられることはあっても、自分から考案する人はいない。なのにいくらでもヴァリエーションを作りつつ、次々と伝染していく。多くのジョークはどこかで聞いたことがあるような気がする。大気中に漂う雑草の種のように、ジョークはいたるところで発芽し、土地の植物と交配して花を咲かせていく。

自分をニワトリの餌と思い込んでいる患者がいた。精神科医が懸命にこの男を治療し、自分が人間であると理解させた。そのかいあって患者は長年の妄想から解放され、退院を許された。だが彼はただちに戻ってきた。顔を見ると、冷や汗をかいて震えている。病院の外の庭にニワトリを発見したのである。どうしたんだね、と先生。もうあんたは、自分がニワトリの餌なんかじゃないと、ちゃんと知っているはずだ。すると患者は答えた。もちろんわかってます。だけどニワトリの方はそれをわかっているのでしょうか？

『飛行機のなかで、現代思想家ジジェクのジョーク集を読んだ。この人は〈猿でもわかるラカン〉というキャッチコピーで売り出した現代思想家である。ジョーク集は文句なしに面白かった。彼の本のなかから別ヴァージョンを引いてみよう。

あるブルジョワ学生が大学で、マルクス経済学の講義を聞いた。彼は資本主義社会にあって商品はフェティシズムの衣を被っているという理論に、目が醒める思いを感じた。にもかかわらず彼は実生活では深く商品に魅惑されていた。学生は先生に自分の矛盾を相談した。先生は学生を慰め、商品とはたかだか社会関係の表象にすぎず、そこには魔術などあるわけがないと喝破した。学生は答えた。もちろん自分としてはそれは承知しています。だけど肝腎の商品の側は、はたしてそれを理解してくれているのでしょうか。

このジョークにはさらにフランス革命のヴァージョンがある。

革命テロが横行する時代に、神をいまだに信じている男がいて、そのため牢屋《ろうや》に入れられた。人々がさんざん説得をしたおかげで、彼はついに神など存在しないと理解した。けれども釈放されるや、息せき切って戻ってきた。神様に罰せられるのが怖いと叫び出したのである。もちろんあたしは神様なんていないとわかってます。だけど神様はそれをちゃんと知っててくださっているのでしょうかと、男はいった。

3つのジョークにおいて大切なのは、主人公がニワトリや商品や神様といった対象をどう考えているかではない。対象の方が自分をどう考えているかの方がより重要なのであり、真に変革すべき問題だと考えられている。あからさまにいうならば、この3つの対象は等しく主人公の無意識を示している。なるほど主人公は、意識の次元では問題を解決したと信じている。だが心の奥底ではまだ何も解決していなかったのだ。

では最後にこのジョークはどうだろうか。

ある男が医者に向かって、どうもこのごろ、寝台の下にいる鰐が気掛かりで困るのですと打ち明けた。医者は、それはあなたの妄想にすぎない、鰐などいるわけがないですぞと答え、治療を終えた。数か月後、医者は男の知り合いにたまたま街角で出逢った。あの人はどうしてますかなと、医者が訊ねた。するとその知り合いは同情に堪えないといった表情で、あいつは寝台の下の鰐に食べられてしまったのでさあと答えた。


（『週刊金曜日』2015年6月5日号）

## ザハ・ハディト問題

わたしはもちろん日本で高等教育を受け、公序良俗を守ることを生涯の目標としてきた人間であるから、ろくでなし子氏の芸術的創作を、その通りの名称で呼ぶわけにはいかない。わたしが田舎町で子供のころ、誰かが不用意にその言葉を口にしてしまったりすると、周囲の子供たちはいっせいに囃し立てた。「そんなこと、おっしゃりまんこの縮れっ毛！」といって、その子をからかったものだった。もちろんからかいには、独特の身振りが伴っていた。

わたしはろくでなし子氏の創作作品に、賛成も反対もしない。キャンベルのスープの空缶やアメリカの国旗の映像が芸術作品として公認されて、もう半世紀以上が経っている。芸術とは、芸術家がそう決めたら芸術なのだ。もう40年近く前であるが、フランスのマッケローニという写真家が愛人の性器のアップ写真を100枚ほど集め、写真集を出したことがあった。わたしはそれに感動し、『映像要理』という本を執筆した。けれどもそのときにはいっさいの御咎《おとが》めはなし。3万部も刷った本であったのに、押収も逮捕もなかった。ろくでなし子氏が逮捕され、わたしが逮捕されないでいるというのは、これは腑《ふ》に落ちない。

とはいえ公序良俗を守ることを生きがいとするわたしが今回、彼女について書いておこうと思ったのには、別の理由がある。2020年の東京オリンピックを前に新国立競技場の完成予定図を見たからだ。当初の予定では屋根をつけるはずであったというのに、経費的にも、時間的にもとても間に合わない。屋根なしで竣工《しゅんこう》するというのだが、それを一目見て、ろくでなし子氏の芸術作品と酷似しているという印象を抱いたのである。

問題の建築家、ザハ・ハディト氏は、おそらく確信犯であろう。以前にもカタールのサッカースタジアムの設計を依頼されて、女性性器に酷似した作品を制作している。それも夜ともなれば、ピンクのネオンが内側の襞襞《ひだ》を映し出すという、手の込んだ趣向である。もちろん本人は、自分からそれを認める口吻《こうふん》は漏らさない。女性的なるものはすべての直線を忌避し、曲線をよしとするとしか発言していない。だが誰がどう見ても、この類似は否定できない。

新国立競技場も同じ趣向である。屋根を取り払ったおかげで、いっそう形態が剝き出しになってしまった。フェミニズム万歳！　ザハに楯突《たてつ》く者は、あらゆる女性を敵に廻すことになるぞよ、と彼女は主張したいかのようだ。

わたしは今回の新国立競技場に賛成も反対もしない。そもそもオリンピックを開催することは、都市の調和ある景観を破壊し、民衆の慎《つつ》ましい住居を消滅させることだからだ。先の東京でも、北京でも、ロンドンでも、真っ先に狙われたのは、庶民の伝統的な家屋だった。今さらザハ氏の設計案に疑義を唱えたとしても意味があるわけではない。日本人は浮かれ騒ぐ前に、オリンピックが都市を破壊する最大の行為だという認識を、キチンと抱いておくべきであった。

とはいえ、ろくでなし子氏の芸術とザハ氏の芸術が、きわめて酷似しているという事実をどう考えたらいいだろう。ザハ氏を非難する人はその本当の理由を口にすべきだし、ろくでなし子氏を支援する人々は、論理的にいってザハ氏を支持すべきではないだろうか。不思議なのは、王さまは裸だと宣言する子供が、ここに不在であることである。

（『週刊金曜日』２０１５年７月３日号）

## ゴダールのFacebook？

Facebookを始めたのは2年前の夏だった。家の庭になっているニガウリの映像に簡単なメモを添えて投稿したところ、あっという間に100人ほどの人から「いいね！」というサインが戻ってきた。日ごろ、会ったり連絡をとったりしている人もいれば、もう20年近く会っておらず、まったく音信不通の人もいた。外国の大学にいたときとてもお世話になった人もいたし、大昔にアメリカで一度会ったきりの人もいた。

わたしは他の人のFacebookを覗いてみることにした。ほとんどの人が映像に言葉を添えている。有名な映画スターとのツーショットを延々と披露している人もいれば、子供のお弁当を毎日撮影して公表している人もいる。長々と論文を掲載している人もいれば、毎日の日記を発表している人もいる。他の人のFacebookの内容を引用してばかりの人もいる。要するに誰もが好きなメッセージを、自由に、そして無料で発表している。すると、それを読んだ人が「いいね！」とサインを送ったり、感想を書き込んだりしている。いったいこれは何だろう。

ただちに思い出したのは、自分が6年前、100枚の映像を絵葉書のように仕立て、友人知人に宛てた手紙を書物にして刊行したことだった。これは写真の版権を1枚1枚とるのに信じがたい費用がかかったが、それなりに面白い試みだった。絵葉書とは何か。特定の人に特定の映像を送るというのは、どのような行為なのか。この実験のヒントとなったのは、映画作家のゴダールがかつて『カイエ・デュ・シネマ』を舞台に、似たようなことをしたことだった。

だがFacebookの映像は大きく違う。それは匿名の人々に向かって投げ出された言葉と映像だ。そして読んだ人の感想が即座に返ってくる。お金もかからないし、操作はひどく簡単だ。毎日のように知らない人から「お友だちになりましょう」というメッセージが送られてきて、それを受け容れたり、容れなかったりする。発信をする側も、受信する側も、匿名性の大海のなかに浮かび上がった、小さな岩礁のようなものなのだ。

信じられないことだが、この気楽な遊戯を初めて1年ほどが経ったころ、なんとゴダールから誘いのメッセージが到来した。本物だろうか。それともナリスマシだろうか。気になってその人物のFacebookを調べてみると、本人は特にメッセージを発信しておらず、多くの人がその場を借りてゴダールと映画について論じている。ゴダールは新しもの好きで、ついこの間も3D映画を撮ったりしているから、あるいは本物かもしれない。けれどもそれを保証してくれるものは何もない。彼がわたしの存在を知った径路を辿ろうとしたが、諦めた。Facebookを特徴づけているのは、なによりも人称的なるものの希薄さなのだ。

Facebookが圧殺してしまったのは、人間の孤独である。ひとたびこの無料の遊戯に憑りつかれてしまうと、散歩をしていても、電車に乗っていても、スマホを弄ることから逃れられなくなる。言葉は少し悪いが、猿のオナニーのようなものだ。書物の売り上げが低下するのもむべなるかな。もちろん公私の区別は曖昧になる。人は孤独でいることを、もはや許されなくなってしまったのだ。

わたしはもう一度、自分の孤独を取り戻したいと思う。匿名の海を逃れ、キチンと人格をもった人間と向かいあいたいと思う。だがFacebookは何をしてくれるだろう。

（『週刊金曜日』２０１５年９月４日号）

## 人文科学の大切さ

６月に文部科学省が国立大学法人に対し、人文社会科学系の学部と大学院の組織見直しを通知した。少子化に伴い大学の存続が危機を迎えている時期に、「組織の廃止や社会的要請の高い分野への転換」に積極的に取り組むようにというお達しである。平たくいえば、もう大学に文科系はいらない。どんどん理科系を増やせということだ。

さまざまな大学人が反論をしている。いわく、大学は直接の経済効果に結びつく研究のためにあるのではない。いわく、そもそも中世に遡って大学の理念を探れば……。だが、いかに千万言を費やしても、現在の文科省は聴く耳をもたないだろう。彼らの関心は学問ではなく、国益、つまり「お国のため」になるかどうかだからだ。

だが、それならばわたしも反論しておきたいと思う。歴史的に鑑みて、人文科学はお国のためにならなかっただろうか？

たとえば言語学者の金沢庄三郎。彼の『日鮮同祖論』（１９２９）は、日本の朝鮮植民地統治のイデオロギーに大きな「奉仕」をしたではないか。第二次大戦中にも、京都学派と呼ばれる哲学者や文学者が集まり、日本が世界史的な頂点に立っているということを議論して、立派に戦争をサポートしたではないか。スターリン時代のソ連では言語学と文学が、イスラエルは考古学が、それぞれ時の国家体制に貢献しながら立派な業績を上げてきたのである。人文科学の学者は、いつもお国のためだけを考えて研究を続けてきたのだ。そうした真面目な人文科学を裁断するとは何ごとだろう。

では理科系の科学者はどうだろうか。自然科学や物理学の研究は直接にお国の発展のために貢献してくれるから、大学組織として優遇すべきなのか。この考えはたぶんに疑問である。というのも理科系とは本来的に国境を越えた、普遍的なものであるからだ。20世紀の科学史を振り返ってみると、科学者がいとも簡単に母国を捨てて亡命し、かつての敵国で研究を伸展させた例はいくらでもある。アインシュタインはドイツからアメリカへ逃げた。物理学者のフォン・ブラウンはヒトラーの自殺を知って、ただちに連合国軍に投降した。理科系の研究者とは、超一流になればなるほど、かかる売国奴の集まりなのだ。日本人でも青色発光ダイオードでノーベル賞を受けた中村修二博士は、実はカリフォルニアに居を構えているではないか。けしからん非国民だ。

人文系の学者は亡命などしない。日本語が通じる国など日本の他にないから、亡命したくともできないのである。その代り、一生懸命、お国のために尽くすのだ。理科系は違う。自分の業績は世界的に通用するとわかってしまえば、別に日本に未練はない。よりよき研究条件を求め、平然と国境を越えてしまう。ね、わかるでしょ？　大学でいくら理科系を優遇したところで、頭脳流出されたらお終い。そこへ行くと文科系は国を裏切らない。それにお国にとっては、反体制的に民主主義を擁護するような文学者とか論壇時評家というのは、一定人数において必要でしょ？　北朝鮮や中国と違って、うちの国は一応言論の自由がありますってポーズを外国に向かって示すためにもね。というわけで文科省は、大学の人文科学を大切にしなければいけないのである。

（『週刊金曜日』２０１５年10月２日号）

# 中国の髪飾り

その不思議な髪飾りに気が付いたのは、杭州《ハンチョー》の繁華街から西湖に向かって散歩をしていたときだった。『白蛇伝』の冒頭、少女に化けた蛇が貴公子を見初め、つい話しかけるという、いわくつきの橋のあたりである。

向こう側からやって来たふたりの少女の頭に、なんだか見慣れないものがついている。いや、生えているというのが、第一印象だった。ひとりは小さな蓮《はす》の葉っぱを、もうひとりはゼンマイを生やしている。まさか生身の人間の頭から植物が生えてくるなんて、いくら中国でもありえないはずだ。そう思って目を凝らしてみると、プラスティックでできた飾りで、それを黒いピンで髪に留めていた。

へえー、かわいいじゃないと思いながら街角をなおも歩いていると、髪飾りをしている人にどんどん出くわした。若者だけではない。子供も、中年女性も、なかにはいかにも勤め人といった男性も、髪の間にひょっこり緑の新芽を覗かせている。真赤なサクランボとか、サボテンを付けている人もいる。なんて名前なんだいと訊ねると、「髪卡《ファーカー》」だと教えられた。「卡」は音だけの当て字だから、たぶん最近になって考案された流行語なのだろう。「もやし」だとか「プチフラワー」とも呼ばれているらしい。

わたしは日本の漫画について講義するため、上海の大学に滞在していた。つい最近まで世界最大の人口を誇っていたメガシティで、地下鉄駅の大きさが羽田空港くらいある。だが上海ではこの髪飾りを見たことがなかった。週末に休暇をとって杭州に来たところで、それを知ったのである。ひょっとしてこれは環境保護運動のメッセージかなとも思ってみたが、どうやらそうでもないらしい。みんな楽しそうに頭に飾っている。2つも3つも飾っている人もいる。路上ではたくさんの髪飾りが、ふたつ5元（85円）で売られていた。原価はただみたいなものだけれど、眺めているかたわらから、どんどん売れていく。わたしもお土産用にいくつか買った。

上海に戻ると、地下鉄の車内のニュース速報で、日本の安保法案が可決されたと知った。9月18日、つまり84年前に日本軍が中国侵略を起こした、いわくつきの日のことである。中国人はどう思っただろう。

わたしは帰国した。ちょうど友だちと芝居を観る約束があったので、髪飾りを頭につけて池袋の東京芸術劇場に向かった。もちろん同じ飾りものをしている人は誰もいない。電車のなかで人々は怪訝《けげん》な顔をしながらわたしの頭を眺めていたが、誰も尋ねてくる人はいなかった。理解できない人間、自分と違う人間を見つけたときには無視するか、見なかったフリをするのが、日本人の習性なのである。劇場で友だちにお土産分の髪飾りをプレゼントすると、彼女は面白がってすぐにそれを髪に飾った。

だが東京は中国とは違っていた。芝居の開演時間間近となったとき、劇場の女性スタッフが目敏く髪飾りを見つけ、他のお客様のご迷惑になりますからといいたげな表情で、取り外しを命じたのである。奇《く》しくも上演される芝居は、現代社会における異端者の不思議な来歴をめぐる物語であった。そうか、日本では演劇を観るというのは管理空間に参入することだったんだと、わたしは思い出した。一党独裁という点では中国と同じだが、杭州のようにめいめいが好き勝手に飾りものをつけ、気楽にお散歩のできる社会ではなかったのである。

（『週刊金曜日』２０１５年11月６日号）

## 赤瀬川原平と偶然

赤瀬川原平さんが亡くなって1年になる。その後、これまで未刊だった書きものが刊行され出した。1冊は『赤瀬川原平漫画大全』（河出書房新社）で、60年代後半からおよそ10年間にわたって執筆されたパロディ漫画がはじめて纏められた。「著作権」裁判のおかげで、現代日本においてパロディはすっかり衰退してしまったが、ここにはまだアートが健康的に世界を嘲笑していた時代の才知が息づいている。

もう1冊は『世の中は偶然に満ちている』（筑摩書房）という題名の日記である。だが、並の日記ではない。夜に自分が見た夢と、昼に体験した偶然の事件だけを書き記した日記なのだ。おそらくこれほど奇怪な書物は、これまで存在していなかったのではないだろうか。

街を歩いていて、思いもよらなかった人にばったり会ってしまう。下を向いて歩いていると、お金が落ちているのに気付き、つい拾ってしまう。この程度の偶然なら誰もが体験しているだろうし、それをわざわざ気に留める人もいないだろう。だが偶然にダイヤモンドを拾ってしまったとしたらどうか。出かけしなに玄関の鍵がぽきっと折れてしまった日に母親が亡くなってしまったらどうか。人から来た手紙を読んでいて、「虫」という字のところまで読み進んだとき、いきなり上からテントウムシが落ちて来て、その「虫」という字の上に留まったとしたらどうか。まさかと人は思うが、赤瀬川さんは現実にわが身に起こったそうした偶然を、30年以上も記録し続けてきた。それが夢の記録と並んでいるところが実に興味深い。両者に共通しているのは、因果律から解放されたところで事件が生じることである。しかもいずれにも死の影が落ちている。

C・G・ユングという心理学者がいた。錬金術から空飛ぶ円盤まで、いわゆるオカルト現象の背後に隠されている、人間の無意識を研究した人だった。この人が最晩年に取り組んだのが、いわゆる偶然の一致の研究だった。何の因果関係もないはずなのに、どうしてふたつの類似した出来ごとが同時に生じてしまうのか。ひょっとしてそのふたつの間には、近代科学では解き明かすことができない、謎めいた関係が横たわっているのではないか。偶然の一致の問題を考えていくと、実はそれが観察している人間の無意識に深く関わっていることがわかる。ここに現代の量子力学が絡んでくる。観察者が事物を純粋に客観的に観察することなど、原子以下の微小な世界では不可能なのだ。この考えは翻ってみると、宇宙には原因→結果という近代科学の原理ではどうしても解決しない事件が無数に起きているという考えに通じている。偶然の一致なる事態が生じたとき、それは人間にきまって何ごとかを告げ知らせようとしているのだと、ユングは説いた。ちなみに日本の南方熊楠《みなかたくまぐす》も同じことを、「ヤリアテ」という言葉で表現した。

赤瀬川さんはこうした心理学と物理学の最先端の考えを、直感的に理解していたように思われる。彼はかつて若いころ、缶詰の内側と外側をひっくり返せば、全宇宙はひとつの缶詰の内側に閉じ込められてしまうという過激な実験を行なった。この発想の転換がすでにアートだったのだ。自分の大回顧展の最中に死んでしまうというのも、彼が最後に生命を懸けて行なったアートだったのかもしれない。悲しむのはやめようよ。

(『週刊金曜日』2015年12月4日号)

# 2016

オバマ大統領が広島を訪問し、「核なき世界」を訴えた。イギリスではEU離脱をめぐる国民投票で、半数以上が賛意を示した。安倍首相は来日したプーチン大統領と対話をしたが、北方領土問題に関しては最低限の共通認識すら引き出すことができなかった。ボブ・ディランがノーベル文学賞を受賞した。

明仁《あきひと》天皇がヴィデオメッセージを通し、生前譲位の意思を表明した。選挙権年齢が高校生を含め、満18歳以上にまで引き下げられた。その直後の参議院選挙では、即日開票の結果、与党が過半数を占めた。いつの間にか「無所属出身」となった小池百合子が東京都知事に選ばれた。熊本で震度7前後の地震が二度にわたって生じた。

元プロ野球選手の清原和博が覚醒剤所持容疑で逮捕された。新海誠のアニメ『君の名は。』が大ヒットし、スマホのゲームアプリ「ポケモンGO」が配信以後ひと月で、これまでのあらゆるゲームソフトを超えるダウンロード数となった。相模原の障碍者《しょうがいしゃ》施設で元職員が19名の知的障害者を殺害した。SMAPが解散した。

わたしはシネマテック・フランセーズとパリ第7大学で講演発表を行なうと、そのままパリに留まり、長編小説『すべての鳥を放つ』を執筆した。ベイルート出身の映画監督ジョスリーン・サアブとともに、元日本赤軍最高幹部の重信房子とその娘メイをめぐるドキュメンタリーの制作準備に入った。7月から8月にかけては舞踏家大野慶人の北京天津公演にスタッフとして同行し、帰国後に『大野慶人の肖像』を書き上げた。9月より半年間、東京大学文学部宗教学科で連続講義「聖者の表象」を行なった。それは結果的に、日本の大学におけるわたしの最終講義となった。

## 雑種の殺戮《さつりく》

どうにもわからないのである。何が？　動物のことだ。世界中で動物たちが群れをなして行っていることと、それに対する人間の側の反応に納得がいかないのだ。最近になって耳にした、ふたつの事件について書いておきたい。

ひとつは赤城山で野犬が急速に増えているという話。人間が飼っていた犬が次々と捨てられ、繁殖して異常な事態になっている。山中で猪《いのしし》を襲うばかりか、麓に下りてきて農家の豚をも食べてしまうらしい。頭がいいので、罠《わな》にはかからない。行政の側としても手を拱いているというのが実情のようだ。

もうひとつは日本国内でカナダガンの根絶に成功したという話。カナダガンは大きいもので1メートルを超す巨大な鳥で、北米原産である。30年ほど前に日本に持ち込まれ、人に飼われていたのだが、逃亡したものが全国に散らばり、関東地方では100羽あまりにまで数が増えた。カナダガンがシジュウカラガンと交雑すれば天下の一大事だと騒ぎだした人がいて、環境省と民間の防除事業者が協力。昨年12月までに79羽の成鳥と150個ほどの卵の捕獲をなしとげた。2005年に施行された外来生物法による処置である。

カナダガンはどうなったのか。動物園で飼われることになるのか。それとも成鳥は「処分」(公式用語で殺害の意味)され、卵は残らず潰されて下水道に捨てられてしまうのか。いずれにせよ日本では5年がかりで根絶に成功した。メディアはそれを悦ばしきニュースとして取り上げている。

わたしにはわからない。どうしてカナダガンが処分されてしまうのか。どうしてこの鳥がシジュウカラガンと交配し、雑種が生じると不都合なのか。カナダガンとシジュウカラガンの区別など、そもそも人間が種や属、科といった分類区分を考案した後に、人為的に作られたものにすぎないはずだ。聖フランチェスコにとって、画家ウッチェロにとって、鳥は鳥であるだけで充分だったではないか。

赤城山ではおそらく、これまで日本人が思いもつかなかった交雑がなされていることだろう。

シベリアンハスキーとヨークシャテリアの間に、ブルドッグと柴犬《しばいぬ》の間に、不思議な様相の仔《こ》犬《いぬ》たちが生まれているかもしれない。だが、誰がそれを非難できるのだろう。変化朝顔の妙を競いあい、金魚の品種改良に血道をあげてきたのも、飼犬を平然と捨てて省みなかったのも、同じ日本人である。

ダフネ＝デュ・モーリエに『鳥』という短編小説がある。ヒチコックが映画化したことでも知られているが、あるときいっせいに鳥たちが群れをなし、人間に襲いかかるという作品だ。現代思想の世界では今世紀に入ってから、動物とは何かという問題がしきりと討議されるようになってきた。人間の家庭に飼われている犬や猫を見ていても、本当の動物のことはわからない。動物とは本来的に群れをなし、人間の知恵や知覚を超えたところで行動する存在である。ドゥルーズはそう語っている。この卓見に学ぶべきことは多いが、わたしはさらに言葉を重ねてみたいと思う。カナダガンの根絶は、難民と亡命者を受けつけず、両親のいずれかが日本人ではない子供たちを陰湿に差別する日本社会の、みごとな隠喩となっているのだ。そして赤城山における雑種犬の繁殖は、その社会に内在している本来的な統御不可能性を示している。わっはっは。犬たちよ、産めよ、増やせよ、地に満ちて、人間どもに復讐《ふくしゅう》せよ。

（『週刊金曜日』２０１６年１月８日号）

## メディアの寵児《ちょうじ》

きみは今、たくさんのTVカメラを向けられ、雑誌と新聞のインタヴューに追われている。まわりはいつも仲間たちでいっぱいだ。合言葉は「自由と民主主義」。この世のなかで誰も批判できない切り札を、学園祭のパレードよろしく軽々と振り翳しながら、きみは意気揚々としている。誰もが意気揚々としている。メディアはきみに気を遣い、機嫌を損ねないように、きみを適度に持ち上げてくれる。老人たちは(ノスタルジアからか、罪障意識からか)きみに媚びへつらい、機会あるたびに自分がきみといかに仲がいいかを公衆にアピールしようとしている。きみは老人たちにとって、連合赤軍事件以来の負債が返却でき、しかも道徳的に推薦できる無償の回春剤というわけだ。

あるとき、きみの手元に1通の手紙が舞い込んでくる。手紙は脅迫状で、きみときみの家族を殺害すると記されている。きみはためらうことなくこの手紙を警察に向かってファックスで送り、Twitterで(不特定の、ということはきみの味方である)大勢の人に知らせる。きみにはわからない。自分だけではなく、どうして家族までが殺されなければならないのかが。

ただちに1万4268人の学者たちが、脅迫状に対して抗議声明を出す。それは言論と表現の自由を脅かす暴力であり、民主主義社会に対する重大な挑戦だというわけだ。きみがいつも群れのなかにいるように、この学者たちもいつも群れのなかにいる。

3か月ほどして犯人が逮捕される。彼はきみより4歳年下の青年で、大学には行っていない。仕事もなく、ただストレスを発散するために悪戯《いたずら》をしたと告白する。それ以上のことはわからない。きみをはじめ誰も彼の事など知ろうとしないし、知りたくもない。ひとつだけ明らかなのは、彼がおそろしく孤独だということだ。けれどもメディアの寵児であるきみには想像がつかない。

事件はそれで終わりとなる。青年はどのような罰を受けるのだろうか。保護観察処分となるのか、少年院送りなのか。誰が彼の孤独を繙き、彼の心に自由を回復させてみせるのか。青年は民主主義が嫌いなのか、それとも好きなのか。しかし今では、もう誰も関心をもたない。

わたしは小説家だった中上健次のことを思い出す。周囲の誰もが大学に進学し、日本とアメリカの軍事条約をめぐって反対運動に従事していたころ、被差別部落出身の彼は大学に行かず、たったひとりで小説家になる修業をしていた。彼は『十九歳の地図』という短編を書いた。新聞配達をして暮らしている青年が、配達先の住宅地の家庭で親切にされるたびに憎悪を燃やし、公衆電話を用いて次々と脅迫をしてまわるという物語だ。きみに素朴な脅迫状を送りつけた青年は、彼とどこが異なっていただろう。中上は自分に憑りついて離れない孤独を、脅迫電話をかけることしかできない青年という形で表現してみせた。

メディアも知識人も、誰もきみのことを悪くいわない。どの時代にも時代のヒーローが必要だからだし、やがてきみがメディアのなかで大きな発言権をもつことを、見越しているからだ。きみが民主主義と一言口にすると、みんなが安堵《あんど》する。自分が多数派のなかにいることを確認できる。だけど、悪いけど、わたしはきみに関心がないのだ。わたしを捕らえて離さないのは、きみに脅迫状を送った青年の孤独の方なのだ。


（『週刊金曜日』２０１６年2月5日号）

## 皆殺しの天使の後に

『早稲田文学』のような、本来が文学について語っていればいい雑誌が、このようなアンケートを寄稿者に要請するまでに到った状況の緊迫感については、自分なりに理解しているつもりです。それはまた同時に、天下国家を憂うことを使命としてきた既成雑誌が、現時点でいかに失調しているかをも物語っています。

昨年、パリで生じた2回にわたる大量殺人事件は、すでにわれわれが生きている世界にテロルが遍在するにいたったことを、改めてわれわれに認識させました。もはやゴダールが『ヒア

&ゼア　こことよそ』（1974）で提示した構図、つまり世界の辺境での悲惨と虐殺を、中産階級の家族がのんびりとTV画面で眺めているといった構図は、無惨にも解体されてしまいました。われわれが生きているこの世界とは、同じ映画の世界で喩《たと》えるならば、ルイス・ブニュエルが遺作『欲望のあいまいな対象』（1977）のなかで描いた世界、つまりいたるところに爆弾が仕掛けられていて、眼前で生起したばかりの惨事に対し、多くの人々がほとんど無感動となろうとしている世界なのです。

テロリズムはもうとうの昔から、特定の個人を暗殺する段階を卒業しています。それはもっぱら不特定多数の者を殺傷し、そのいっさいをメディアを通してスペクタクルとして演出し増幅させることを目的としています。イスラエル空軍による恒常的なガザ爆撃は、もはやあまりに日常茶飯事となってしまい、世界に向かって充分に報道されてはいません。したがってそれは、いささかもテロリズムの脅威を構成しないのです。テロリストたちはパリでは大成功しました。事件はただちに見世ものとして報道され、世界中の人々に深い衝撃を与えたからです。ネタニヤフとオランドが手を取り合ってデモ行進に参加したとき、首謀者たちは彼らを嘲笑《あざわら》いながら、事件の成功を祝ったことでしょう。彼らは歴史のなかにみずからの身体を刻み込むことに、みごとに成功したのです。

次の候補地のひとつが東京であることは、眼に見えています。なぜなら日本は人々が〈危うい均衡を保ちながらも）いまだに無邪気な安全神話を信じている、世界でも稀なメガロポリスだからです。アメリカとの軍事条約の再確認と強化が、有事の可能性を一気に高めてしまいました。「想定外の」事件というものは、文字通り、想定外にあって生じます。なぜならそれが事件なるものの定義だからです。

けれどもここまで書いているうちに、わたしはだんだんと馬鹿馬鹿しくなってきました。わたしは別に若作りをして高校生や大学生に媚《こび》を売り、論壇におけるわが身の延命を祈願する文筆業者を非難しようとは思いません。その人にだって生活というものがあるでしょう。商売の邪魔をする気にはなりません。けれども御誌のような雑誌がアンケートを文学者たちに依頼すると、ほとんどの人がほとんど似通った表情のもとに、ほとんど似通った趣旨の文章を書いて届けるといった奇怪な事態を、どう考えてみればいいのでしょうか。

御誌が前回、やはり緊急ということで、さまざまな文筆業者の方々にアンケートをとったときのことが思い出されてきます。あのとき寄せられた回答は、いずれもが似たような内容で、似たような調子のものばかりでした。いや、御誌の企画と編集方針がいけないと、わたしが非難しているなどと受け取らないでください。2001年9月11日以降、日本では問いに応えて、誰もが多かれ少なかれ似たような回答を寄せる、というより似たような回答以外のものを寄せることなど、もはやできなくなっているというのが、われわれの状況なのですから。

事態はあたかもロラン・バルトが存在しなかったかのように進行しています。ファシズムとは人々に発言を禁じることではないと、彼はレッスンのなかで語っていました。ファシズムは逆に、あらゆる人々に饒舌を要求する。語れ、語れと命令するものである。結果として人々は多幸症のうちに、誰もが似たような言葉を口にするようになってしまうだろう。これがバルトによるファシズムの定義です。

つねに装われた善意によってもたらされる、こうしたファシズムの退屈さに抗うためには、ただひとつ、異言を口にするしか方法がありません。異言については、コリント前書12章をお読みください。「或人《あるひと》は異言を言い、或人は異言を釈《と》く能力を賜る」と書かれています。わたしは個人的には(とても小さな声でしかありませんが)時代のなかの異言を解釈することが、自分の務めであると考えております。

(『早稲田文学』2016年春号)

## 慰安婦と赦《ゆる》し

何かが大きく食い違っているのである。多くの人たちは、「何を今さら」ということだろう。「もう解決のついた話じゃないか。また蒸し返そうっていうのかい。それじゃあこれまでの歩み寄りに意味がなかったことになるじゃないか。ひょっとしてきみは、今まで努力をしてきた人たちを馬鹿にするつもりなのかね。」わたしが愚直に異議を唱えようとすると、たちまちこうした罵倒を浴びせかけられそうな気がする。だがこの予想される反応を含めて、一切合財が間違っている。それはそもそも歩み寄る問題でも、解決すべき問題でもなかったのだ。また代表者どうしが話し合って合意に達するという問題でもなかったのだ。

２０００年の後半、ソウルの大学に滞在している４か月の間、わたしは日本大使館の前で水曜ごとに開催される集会に参加したことがあった。かつて従軍慰安婦として日本兵とともに戦場にあった女性たちを先頭に立たせ、いくつかの市民団体が中心となって開かれている抗議集会だった。司会者がマイクをもち、居合わせた人たちが交互に絶叫型の発言をしている。発言したい人は誰でも出て来てくださいと司会者がいうと、年配の男性が現れ、日本統治時代に受けた暴虐と屈辱について激しい口調で喋り出す。そのまわりには40人くらいの活動家。写真を撮っている西洋人が数人。少し離れた街路樹のわきで、日本大使館から派遣されてきたのだろう、いかにも日本の公安警察らしき人物が参加者の人数を調べながら、細かくメモをとっている。老女たちが４人いるのだが、最後まで何もいわず椅子に腰掛けている。なんだか置き去りにされているような雰囲気だった。

日本に抗議したいという気持ちが彼女たちを突き動かしていることは理解できる。だが冬の寒さのなかで、途切れない絶叫型の演説を長時間にわたって聞かされていることは、大変な労苦に違いあるまい。老女たちはそれでも耐えるかのように、じっと椅子に座っている。集会が終ったときに理由がわかった。彼女たちはバスで巨大な市場まで行くと、一目散にお菓子屋へと向かい、悦び勇んだ表情で駄菓子を買《か》い漁《あさ》るのだった。ソウルから離れた「ナヌムの家」で共同生活を続けている彼女たちにとって、集会のある日とはお菓子を買いに外出できる日という意味だったのだ。

わたしには元慰安婦たちを神聖視するつもりもなければ、そこから人生の叡智《えいち》とやらを学ぶ気持ちもない。彼女たちはただ孤独で寄る辺ない存在である。だからどうしても納得がいかないのだ。彼女たちが解決すべき（厄介な）問題として扱われ、解決した問題として処理されたという事実を受け容れたくないのだ。ましてやそれが政治の駆け引きのなかで、本人たちとまったく無関係の場所で決定されたというのであれば。

確認してみようではないか。日本人は赦しを乞う側にあり、赦しはあちら側から恩寵《おんちょう》のように与えられるのを待つしかない。日本人は何の期待もできないままに、いつまでも待たなければならない。これは難行だ。しかし韓国人にはさらなる難行が待っている。どうしても赦すことのできないことを赦すという作業に、勇気をもって向かわなければならないからだ。韓国人にそれができるか。日本人にそれができるか。繰り返していう。赦しとは早急に解決すべき問題ではないのだ。

（『週刊金曜日』２０１６年３月４日号）

## 日本死ね

誰がいったかはどうでもいい。誰かがいったことが重要なのだ。これは現代文学のあり方をめぐって、サミュエル・ベケットが口にした警句である。だが一方でこの言葉は、民衆の集合的意識の形を鋭くいい当てている。「民の声は神の声」という諺《ことわざ》をよりアクチュアルにしたとき、声が匿名であることの意味がより深刻に感じられてくるのだ。

つい先ほどであったが、共稼ぎの夫婦が子供を保育園に預けようとして拒否されるという事件が起きた。母親はこの不条理に怒りを感じ、「日本死ね」とブログに書き込んだ。端的な表現が話題を呼び、ついに国会で安倍首相が言及するまでになった。誰が書き込んだのかは伏せられている。だがそれを追及し糾弾することは意味がない。とりわけ昨今の「白色テロ」吹き荒れるメディアの状況からして、作者の秘密は断固守られなければならない。

重要なのはこの言葉のもっている強さである。そこには怒りという感情だけがもちうる崇高さがあるように、わたしには思われる。母親らしい言葉遣いをすべきだとか、もっと建設的な言葉を口にしろといった批判は、すべて愚かな的外れである。当事者の事態の緊急さを知らぬ、外野の見物人の感想にすぎないからだ。この言葉を発した母親は、ギリギリに追い詰められた場所から最後の言葉を発した。それは詩的緊張に満ちており、実際には発言する機会を与えられないでいる、多くの母親の沈黙を代弁しているのである。

いったい日本人や韓国人は考えたことがあったのだろうか。自分の国で新生児が生まれる率が目立って下がっている事態の背後に横たわる、無意識的な意思表示を。日本人も韓国人も、どこか心の底で思っているのだ。21世紀に子供が日本や韓国で生まれたとして、以前のように幸福な人生を送ることなどできないだろうと。韓国の場合は、意に沿わぬ子供はどんどん海外に、国際養子として出してしまう。日本人はそれに抵抗があるから、とにかく産まない方向に進む。日本に生まれることが不幸の元凶であるなら、いっそ生まれてこない方がよかったのだ。反出生主義はこれから現代思想の重要な主題となるだろう。

今回の母親は違った。たとえ日本に生まれてもなんとか幸福に育て上げようと決意した時点で、強い拒否を受けたのだ。その結果が「日本死ね」である。メディアは公式的に彼女を非難することしかできないが、日本の多くの女性は心のなかで賛意を示すだろう。わが子の命運を蔑《ないがし》ろにされて泣き寝入りをする母親などいないからだ。

世界でもっとも出生率の高い地域はどこだろうか。アフリカ諸国を別にすれば、パレスチナがそのひとつだ。イスラエルの爆撃と虐殺によって子供たちが次々と殺されていくこの国では、母親たちは子供を産み人口を増やすことが戦いだと信じている。自分たちは日本ほど平和でも豊かでもないが、パレスチナに生まれたことが幸福であると子供たちに教えている。わたしは12年前、自爆攻撃がもっとも盛んだった時期にしばしばパレスチナを訪れたが、家族の絆《きずな》の強さに驚いたものだった。信じられるものは家族と両親、そして自分の子供たちだけであるという限界状況のなかで、彼らはわたしを歓待してくれた。もしわたしがパレスチナを再訪し、「日本死ね」という言葉を説明したとしたら、彼らはどのような態度を見せるだろうか。おそらくうなだれて、神にそれを報告することだろう。

(『週刊金曜日』2016年4月1日号)

## 佐村河内守は詐欺師なのか

森達也が個人作品として15年ぶりにドキュメンタリーを発表した。それもつい今しがた日本中を騒がせ、「現代のベートーヴェン」と持ち上げられたあげくにペテン師呼ばわりをされ、クラシック音楽界を追放された作曲家、佐村河内守を被写体としてである。

森はつねに時代の悪役を対象にカメラを廻してきた。東北の海岸が津波に襲われたときには、みずから悪役を買って出て、公共放送が排除する悲惨な映像をあえて提示し、報道倫理の制度性に挑発を仕掛けたりした。今回のドキュの題名はＦＡＫＥ、つまりニセモノである。だがこの題名からして種村季弘の描く「詐欺師の楽園」のような、皮肉たっぷりの喜劇を予想していたわたしは、みごとにうっちゃりを喰《く》らった。これはマスメディアの粗雑な報道がいかに理念を欠き、虚偽に満ちて暴力的であるかを証《あか》し立てようとする作品である。と同時に、一度挫折をしてしまった人間には、二度と敗者復活の機会を与えようとしない、冷酷で無情な日本社会と日本人のメンタリティーを告発しようとする作品でもある。さらに日本に伝統的な新派世界の想像力を大いに擽《くすぐ》るメロドラマでもある。だが最終的には、ドキュメンタリーを撮る者の倫理を問う作品でもある。もう少し具体的に書いておきたい。

森はまず、佐村河内をめぐる従来の報道がいかに事実と食い違っていたかを点検し、加えて本人の自己認識を正確に再現していく。カメラに映されているかぎり、佐村河内が感音性難聴であることは紛れもない事実のようだ。医師の証明も提示される。それではメディアはなぜそれを無視し、彼がニセ身障者であると大々的に報道したのか。それは佐村河内を聖人芸術家のように持ち上げ、神話化してきたメディアの、みずからに対する自己嫌悪、自己への復讐であると、本人は冷静に分析してみせる。

かつて彼のゴーストを務め、今では逆転して時の人となった作曲家。零落した英雄を笑い者にしようと仕掛けてくるTVディレクター。彼を糾弾してジャーナリズム大賞を受けた人物。森は彼らの話を聞こうとしてインタヴューを申し込むが、例外なく拒絶される。だが彼らの糾弾が最終的な主題であるのではない。佐村河内は今ではあらゆる友人から見捨てられ、ほとんど外出することもなく、夫人とひっそりと暮らしている。森がじっとカメラを向けるのは、この夫婦の間の深い絆だ。映画は後半になるとドキュの域を超え、夫唱婦随のメロドラマに急速に近づいてくる。まるで坂田三吉、涙の王将物語のようだ。

だが森はさらに先を行く。彼が究極的に問題にしたいのは、撮る者と撮られる者との間には、はたしてどこまで信頼関係が成立しうるのかという、ドキュをめぐる本質的問いかけである。眼の前にいる佐村河内は、はたして全面的に自分を信じて、すべてを告白しているのか。また彼のかたわらにいて、つねに手話で彼を支えている夫人はどうなのか。そして自分はどこまで佐村河内の言葉を信じて、カメラを廻しているのか。作品は眼に見えない不確定性を残して幕を閉じる。結論はない。だがそれは、メディアの説く勧善懲悪や贋者《にせもの》対本物という、単純にして幼稚な二分法とはまったく別のものだ。わたしは〈信〉の構造を説いた吉本隆明が生きていたら、このドキュをどう読み解いたかを知りたいと思う。（『週刊金曜日』２０１６年６月３日号）

## 非常事態発令下のパリ

パリに3か月近くいて、これから日本に帰るところである。アパートの床は、書物とＤＶＤのための段ボールでいっぱいだ。

ああ、またあの陰湿な相互監視と隠しごとをする人たちのなかに戻っていくのかなあ。そう思うと、憂鬱な気持ちになる。パリでは、もう日本になんか戻りたくない、エッフェル塔の下で子供を育てるのだと堂々といっている日本人に何人も会った。こういう人たちと話していると、たのもしい気持ちになる。というのも日本人だけは戦時中も亡命や逃亡をせず、小林秀雄の表現を用いれば「黙って戦争に従った」という、情けない歴史をもっているからだ。誰もが脱出できなくて相互に抑圧をしあっている国から、脱出し終えた人がいると知るのはうれしい。わたしの内面の亡命者が語る。きみだって犬さえいなければ、日本を捨てられるのに。

だが日本の厄介なところは、日本を脱出した次の瞬間から、その日本に深く囚われてしまうことだ。おまけに日本は自分を見捨てた日本人を置き去りにして、先へ先へと進んでいく。日本を見捨てたはずの人は、何年も経って、実は自分の方が日本に見捨てられたのだったと気付くのだ。まるで宇宙ロケットから一歩、宇宙空間へと飛び出した乗組員が、命綱を断たれて暗黒のなかで迷子になってしまうように。

昨年11月の無差別射撃事件以来、パリにはずっと非常事態が宣言されている。ちょっとした広場には銃をもった兵士が3人一組で配置されているし、デパートの前には巨大な犬を連れた警備員がズラリと並んでいる。美術館も大学も、入るときには荷物を調べられ、ボディチェックを求められる。この光景はどこかで見たことがあるぞと記憶を探ってみると、10年ほど前に滞在したテルアヴィヴがそうだった。パリはどんどんイスラエル化している。いや、もうすぐ東京もそうなるだろう。少なくとも一度、大がかりなテロが起きてしまえば。

レピュブリック（共和国）広場では、3月以来、連日のように座り込みと集会が続いている。政府が労働法を改悪しようとしているのに対して、学生やら移民労働者やら一般市民が抵抗運動を続けているのだ。彼らは日本と違って、マイクもスピーカーも用いない。誰かとか、特定の党派が場を仕切るというのでもない。円陣を組んで座り込み、発言したい人が議長役の人物の指名によって、勝手に話しては交替するといった感じだ。あるとき、とりわけ静かな集会に出くわしたことがあった。聾啞者《ろうあしゃ》たちが労働権利を要求する集まりだった。このときは拍手の代りに、人々はいっせいに両手を拡げて振り、手話で賛意を示した。密林のなかでいっせいに白い蝶《ちょう》が羽ばたいているような雰囲気だった。

今回のパリ滞在で気が付いたのは、ほとんど日本人観光客を見かけなかったこと。その代りに日本料理店が以前に増して目立つようになり、パリのリヨン駅はついに日本風の駅弁まで売り出すようになったこと。中国人娼婦《しょうふ》が激増し、ベルヴィル地区を歩いていると、真昼間からフッーのオバサンという感じの人が道端に並んでいて、どんどん「商売」をしていること。その一方で中国人団体観光客がいたるところでセルフィ（自撮り棒）を用い、写真を撮っていたこと、などなど。

さあ、日本に帰らなくちゃ。7月は北京だから、その荷物を作らなければならない。

（『週刊金曜日』2016年7月1日号）

## 水に落ちた犬を打つ

日本が中国を侵略していた時代のことである。上海では国民党によるテロが横行していた。あるとき魯迅《ルーシュン》の弟が、いくら犬が憎くても、水に落ちた犬をさらに打つことは感心しないねといった。別の人物がそれを支持して、中国人には昔からフェアプレイの精神が欠けていると論じた。犬と戦うには、犬と対等な立場に立って戦うべきであり、苦境にある犬を攻撃するのは卑怯《ひきょう》であるという考えである。

魯迅は烈火のごとく怒った。たとえ水に落ちたとしても、悪い犬は絶対に許してはいけない。

もしそれが人を嚙《か》む犬であれば、陸上にいようが水中にいようが関係ない。石を投げて殺すべきだ。中国人によくあるのは、水に落ちた犬をかわいそうと思い、つい許してやったために、後になってその犬に食べられてしまうという話ではないか。犬が水に落ちたときこそいいチャンスではないか。

恐ろしい言葉である。つねに国民党政権に生命を狙われ、友人や弟子を次々と殺されていった知識人にしか口にすることのできない、憎悪に満ちた言葉である。

だが最近になって、わたしは魯迅のこの考えにいくぶん距離を抱くようになった。なるほど彼を取り囲んでいた状況は苛酷だった。だからといって敵に対し熾烈《しれつ》な憎悪を向け、その殲滅《せんめつ》を願うだけで、はたして状況を好転させることができるのだろうか。わたしがこう書くのは、70年代に新左翼の各派が相互に殺し合いを続けてきたのを、どちらかといえば間近なところで眺めてきたからである。わたしは尊敬する『阿Q正伝』の作者にあえて逆らっていいたい。今こそ犬を水から引き揚げ、フェアプレイを実践するべきときなのだ。少なくとも憎悪の鎖を断ち切るためには。

この数年間に何が行なわれてきたかを、冷静になって考えてみよう。朝日新聞からベッキー、舛添元都知事まで、メディアはたまたま水に落ちた犬を目敏く見つけると、ただちに恐ろしい情熱を発揮して、溺れ苦しむ犬に石を投げることをしてきた。彼らはもし犬が普通に地上を徘《はい》廻《かい》していたとしたら、怖くて仕方がないものだから、けっして石を投げなかったことだろう。ところが、どんなに罵倒の言葉を投げかけ石を投げたところで、わが身の安全は確保されたとわかると、態度を豹変《ひょうへん》する。ここには純粋の憎悪がある。だが魯迅の場合とは違い、その憎悪には必然的な動機がない。それは集団ヒステリーと呼ばれる。

朴裕河という韓国の比較文学研究家が、従軍慰安婦問題をめぐる著作を韓国で刊行したとき、同じ事態が生じた。ずさんで恣意的な引用をもとにして刑事訴訟がなされ、彼女は元慰安婦の一人ひとりに多額の慰謝料を払うことを命じられた。そればかりか、勤務先の大学からは給料を差し止められ、家を一歩出ると危険な状況に置かれることとなった。文字通り、心理的に生命の危険に晒《さら》されているといってよい。

だが、まさにそのときなのだ。在日韓国人を中心とした熾烈な攻撃が彼女に向けて開始されたのは。これこそ、水に落ちた犬に投石する行為である。もし彼らに研究者としてフェアプレイの精神があるとすれば、まず韓国でなされている法的な措置に抗議し、その解決を待って真剣な討議に入るべきではないか。人は集団ヒステリーの罠に陥らないために、冷静になってモノゴトの順序を考えなければならない。

(『週刊金曜日』２０１６年９月２日号)

# 永六輔の声と顔

天皇明仁が8月8日にTVを通し、退位を暗示するヴィデオレターを発表した。多くの日本人が午後3時を待って、天皇の声に耳を傾けた。この事態は昭和天皇の玉音放送以来のことだ。老天皇に寄せる庶民の同情と共感は、TV放映を通して一気に増大した。これも玉音放送のときと同じ現象だ。

夏の日の午後のTV放映について、わたしが新たに語ることは何もない。どうせ誰かが話していることと同じことしか語れないだろう。けれどもひとつだけ残念なことがあった。あの特別放送を、永六輔にぜひとも見てもらいたかったのである。残念ながら、永さんはそのひと月前に亡くなっていた。

永六輔はTVを嫌い、あまり出演しようとしなかった。彼の戦場はもっぱらラジオである。だがどうしてラジオだったのだろう。

誰もが永六輔の声を憶えている。あの少し甲高い、ねとっとしたというよりも、ぺたっとした感じの声。けっして気取らず、シニックな口調にもならず、わかりやすく、それでいて自分のいいたいことは明確に発言するという語り口。あの声を聴いてある別人の声を思い出さない人はまずいない。いわずとしれた天皇明仁のことだ。永六輔本人もそれを充分に意識していた。

わたしは1960年代の終わりごろ、深夜放送で彼の声に親しんでいたが、彼はときおり冗談半分に、当時の皇太子の口調を真似てみせることがあった。なによりも声の質が同じなのだ。わたしはこのあたりに、彼がラジオを偏愛した理由のひとつがあったように思う。

永六輔と天皇明仁はともに1933年の生まれである。現行の憲法を守れという点でも、自分の遠い祖先に渡来人がいたと公言する点でも、共通するところがあった。ただ天皇明仁が将来の天皇家の安定を願って退位を仄《ほの》めかしたのに対し、永六輔は生命あるかぎり、職務であるラジオにしがみついた。彼はあたかも誰かの分身であるかのように、自分の声を日本全土に響かせようとしたのである。

「ロイ」というものがある。「口伝」という言葉から「云」を外すとそうなる。中世からこの方、寺社の内側でひそかに伝えられてきた伝承のことで、そこには公式的な歴史が語ろうとしない真実がしばしば隠されている。織田信長が本能寺を焼き払うとき、こっそり逃げ道を準備しておいたといったたぐいの話だ。永六輔は日本の芸能史において、このロイを蒐集した人だった。著書『芸人　その世界』を読むと、歌舞伎役者から噺家《はなしか》、幇間《ほうかん》、そして現在の映画スターまで、彼のいう「河原乞食《かわらこじき》」についてのロイが満載されている。

「おさとうはしろくてあまくてやわらかく　ぎうにゆうなんぞにいれてのむ」

天皇明仁が幼少時に詠んだとされる歌である。御用学者たちがその素直でのびのびとした作風を絶賛するさまが目に浮かぶ。わたしはこの歌を永六輔の本のなかで知った憶えがある。それを今、ただちに確認できないのが残念なのだが、校正の人はがんばって探してみてください。ここにも濃厚にロイの匂いがする。

もしふたりが生前に会っていたら、どういう会話になっただろう。それをテープ起こしする編集者は声の区別ができず、とても苦労することになったはずだ。だが永六輔のすごいところは声だけではなかった。顔が三島由紀夫だったことである。彼は三島ファンに求められると、平然と「三島由紀夫」とサインをしていた。

(『週刊金曜日』2016年10月7日号)

## マジカル・ミステリー・ツアー

黄色いバスの車体には、虹色の光を放つ彗星《すいせい》と太陽が描かれている。その下に大きく「マジカル・ミステリー・ツアー」という文字。そう、あの有名なアルバム・ジャケットにそっくりのデザインだ。

小雨が降っていた。乗客は20人くらい。大部分は60歳から70歳代のイギリス人の女性。それも3人か4人で連れ立って参加という感じ。バスが発車する前から、ウキウキとお喋りをしている。50年前にお熱を上げていた4人組の憧れの聖地を見られると思うと、うれしくて仕方がないのだろう。

バスが出発する。ガイドはまだ若い男で、弾丸のように早口で話し続ける。ものすごく訛《なま》りが強い。One をオン、doesn't をドスンと発音する。気分を出そうとして、意図して方言を強調しているのかもしれない。みなさんのなかにアイルランドの人、いますかあ。3人が手を挙げた。今日は愉しいですよお。知ってますかあ。ポールも、ジョンも、もともとはアイルランド系でしたから。それではまずパニラインに行きま〜す。ガイドは元気よく宣言する。一瞬わからなかったが、ペニーレインのことだと気付いた。有名なヒット曲に歌われた、小さな街角のことだ。

パニラインはイギリスならどこにでもあるような通りだった。パン屋に散髪屋、肉屋、不動産屋がにぎやかに並んでいる。バスはここで停車し、乗客たちは通りの標識をカメラに収めた。それからリンゴの家。ジョンの家。ジョンとポールが出逢った教会。ジョンの最初の妻、シンシアの家。ポールとジョージの家。要するに彼らは市の中心から少し離れた、労働者階級の住宅地に生まれ育ち、ひどく狭い（そして親密な）世界のなかで知り合い、音楽の腕を磨いていたのだった。

裕福な家はない。ポールの家はそれでも前に芝生があり、屋根裏部屋までついていたが、も

リヴァプールのストロベリー・フィールズ（2016年）

っとも貧しそうなのはジョージの生家だ。8軒の家が繋《つな》がり、長屋になっている。ドアを開けるとすぐに部屋になっているようだ。父親はバスの運転手で、子だくさんだった。風呂はなく、一家は狭い裏庭に盥《たらい》を持ち出し、お湯を運んで風呂代りとした。

　やがてバスは森のなかに入り、赤く塗られた門の前で止まった。韓国人の女の子がすでに3人ほど来ていて、愉しそうに写真を撮っている。第二次世界大戦の少し前に救世軍が設けた少女保護施設、ストロベリー・フィールズだった。現在は閉鎖されているとガイド。

　乗客たちの興奮は絶頂に達した。無理もない。ティーンエイジャーだったころの熱狂が復活したのだ。誰もが争って写真を撮り合っている。ついに来たぞ。わたしも嬉《うれ》しかった。そうか、「目を閉じていれば人生はたやすい」とジョンが歌った場所は、この赤い門の内側にあったわけか。

たったひとり、誰とも話さず、門を見つめている女性がいた。わたしに向かい、自分の写真を撮ってくれないかという。コロンビアからの一人旅らしい。英語を話すのは不得手そうだった。しかし彼女は驚くほどの博識であり、ガイドの説明の間違いをときどき指摘してみせた。彼女もまた半世紀前にお熱を上げていた少女たちのひとりだったのだ。仕事を退職して、ようやくリヴァプールに行くという夢が叶ったのよと彼女。騒がしい観光バスのなかで、彼女はもっとも幸福そうに見えた。

こうしてビートルズ観光ツアーは無事に終わった。2時間で50ポンド。

（『週刊金曜日』２０１6年11月４日号）

## 熊にひどい目に遭ったら

親愛なる衆院議長閣下、

わたしがこの手紙を認《したた》めておりますのは個人的な恨みや憎しみからなどではなく、もっぱら公共の利益のためであることを、まずご理解していただきたく思います。

　昨年はドングリが豊作でした。そのため今年の春、日本でこれまでになく子熊が生まれたことはいいことでした。ところが今年は凶作です。熊が好むブナやミズナラの実がいっこうに実らず、困り果てた熊たちは人里へ下り立つようになりました。東京の青梅《おうめ》では、熊が飲食店の冷凍庫をどんどんこじ開け、なかの食べものを貪り食っているさまが報道されています。長野県の精米所では女性が襲われ、秋田県ではなんと4人が殺されています。熊は愛玩《あいがん》用のペットなどではなく、人と見れば襲いかかる猛獣であることを知っていただきたいのです。

　わたしの母は子供のころ、家族のほとんどを熊に食べられてしまいました。熊はいきなり玄関にやってきて、腕時計と酒はあるかといい、それから舌なめずりをしながら、子供たちをひとりずつ食べて行ったそうです。母は髪の毛を男の子のように短く切り、押し入れに隠れていたので、難を逃れることができました。けれどもあれから70年が経過した現在でも、ＴＶで熊の映像が出てきたり、いたいけな少女が熊のぬいぐるみを抱いているのをみると傷ましい気持ちがして、手が震え、額に汗がにじみ出るといいます。病院の先生は、これは典型的なＰＴＳＤであると診断してくださいました。

　親愛なる衆院議長閣下、わたしにはお願いがあります。どうか全国に氾濫している熊の画像やゆるキャラ、お人形、アニメ、その他、熊に関するいっさいを禁止していただきたいのです。

くまモン、くまのプーさん、熊ゴロー、こぐまのミーシャ、リラックマ……日本の街角には熊が氾濫しています。わたしにいわせていただければ、それは本当の熊がいかに怖いかを知らない都会人の傲慢であって、熊の獰猛《どうもう》さを知っている者はけっして同調することができません。わたしも、わたしの母も、幼いころにわが家を襲ったあの毛むくじゃらな怪獣のことを、一刻も早く忘れ、魂の安らぎだけを取り戻したいのです。

世のなかには不快用語というものがあります。「売春婦」とか「混血児」といった言葉は、一般の市民に対し不快感を与えるというので、なるべくならば使用しないのが望ましいのです。誰だって日本社会に売春婦や混血児が存在しているなんて、考えたくありません。そうした言葉を用いるとつい思い出してしまうというのなら、いっそのこと禁句にしてしまった方が、どれほど快適なことでしょう。

「熊」という言葉が、これまで熊に深刻な被害を受けた方々、またその遺族の方々にどれほどの悲しみと不快感を思い出させることになるか。もし人間に思いやりの気持ちというものがあるならば、今ただちにこの言葉を不快用語、差別用語、放送禁止用語として認定していただきたいのです。もちろん現実に熊本県にお住まいの方はお困りになるでしょう。ですから暫定案として、日本語のあらゆる「熊」を「馬」に置き換えてはどうでしょうか。「熊本県」は「馬本県」に、「熊谷市《くまがや》」は「馬谷市」に。もっともこれはどこまでも一時的な処置で、最終的には「馬」は「鹿」に直し、「鹿本県」「鹿谷市」にするのがいいと思います。

（『週刊金曜日』２０１６年12月２日号）

## 2017

トランプがアメリカの大統領に就任し、アメリカ最優先主義のもと、国際協調を無視する政治を開始した。メキシコとの国境に壁を設けることを提言し、イスラム圏の国からの入国を禁止した。ヨーロッパでは相次ぐテロリズムへの恐怖も働き、反移民・反イスラムの右派政党が伸長した。親イスラエルのトランプはエルサレムをイスラエルの首都と認め、ゴラン高原をその正式な領土であると承認した。

北朝鮮は核ミサイルの開発を加速させ、大陸間弾道ミサイルの発射実験をしきりと行なった。金正恩の義兄である金正男《キムチヨンナム》が、クアラルンプール空港で衆人環視のなかで猛毒を塗布され、暗殺された。中国の習近平総書記は権力の神格化をさらに強化し、「強国」路線に基づく長期戦略を示した。ＩＳはイラクとシリアの根拠地を破壊され、組織として事実上崩壊した。韓国では１００万人の「蠟燭《ろうそく》デモ」によって朴槿恵《パククネ》大統領が罷免され、文在寅《ムンジエイン》が新しく大統領に就任し、反日・親北朝鮮政策を掲げた。ミャンマーではイスラム系少数民族ロヒンギャが、難民として大量にバングラデシュに逃げ込んだ。ハッシュタグ #MeToo が世界をめぐり、政界から映画界まで有名人男性が次々と標的となった。セクハラぶりを暴露された者たちは社会的に失脚した。

日本では衆議院選で自民党が圧勝し、民進党が分裂した。森友学園、加計《かけ》学園をめぐる一連の醜聞における、安倍総理の関与の可能性が取りざたされた。「忖度《そんたく》」という翻訳困難な日本語が流行した。共謀罪とテロ等準備罪を新設した改正組織犯罪処罰法が成立した。巨大な広告代理店電通が、社員の過労自殺をめぐり有罪判決を受けた。ラスベガスでは音楽フェスティヴァルの最中に銃が乱射され59人が死亡し、日本ではインターネットの交流サイトを通して、自殺願望のある男女9人が強姦《ごうかん》殺害された。

わたしはイルストの『猥褻《わいせつ》なD夫人』を翻訳刊行し、東京と神戸で朗読会を開いた。ワガドゥグーの「汎アフリカ国際映画TV祭」FESPACOに向かい、パリでサアブとドキュメンタリーの構想を練った。帰国後、矢崎仁司が監督する『スティルライフオブメモリーズ』に教授役で出演した。著書『帝国の慰安婦』で告訴された友人朴裕河を支援するため、彼女をめぐる論文集に寄稿した。疲れきったわたしは年末にルアンパバンに旅行し、ようやく心の落着きを回復した。ホテルで『親鸞への接近』の後書きを執筆した。

## 乳癌を宣告された女性

乳癌だと告知された日、彼女はアメリカに行こうと決心した。日本は病院も医者も信用できない。彼らは患者のためを気遣うと称して、けっして真実を口にしようとしない。おまけに治療レヴェルが低い。だからたとえ死んでもいいが、治療を受けるならニューヨークだ。彼女が41歳のときのことである。

ニューヨークでは多忙な日々が待っていた。フリーランスのジャーナリストとして活躍する一方で、女性問題についてのニューズレターを独力で刊行した。いらないものは捨てる。過去は振り返らない。結婚している男とは夕食をともにしない。生活の規則を細かく立てると、それを正しく守った。寒さと孤独は計算のうちだった。

度重なる手術と抗癌剤治療。自分の闘病記が日本で刊行されることになったとき、彼女は乳房を切除した直後の自分のヌード写真を表紙に掲げた。最後の著作『「死への準備」日記』にはもはや長い文章はない。切れ切れの断片だけが続いている。そのなかで彼女は、自分の母親が戦時中に特高から性的な拷問を受けたことを、キチンと書き記した。

1987年7月、千葉敦子はニューヨークで客死した。46歳だった。わたしは同じ町に住み、同じ日本の雑誌に原稿を送っていたが、彼女には近づきようもなかった。死の到来するその瞬間まで死を無視し、原稿を書き続けるという彼女の強い姿勢に、畏怖の気持ちを抱いていたからである。

ひとりの女性、それもメディアで知名度の高い女性が、乳癌を宣告される。彼女は現在なら
ば、何をするだろうか。

彼女はまず公式ブログを立ち上げる。水着姿の写真を披露し、娘から寄せられた優しい言葉
をそこに掲載する。夫へのさらなる愛が告白される。嬉しくて涙が出ます。心から応援してく
れてありがとう。幸せのおすそわけをありがとう。次々と公開される家族写真。新しいヘアス
タイル。溢れかえる情報。ブログは大人気を呼ぶ。彼女は万人に向かって、惜しげなく愛と幸
福をもたらす女神となった。

わたしは女神を軽蔑も尊敬もしない。接近しつつある死を契機として、見知らぬ、不特定の
人の人生にまで励ましを与えようとする彼女の選択に、ある決断の潔さを感じている。彼女を
襲った不運に同情し、その生き方に声援を送る人は少なくない。苦境が逆に家族の団結と愛情
を強めるという知らせに、安堵と共感を認める人も数多くいる。だがその一方で、高みの見物
を決め込んで、すべてを冷笑的に眺め面白がっている人だっているかもしれない。この人はい
つまでブログを続けていられるのだろうと、恐いもの見たさに、ブログを読んでいる人もいる

だろう。だが、そんなことはどうでもいい。卑小なことだ。彼女は死の淵《ふち》に立っている自分を、あえて公共の視線に晒してみせた。死に対し独自の闘いを挑んでいるところなのだ。とはいうものの、わたしは彼女と千葉敦子とを同列に置くことができない。千葉敦子は孤独を恐れなかった。誰からも声援や励ましを受けることなく、たったひとりで死に向かいあうことを選んだ。

どうしてだろう。わたしの脳裏に突然浮かび上がってくるのは、ドキュメンタリー映画で見たサティの光景なのだ。インドのある地域では、夫が死ぬと、妻は進んで殉死を選ぶ。壮麗な儀礼が準備され、彼女はその主役として堂々と炎に身を投げる。選ばれた女神として、共同体のみんなのための「お母さん」になるのだ。死が宗教儀礼の内側にあって認知されるとき、その主体は、かならずや独自の神聖さを帯びるものなのである。

(『週刊金曜日』2017年1月13日号)

## スコセッシの『沈黙』

遠藤周作の『沈黙』(1966)は、問題提起の小説であった。「切支丹ご禁制」の時代に秘密裏に日本に渡航し、拷問の果てに棄教する青年司祭の物語に、一般読者は感動した。小説は十数か国語に翻訳され、作者はパウロ6世に謁見を許されたばかりか、騎士勲章を与えられた。

だが日本の保守的なカトリック教会は、この小説を危険な書物と見なした。江戸時代には踏絵を踏んで信仰を捨てることを「転ぶ」と呼んだが、それはあってはならぬことである。転んだ司祭を主人公とする小説など、もってのほかだと非難した。舞台となった長崎でも、殉教の栄光に達することのできなかった落伍者《らくごしゃ》の物語など、歓迎しない傾向があった。この地では長きにわたり、『沈黙』は禁書だった。

それに対し遠藤は、転ばなければならぬ人間の弱さこそがイエスの見つめるところだと反論した。転ばない強い者の儀礼的な正しさよりも、転んだ弱い者の内面の苦悩をこそ見つめるべきであると。遠藤は篤実なカトリック教徒であったが、この小説の後半に関しては、可能なかぎりプロテスタントに接近しようとしている。彼は文字通り、手探りでこの前代未聞の物語を執筆したのだ。

1970年、篠田正浩は『沈黙』を映画化するにあたり、まず遠藤に脚本家としての協力を求めた。後半部の棄教の場面の演出をめぐって、ふたりは試行錯誤を重ねた。結果として原作とは似ても似つかぬ、いくぶん混乱した結末が新しく採用された。さまざまな方言と奇怪な英語が飛び交うなか、隠れ家に籠った臭気と遊郭の妖艶さ、そして信仰の清明さが交じり合った、手作りのフィルムとなった。

　2016年、マーティン・スコセッシがふたたび映画化を企てた。原作が刊行されて半世紀後のことである。イタリア系移民の子として、幼少時より教会と映画館を往復していたこの監督にとって、『沈黙』を撮ることは積年の夢だった。彼は台湾の東海岸にロケ地を決め、優秀な台湾映画界のスタッフと情熱的な日本人俳優陣に助けられ、夢をついに実現させた。『沈黙』は現在、日本で公開中である。以下にわたしの感想を端的に述べておきたい。

　スコセッシが聡明なのは、映画人として日本映画をかなりの深さにおいて理解しているにもかかわらず、その安易な模倣に陥らなかったことだ。彼はどこまでも欧米人の視座で構図と照明を選び、俗にいう「畳のショット」や安手のオリエンタリズムを拒んだ。篠田が海外向けにサーヴィスで登場させたゲイシャすら登場しない。五島列島へ向かう深夜の渡航はスペイン宗教画の崇高さをもち、村人たちの諍《いさか》いに向けられたカメラの眼差しは、ブリューゲルの諷刺画のようだ。スコセッシはこの美学に普遍性を見ている。いいかえれば、カトリシズムとハリウッドの撮影術が一致すると信じている。主人公が日本に渡航し説教をした最後の司祭であるとすれば、わたしこそは凋落を重ねていく映画というジャンルにあって、最後の監督として振舞おうではないか。これがスコセッシの倫理である。

　この信仰篤《あつ》き監督に、遠藤と篠田の混迷はない。彼は難解な原作に挑戦し、自分が理解しえたようにすべてを演出した。それはときに説明過剰に見え、結果として、わかりやすいがフラットな出来の作品となった。フィルムの基調である透明さが、彼の信仰の証しであることはいうまでもない。

とはいえスコセッシ版は、科白の細部に気にかかるところがないわけではない。

主人公の司祭は英語を、隠れキリシタンの村人は日本語を使う。歴史的には司祭はポルトガル語を口にすべきだが、それはまあ問わないことにしておこう。ハリウッド映画は英語一辺倒だからだ。だが村人が「パライゾ」「デウス」と、当時の信仰に基づく言葉を口にするとき、司祭がそれを無視して、「パラダイス」「ゴッド」といい直す場面がいくたびかある。これはおかしい。抑圧的である。加えて納得できないのは、役人に尋問された村人が自分たちは「仏教徒」だと堂々と名乗る場面である。「仏教」なる語が普及したのは明治以降であり、「キリスト教」と区別するための造語であった。近代以前には「仏法」とか「ほとけの道」と言った。英語脚本を日本語に直すときに、配慮が欠けていたのである。

篠田正浩と原作者の共同脚本による最初の映画化では、細かな方言の差異がみごとに再現されていた。カトリックの普遍性とは、使用言語の単一化とは別の問題ではないか。スコセッシが普遍性とは誰もが英語を語ることであり、神の名前が英語によって唱えられることであるともし信じていて、それがカトリックの普遍性の証しであると考えているとしたらどうだろうか。

その場合、隠れキリシタンの信徒たちは、信仰において、そして言語において、二重に抑圧され排除されることになる。もちろんスコセッシはこのような問題の立て方を理解できないだろう。だが使用人口がわずか1億にすぎないマイナー言語のなかに生まれ落ちたわたしは、どうしてもそれを考えてしまうのである。

（『週刊金曜日』２０１７年2月3日号）

## アフリカ文化への無知

ブルキナファソに行くことにした。といったところで、「ああ、あそこか」と反応してくれる人は、日本にどのくらいいるだろうか。アフリカのサハラ砂漠の南の方にある、サバンナ地帯の国である。以前はフランスの植民地で、１９６０年に独立してしばらくは「オート・ヴォルタ」と呼ばれていた。国民の多くは各民族に固有の宗教か、イスラム教の信者である。

ブルキナファソはけっして大国でもなければ、経済水準の高い国でもない。にもかかわらず、この半世紀にわたって、汎アフリカ映画祭ともいうべきＦＥＳＰＡＣＯを開催してきた。これは2年に一度、アフリカのたくさんの国で制作されたフィルムを一堂に集め、欧米を経由せずに、アフリカ人が他の国のアフリカ映画を配給したり、上映したりできるようにという意図から始められた、志高き映画祭である。その25回目が今年の2月から3月にかけて行なわれる。それに参加するのだ。

実はブラック・アフリカに足を向けるのは、これが初めてである。黄熱病から髄膜炎、破傷風、肝炎と、いくつもの注射もクリアーした。マラリアだけは予防接種がないので、これは蚊を近づけないように、自分で防衛するしかない。マリとの国境地帯は相当に治安が悪いらしい（日本の新聞社やTV局では、たとえ行きたくとも派遣させてもらえないだろう）。もっとも映画祭は首都ワガドゥグーにある2館の映画館、シネ・ブルキナとシネ・ファソで行なわれるのだから、38度の炎天下だけが問題だ。

どうしてアフリカになんてと、疑問に思う人がいるかもしれない。答えは簡単で、ここに映画の未来の可能性があるかもしれないと考えたからだ。今世紀に入って世界でもっとも多くの映画を撮っている国がナイジェリアであるということは、日本ではまったく知られていない。しかしハリウッドならぬ「ノリウッド」は、1年間に2000本近いフィルムを制作し、文字通り全アフリカを制している。もっとも1本も日本には紹介されていない。これまで日本で公開されてきたアフリカ映画とは、たまたまカンヌ国際映画祭で受賞した例外的なアート系作品にかぎられていた。ミニシアターが困難な状況にある現在、そうした配給と上映はほとんど途切れている。それでも自主上映を続けてきた人たちはいた。だが日本の職業的な映画評論家は、アフリカ映画について何も知らない。

いや、思いきっていってしまおう。映画ばかりではない。われわれは現在アフリカの文化について、いったい何を知っていることだろう。一部の音楽を除けば、いかなる情報も入ってこないという状況が、ずっと続いているのだ。なるほど人類学者と動物学者は存在している。とはいえ、飢餓と虐殺とエイズを別とすれば、われわれはアフリカについてどれほどの情報を手にしているだろうか。写真批評家でスワヒリ語に堪能な飯沢耕太郎氏のような人が貴重なのは、そのためである。

1970年代にわたしが朴正熙の恐怖政治時代の韓国に足を向けたとき、日本人は誰ひとりとして韓国の映画も、ロックも、漫画も知らなかった。現在からすれば隔世の感がある。同じことがアフリカについてもいえるのではないか。

さあ、注射という注射は終わった。後は30時間近いフライトの間をどう過ごすかだ。ブルキナファソの人たちは、日本について何を知っているのだろうか?

（『週刊金曜日』2017年3月3日号）

# サハラ砂漠の南へ

前回に予告したように、ワガドゥグーの汎アフリカ映画祭に行き、短編長編合わせて35本を観て帰ってきた。帰ってきたといっても、まだ日本ではなくパリである。ヴェトナム人街のスーパーの3階に部屋を借りて、そこでこの原稿を書いている。マラリア除《よ》けの薬は流行地を離れても1週間は服用しなければならないので、今でも飲んでいる。

ブルキナファソという国について、印象を纏めておかなければならない。赤い土。舞い上がる土埃《つちぼこり》。閑散とした鉄道駅。巨大な市場。山積みにされた燻製《くんせい》の魚。荷物を頭に載せ、姿勢正しく歩いていく女性たち。軍の施設。ぼろぼろのタクシー。市場の一角で突然に跪《ひざまず》き、いっせいに礼拝を始める人たち。崩れかけた煉瓦塀の傍《そば》を抜けていく、信じられないほど鮮やかな服装をした女性たち。そして暑さ。とにかく毎日が38度なのだ。

ブルキナファソはけっして大きな国ではない。サハラ砂漠の南にあるが、海には面しておらず、サバンナが坦々《たんたん》と続いている。ニジェールのように豊かなウラン資源をもっているわけでもなければ、マリのように原理主義者の武装勢力が跋扈《ばっこ》しているわけでもない。隣国コートジボワールのアビジャンは「西アフリカのニューヨーク」と呼ばれ、高層ビルが林立しているが、ワガドゥグーにはそんなものはどこにもない。飛行場から旧市街までは、1キロか2キロの距離だ。それでも11世紀に始まるこの都には、今でもモシ連合王国の宮殿がちゃんと存在している。王は政治的権力をもたないが、祭祀儀礼の場にあって重要な役割を果たしている。

ワガドゥグーに滞在しだして感じたのは、町全体に攻撃的なものがまったく見受けられないということだった。まず怒って口喧嘩《くちげんか》をしている人というのを見かけなかった。市場を歩いていると、日本人は珍しいので声をかけられるが、一度断ると、物売りたちはもう寄ってこない。人々は慎ましやかである。だが道を尋ねると、じゃあ連れてってやるよといって、バイクの後ろに乗せてくれる。もっとも途中でガソリンがなくなってしまい、悪いけど、ここからは歩いていってくれよということになる。映画祭も似たようなもので、上映の途中で機械が故障してしまうと、すみません、今夜は中止です、と説明が入る。

先に礼拝する人々のことを書いたが、それでは厳格なイスラム社会かといえば、どうもそうとも思えない。街角の屋台では豚のモツや血のソーセージを平然と売っている。わたしが会った人の二人までは、両親がそれぞれキリスト教徒とイスラム教徒だったんでねえと、フツーに話す人がいた。わずか2週間の滞在では何もわからないが、これがわたしの抱いた印象である。ちなみに食事はぶっかけ飯。キャベツのぶつ切りを肉と煮込んで、ぶっかける。

痛快なフィルムを観た。女4人がダカールから長距離バスに乗り、4つの国境を越えてラゴスに到着するまでの、波瀾万丈の物語である。密輸、強盗、強姦、収賄、指名手配、逃走、殺人……ありとあらゆる災難が彼女たちに降りかかる。だが4人は挫《くじ》けず、ヒロインは最後に無事、娘に再会する。こんな慎ましやかな人たちが、こんな強い作品を制作しているのだと、感心してしまった。今度は映画祭じゃなく、大学に教えにおいでよといわれたのだが、そんなことがあるかなあ。

（『週刊金曜日』２０１７年4月7日号）

## 大量殺戮の誘惑

毎朝、目が覚めるとただちに冷蔵庫に向かい、牛乳を取り出して水で薄める。飲むためにではない。霧吹きに入れて、その日の大量殺戮を敢行するためだ。

隣家との境界に蔓薔薇《つるばら》を植えて、15年ほどになる。土が合ったのか、薔薇はどんどん成長し、今では幅が10メートルを超すまでに拡がってしまった。毎年春になると葉を茂らせ、緑の巨大な塀となる。庭全体に覆いかぶさってくるかのようだ。やがてピンクの花が一面に咲き誇る。夜になって周囲が暗くなっても、花の塊が息づいている気配がする。冷たい熱気が感じられるのだ。これでワインでも開ければ、まさに「酒とバラの日々」なのである。

ところがどっこい、そうはいかない。薔薇は花が咲くまでが大変なのだ。あのキミドリ色の、プチプチとした、米粒みたいなやつ。アブラムシと呼ばれる薄気味の悪いやつが、蕾《つぼみ》や柔らかい新芽のあたりにびっしりと繁殖し、茎から液を吸っているのだ。これを見つけたら最後、ただちに討伐隊を組織し、徹底的に根絶しなければならない。

アブラムシはけっして動かない。ただ何十匹も群れをなして芽のあたりに張りつき、毎日のように出産を繰り返す。といっても雄と雌が交尾するというわけではない。この恐ろしく原始的な昆虫は、春先にはメスだけになってしまい、何もせずとも単為生殖でどんどん増えていくのである。しかも生み落とされた幼虫の体内には、すでにその次の世代の幼虫が仕込まれていて、出番を待っている。これでは増えるわけだ。かわいそうだと思って、1匹でも残しておくと、たちまちのうちに群れが復元されてしまう。薔薇は花開く前に水分を吸い取られ、干からびて朽ちてしまうだろう。感傷は大敵である。

最初のうちは殺虫剤を掛けたりしていた。もっともこれは樹を傷めるので、どうもよろしくない。あるとき、牛乳を薄めて吹きかけるといいよと教えられた。どうして効き目があるのかは、説明されたがよくわからない。敵の吸管を詰まらせ、窒息させてしまうからだとも、浸透圧の関係で敵の体内から水分をすべて奪ってしまい、干物同然にしてしまうからだともいう。牛乳は効き目があった。噴霧しておくと、翌朝には累々たる死体の山である。

わたしが1回に殺すムシの数は何匹ぐらいだろう。100匹？　200匹？……いや、ひょっとして1000匹以上なのかもしれない。ただ薔薇の新芽にムシを見つけると、霧吹きを向けるだけだから、これ以上に簡単なものはない。だが、これは際限のない作業なのである。朝ごとにアブラムシは次々と湧いて出てくる。とりわけ雨が降った翌日はひどい。1日でも作業を休めば、蕾の尖《とが》った形が見えなくなるほどに増えている。1匹でも見落としがあると、ただちに事態は元通りに戻ってしまうのだ。薔薇が無事に花を咲き切るまでは、1日でも休むことができない。

いったいこの作業は何に似ているのだろうか。わたしは知らずと、虐殺に関わった兵士たちの真理を反復しているのだろうか。南京《ナンキン》で、ソンミで、シャティーラで、人はなんと簡単に一般市民を殺害してきたことだろう。虐殺の根源には憎悪があるのか。それとも恐怖があるのか。これはいまだに結論の出ない問題である。わたしは恐怖だと思う。人は際限なく平然と現れてくるものに恐怖を感じ、つい銃を向けてしまうのだ。

(『週刊金曜日』2017年6月2日号)

## 先生と社長

世のなかには「先生」と呼ばれたくて仕方がない人たちがいる。「先生」と呼んでもらわないと不機嫌になってしまう人たちもいる。いったい「先生」とは何なのだろう。

代議士や大臣は、まず「先生」だろうなあ。自衛隊は与党の命令で動くと勘違いをしている大臣でも、漢字の読み方がロクにできない代議士でも、選挙民の前では「先生」で通っているのだ。料理人はどうだろうか。料理学校では本当に「先生」かもしれない。でも力士やプロ野球選手はどうだろう。まず「先生」とは呼ばれまい。

文筆業者のなかには、あちらこちらの人たちに向かって「先生」を連発したり、さほど親しくもないのに、文章のなかで有名人を自分の「先生」だと得意げに吹聴している人がいる。これはどういう心理だろう。

文章を読んでみると、実際にその人に学校で教えてもらったという感じでもなさそうだ。どこかの立食パーティでとりあえず名刺を渡したという程度の関係なのだろう。偉い人を先生と呼べる自分もまた、偉い人なんだよという論理だ。わたしはこうした「先生」連発組を見ると、ああ、この人はこれまで一度として、自分の本当の先生に出逢うことがなかったのだなあと思ってしまう。

ひとりの人間を前に先生であるというのは、実は大変な責任を背負うことなのだ。同様に、ひとりの人間を先生と呼んだとき、人は予想もつかない大きな責任を担うことになる。弟子は人生のどこかの時点で先生を裏切らなければならない。先生もまた、どこかの時点で弟子を見捨てなければならない。生きているかぎり、それは避けられないことである。もしそうした体験をもっていれば、気軽にあちこちの人に向かって「先生」を連発などできないはずである。

自分のことを絶対に「先生」と呼ばないでほしいと、面と向かっていわれたことが2回あった。哲学者の鶴見俊輔さんと作家の金石範《キムソクポム》さんからである。ふたりとも、わたしが著作と行動に敬意を抱いていた人物だけに、それではどう呼んだらいいのか、一瞬だが言葉に詰まった。今にして思う。彼らは「先生」という気軽な呼称ではとうてい包括することができないほど、真剣で実存的な人間関係を生きてきたのだった。


たまたま出逢ったキャバレーの呼び込み係から聞いた話。

中年のオヤジがモノ欲しげな顔をして盛り場を歩いているのは、どの店に入ったらいいのかを迷っているときだ。そのときパッと声をかけるわけだが、それには二通りの呼び方しかない。「社長」か「先生」である。高そうな時計をしていたり、いかにも成金といった雰囲気をしていれば、すかさず「社長！」と声をかける。ちょっと見て、背広がくたびれていたり、貧相な顔つきのオヤジには、とりあえず「先生！」と呼びかけてみる。客なんて結局のところ、「社長」か「先生」しかいない。疑わしきは「先生」と呼んでおけばいいのだ。

なるほどと、わたしは唸《うな》ってしまった。疑わしきは「先生」か。きっとわたしがよく「先生」と呼ばれたりするのは、いかにもカネのなさそうな感じで、着古した背広を着ているからなのだろう。そうか、これからの目標は、知らない人からも「社長」と呼ばれるようになることだ。まずロレックスの時計。それから恰幅《かっぷく》のいい歩き方。鞄は部下に持たせる。ああ、社長への道は遠い。

（『週刊金曜日』2017年9月1日号）

## 情報には出所を

ときどき思い直しては、E・M・フォースターを読み直している。『天使も踏むを恐れるところ』という長編小説のなかで、イギリスの中産階級がいかに偽善的であり、それに比べてイタリアがいかに歓びに満ちた場所であるかを描いた小説家である。労働党系の新聞に寄稿し、アレクサンドリアという地中海の都市についてすばらしいエッセイを書いた。今の日本でそう読まれているとは思えないが、しかるべき人はちゃんと読んでいるといった人である。

フォースターは書いている。

情報というものは、それがいかなる情報であっても、出所が明らかでなければならない。誰がそれを口にしたかが定かでない情報は、けして信用してはならない。それに対し、文学の言葉は、本質的には、誰が書いたかなどどうでもよいことである。要はその詩句なり小説の一節が美しく、霊感に満ちていればいいことであって、それが証拠に、古典と呼ばれている叙事詩など、作者の存在とは無関係に、テクストとして充分に美しいではないか。

現代の社会は、フォースターの唱えた理想とは正反対に進んでいる。インターネットを覗いてみると、誰がいったのかわからない情報が津波のように襲ってくる。どの言葉が真実で、どの言葉が虚偽であるかは、皆目区別がつかない。めいめいが好き勝手なことを口にし、しかも自分の名前を隠している。言質をとられることを回避し、自分を安全地帯に置きながら、他人のことを平然と誹謗《ひぼう》中傷したり、もっとひどい場合には、意図的に虚偽の情報を流し、そのさいに発生する広告収入で金稼ぎをしている。たとえ書き手を見つけ出して、責任を追及したとしても、その人物は平気で知らないフリをしてみせるだろう。もちろん読み手もこうした事情をわきまえていて、ネット情報に対しては、話半分といった斜に構えた姿勢で読んでいる。これがデカダンスでなくて、何だろう。

文学はといえば、逆に、誰が書いたかがもっとも重要なことになる。理由は簡単。いかなる文学の言葉にも、著作権が発生しているからだ。ポップスの歌詞などはもっとひどい。もしわたしが英語で、「彼女はきみを愛してる」と書いたならば、ビートルズの印税を管理している音楽会社から、庬大な著作権料を要求されるだろう。だからボブ・ディランがノーベル賞をとったとき、日本の雑誌は彼の歌詞を一行も引用することができなかった。

だが、おかしいのではないだろうか。文学の言葉がもし本当に芸術的にすばらしいのであれば、どうして作者の名前が必要なのだろう。たとえばわたしが「もし美が病気のように伝染するならば」とか、「処女であることの恐怖を、わたしは愛する」といった言葉に心躍らせるものを感じたとしたら、それがシェイクスピアやマラルメの筆になるものだという知識は、はたしてどこまで重要になるのか。こうした詩句は詩句自体によって完結した美しさを備えているのであって、すでに作者よりも偉大な存在なのである。もし作者の名前がわからないと不安だという人がいたら、その人は詩句を理解しておらず、ただ権威付けをしたいだけなのだ。

とはいえ状況は、情報が匿名になっていく一方で、芸術は著作権によって、ますます制御されるように動いている。だが美には作者が不要だが、真実には出自が不可欠なのである。

(『週刊金曜日』２０１７年10月13日号)

## ただ国家を馬鹿にしているだけ

がはは。痛快な本を読んだ。堀江貴文と井川意高《もとたか》の対談集、『東大から刑務所へ』(幻冬舎新書）である。読んだ後もしばらく笑いが止まらない。なぜって、このふたりが警察も、裁判所も、ついでに日本という国家も、完璧にナメているからだ。

わたしはホリエモンのファッション、財界のお偉方の前にも平気でTシャツで現れ、いいたいことをいいたいようにいう、あの流儀がめっぽう面白かった。国家などに頼らず、独力でロケットを打ち上げようとする童心も、なかなかいいなと思っていた。

井川意高はといえば、驚きが先に立った。製紙会社の会長とはいえ、よくもまあ子会社の金を流用して、カジノで100億円もスッたものだ。もっともわたしと彼とは、金銭価値が1万倍くらい違うので、腹など立てようがない。世間様にしても同じだろう。わたしはこのふたりが抑圧なるものとまったく無縁な生き方をしてきたことに、愉快なものを感じてきた。

ホリエモンはわたしの大学の後輩である。いや、それどころか、細かな専門課程までいっしょだと知った。井川は中学高校を通してわたしの後輩だ。わたしはこれを誇りに思う。出身校を誇りに思ったのは、これが初めてだ。

この対談集には、法廷で修羅場を潜り抜けてきた者でなければいえないことが、山ほど語られている。たとえば裁判官は（仮に年収が3000万円だとして）、自分の年収よりも大きな金を動かした人間をまず悪人と決めつける。刑務所ではどんなに腹が立っても、いなすしかない。しかし、今の日本に生きているかぎり、一歩間違えば誰でも刑務所に送られる。けれども

4年も経てば、誰も自分の前科を咎《とが》めるヤツなどいない……ふたりに共通しているのは、自分の行動にまったく後悔をしていないことだ。

ふたりはどうして糾弾されたのだろう。答えは簡単。人々の想像力をはるかに超えたことをスラスラと行ない、権力に関わる者たちの嫉妬を買ったからだ。悔しかったら真似をしてみろよと、彼らは心のなかで思っている。それだけのことだ。

少なからぬ社会運動家は挫折する。最初は情熱に燃え、正義はわれにこそありと熱弁を振るうのだが、やがて力尽きて、すべてを放棄してしまう。若いころはいろいろやったなあというのが口癖となり、やがては周囲からは、同じことばかり繰り返している老人だと思われ、敬遠されてしまう。井川のように、刑務所を出てからもまた博打《ばくち》をやりたいといってのける根性をもった人は、実に少ない。

どうしてなのか。これも答えは簡単なのである。善い人になろうと思っているからだ。彼らは社会の不正を糾弾し、差別と迫害に苦しむ人に手を差し伸べることが善いことだと信じて疑わない。だが人間の一生は有限だ。不正は次から次へと現れるが、個人の善行にはかぎりがある。善人であり続けることは大変だ。あっちにも、こっちにも真面目に気を配りながら、満たされぬ気持ちのうちに息を引き取るのが落ちである。

ホリエモンと井川は善いことをしようなどとは、いささかも思っていない。だからといって、悪いことにも関心がない。彼らはただ面白いことを、心の赴くままにしたいだけなのだ。わたしは良心的な社会運動家を自称する人たちに、もう少し彼らの生き方を見習ってほしいと思う。運動と快楽とを結びつけてほしいと思う。

(『週刊金曜日』2017年11月3日号)

## 諸悪の根源

いったいいつから世界は、テロと難民が遍在するところと化してしまったのか。その原因は何か。いつどこで世界の歯車が狂い、こうした悲惨が露出するようになったのか。

すべての悪の根源は、アルカイダがニューヨークの高層ビルに突入した2001年だという人がいる。1948年に世界がアメリカ側とソ連側に分裂し、冷戦体制が成立したのが悪いという人もいる。だがわたしは信じない。すべての暴力と虚偽の起源は、1917年11月2日にあった。バルフォワ宣言のなされた日付だ。

この日、イギリスの外務大臣バルフォワは、ユダヤ系貴族のロスチャイルド男爵に対し、パレスチナでのユダヤ人の民族的郷土建設を支持するという書簡を送った。ところがその2年前、イギリス政府はオスマン帝国下にあるアラブ人に、アラブ人国家の樹立を支持すると約束していたのだ。この二枚舌が後に大きな禍《わざわい》の原因となった。ユダヤ人は国家建設を目指して奮闘し、1948年5月にイスラエル国を強引に成立させた。アラブ人は殺されたり、土地財産を奪われたりして、100万人が世界中に散らばった。世にいうパレスチナ難民である。これをアラビア語で「ナクバ」と呼ぶ。大いなる悲しみの厄難という意味だ。ところでこれは、けして宗教対立の結果ではない。シオニストは本来が無神論者であり、ユダヤ教を毛嫌いしてきた。逆に正統派のユダヤ教徒は今でも、イスラエルは悪魔の発明だと見なし、建国記念日に黒旗を掲げる。パレスチナ人にイスラム教徒は多いが、キリスト教徒も（なにしろイエスの故郷である）負けずに多い。イスラエルをめぐる問題では宗教は関係ない。それは19世紀以来のイギリス帝国主義が演出した、政治的対立である。

もう10年以上前のことだが、イスラエルのテルアヴィヴ大学で教えたことがあった。パレスチナ人による自爆攻撃が一番激しいときで、大学もレストランも劇場も、すべて検問と身体検査をしないと入れなかった。街角はイスラエルの国旗で飾られていたが、ユダヤ人はパレスチナ人を見かけると、ただちに身構えた。パレスチナ人はすべてイスラエルの崖から突き落としてしまえばいいんだと、わたしの会ったユダヤ人は、平然と口にしていた。抑圧された罪悪感が反転して、彼らに過度の攻撃性を与えていたのだ。そのなかでただひとり、ハイファ大学のイラン・パペ博士だけが違っていた。

パペは歴史学者で、オックスフォード大学で皇太子徳仁《なるひと》（現在の天皇）と同級だった。シオニズムに反対し、イスラエルの現在の地名が本来のアラブの村々の地名をいかに抹殺して、人為的に作り上げられたかを復元するという、地道な作業を続けていた。やがてヘブライ語での執筆を禁止され、イスラエルを追放になった。今はイギリスの大学で教えている。

『パレスチナの民族浄化』（法政大学出版局）という本が、最近になって出た。この本のなかでパペは、イスラエル建国は「厄難《ナクバ》」である以上に、民族浄化（クレンジング）だと定義し直している。これは重要な指摘だ。ボスニアとパレスチナの惨事を、同列において認識することができるからだ。ついでにいうと、１９２３年の震災直後の東京でも、１９４８年の済州島《チェジュド》でも、この概念は事態を分析するのに有用である。

世界はバルフォワ書簡以前に戻らなければならない。

（『週刊金曜日』２０１７年12月1日号）

## *2018*

トランプ大統領と金正恩がシンガポールで朝鮮戦争の公式的終結について会談したが、共同声明には具体的問題への言及はなかった。金正恩はこれに先立ち韓国の文在寅大統領と板門店《パンムンジョム》で会談し、朝鮮半島の「完全な非核化実現」を語り合った。習近平は中国における権力の一点集中体制をさらに強化した。

韓国最高裁は日本企業に対し、第二次世界大戦下における徴用工の損害賠償を命じる判決を出した。日本政府はすでに日韓請求権協定において解決済みとの立場から、韓国政府に是正を要求した。文在寅政権は元従軍慰安婦の支援事業として設けられた財団を解散させ、日本政府はこれに反撥した。日本と韓国の間の政治的対立は、歴史に例がないまでに悪化することになった。

日本ではオウム真理教の元教祖、麻原彰晃と幹部たち計13名の死刑が執行され、教団をめぐる巨大な謎は封印されたままとなった。森友学園への国有地格安売却問題で、財務省が決裁書類を改竄《かいざん》し、交渉記録を廃棄していたことが判明した。安倍首相はプーチン大統領と会談。従来の北方領土四島返還を却下し、二島先行返還に切り替えることで、日露の平和条約締結を進めようと試み、やはり失敗した。日本社会における深刻な人手不足を解消するため、外国人労働者の受け容れ枠を拡大する改正出入国管理法が成立した。だが同時に明らかになったのは、ヴェトナム人技術実習生に大量の死者と行方不明者がいたという事実だった。

本来はアイルランド系カトリック教徒の民間行事であったハロウィンが、巨大な世俗イヴェントとして流行し、渋谷は仮装した若者たちの聖地と化した。小学生の将来なりたい職業として、前年に続き、ユーチューバーが1位を占めた。

この年は〈1968年〉から50年目に当たっていた。パリでさまざまな展覧会とシンポジウムが開催され、わたしは次々と関係書籍が刊行されるのに立ち会った。東京ではほとんど何も起きなかった。当時の文化を歴史的に再検討する必要を感じたわたしは、アンソロジー・論集『〈1968〉』全3巻を編集し、筑摩書房より刊行した。チラナンの詩集『消えてしまった葉』を共訳すると、本人をバンコクから招聘《しょうへい》し、朗読会・シンポジウムを主催した。『日本映画史110年』の中国語版刊行を記念して北京で連続講演を行ない、香港に移って独立片《インディーズ》映画祭で若松孝二と足立正生について話した。イスタンブールで明治維新の映画的表象について講演した。10年がかりでマルクス『資本論』の映画化を終えたミュンヘンのアレクサンドル・クルーゲと、スカイプで対話をした。

夏の終わりに吉祥寺に転居。35年ぶりの帰還だった。

## 安重根《アンジュングン》待望論

K君と最初に会ったのは今から30年前、ニューヨークのブロードウェイ通りだった。彼は光州事件の首謀者、全斗煥《チョンドゥファン》大統領の訪米をめぐって、断固反対の座り込みをしていた。だいじょうぶかな、留学生の身でこんなことをして。帰国して国家安全企画部（以前のＫＣＩＡ）に連行されるのじゃあないかなと、わたしは心配した。だがK君は民主主義の勝利を信じて疑わず、焼き肉屋横丁に向かう韓国人たちの一人ひとりに、ビラを配っていた。

そのK君とひさしぶりにあった。今では堂々たる実業家で、韓国とアメリカを往復している。日本語は解さないが、日本の事情については恐ろしく通じていて、天皇退位から改憲問題まで、鋭い質問を投げかけて来る。今回もそうだった。

「あのね、ヨモタさん。今の日本人が一番待ち望んでいる人物って、誰なんですか？」

「人物って、まあ私心がなく、公正で、スケールの大きな政治家だと思うよ。」

「本当にそう思ってますか？　今の日本に一番必要なのは、わが国の安重根のような人物ではありませんか。」

「安重根？　あの伊藤博文をハルピンで暗殺したテロリストのことかい？」

「そうですよ。大韓民国の歴史はテロリストの歴史ですよ。上海で臨時革命政府を樹立した金《キム》九《グ》もテロリストだったし、彼を殺したのも李承晩《イスンマン》の配下のテロリストでした。近いところでは朴正煕大統領を暗殺した金載圭《キムジエギュ》もテロリストだったし。彼らは国を救うために、あえて非常手段に訴えたのです。もし金載圭が朴を殺さず、いまだに維新体制が続いていたら、韓国はどうなっていたと思います？」

「しかし現在の日本で個人テロが起きたら、先進国としての威信は地に堕ちてしまうよ。」

「国際的威信なんてどうでもいいじゃありませんか。選挙をしてもデモをしても、独裁体制がいっこうに揺るがない社会を根本的に転覆させるために、テロというのは人類の生み出した叡智なのですよ。日本のリベラルだって、一度はそのことを空想している。だけど口にするのが怖いだけなのでしょ？」

「でもテロというのは、被害者を英雄に祀り上げてしまうだろ？」

「そりゃガンジーとか、ルムンバの場合ですよ。日本には暗殺されて神様に昇格できるような大政治家なんて存在していないでしょう。」

「いいかい、K君。もうこれ以上、いうなよ。きみがもしここで固有名詞を出したら、それだけで共謀罪が適用されてしまうかもしれない。」

「朴正煕時代にも、そんな謀略事件がいっぱいありましたよ。事実無根の南朝鮮解放戦線のメンバーがいっせい逮捕とかね。でもね、ヨモタさん。あなたは安重根のことをどれだけ知っていますか。彼は反日運動家ではありません。伊藤博文を殺したのは、東洋平和を説く明治天皇を裏切ったからですよ。安重根が深く尊敬していたのは乃木《のぎ》大将でした。」

K君と話しているうちに、わたしの念頭をふと過《よぎ》った言葉があった。「人を殺した人のごゝろ」。玄洋社に共感を抱いていた夢野久作が詠んだ、『猟奇歌』の一節だ。だがわたしはどうしてそんな危険な文句を思い出してしまったのだろう。

テロは絶対にいけない。しかしそれは19世紀以来、世界中のインテリゲンツァを誘惑してきた、ひどく甘美な夢だ。わたしは曖昧な心のままK君と別れ、帰路に就いた。今日は家に帰って、石川啄木《たくぼく》でも読むことにしよう。

(『週刊金曜日』2018年1月12日号)

## 〈1968〉から50年

その年、最初に起きたことは、『週刊少年マガジン』に『あしたのジョー』の連載が始まったことだった。キューバではカストロ議長が、今年はチェ・ゲバラの死を記念して、英雄的なゲリラ闘争の年となるだろうと宣言した。まるでそれに呼応するかのように、王子では米軍野戦病院をめぐる反対闘争が起き、東大医学部は無期限ストに突入した。三里塚では、空港建設反対を叫ぶ農民と学生が、警官隊と最初の武力衝突を行なった。

わたしは15歳で、高校に入学したばかりだった。世界のあちこちで勃発している政治闘争のことを正確に把握できていたわけではなかったが、これからは大変なことが次々と起きる、世界はまったく違ったようになってしまうということだけは直感できた。事実、その通りになった。いや、それ以上になった。1968年から72年までの5年間、毎朝起きてみると、驚くべき事件の連続が日常茶飯事と化していた。

政治的前衛と芸術的前衛の関係は微妙である。ロシア革命や中国の文化大革命、またパリの〈五月〉を見ても、両者はけっして蜜月の関係をもって、優雅なデュエットを演じていたわけではない。だが一社会を支配していた価値観が大きく動揺し、政治的な転覆が討議されていた時代に、芸術と文化がこれまでになく活性化し過激な実験に向かうことは、20世紀の芸術史が証言するところである。サブカルチャーから少数精鋭の前衛芸術まで、ジャンルの出自は問わない。「何かいってくれ。今さがす」というベケットの言葉は、まさにこの時代の雰囲気を代弁していた。しかも〈1968〉は日本だけの現象ではなかった。パリも、ロンドンも、ニューヨークも、時代の興奮のさなかにあったのである。

〈1968〉と題して、3巻にわたる資料と論考を纏めておこうと思い立ったのは、今年がいよいよあの「偉大なる始まりの年」から半世紀を迎えるからだ。写真も、ポスターも、替え歌も、放っておくと、何もかもが散逸してしまう。文学や漫画にしたところで、紙媒体が斜陽の時代にはたやすく忘れ去られてしまうだろう。だがもっとも危惧すべきことは、当事者たちの記憶が風化してしまい、単純なステレオタイプの映像だけが蔓延してしまうことだ。すべてはいとも簡単に神話化され、ノスタルジアのなかに埋没してしまう。歴史とはノスタルジアに対する戦いである。記憶に毀損が生じないように配慮することは、支配的言説に抗する者がただちに着手すべき課題である。

わたしは数年前に小熊某なる人物が執筆し、刊行直後にはそれなりに評判となった2冊本の〈1968〉論のことを思い出した。まだ多くの当事者が元気で活躍中であるにもかかわらず、彼らの声をことごとく無視し、当時の文字資料だけに依拠して執筆されたその書物には、「社会学」を僭称《せんしょう》しながら、一時代をめぐる支配的言説たろうとする権力志向が露骨に窺われた。なによりもそこには、〈1968〉が言語の秩序を攪拌《かくはん》させる文化の問題であるという視点が欠落していた。これではいけない。あの時期に一瞬ではあったが成立しえた文化の世界同時性のことを、キチンと記録として後世に伝えておかなければいけないと思ったのは、このときである。

シリーズの第1巻は美術、写真、映画、演劇、音楽、舞踏、ファッション、雑誌とグラフィズムと、多様なジャンルにおける実験を渉猟し、論考とは別に250点に及ぶ映像資料を収録した。写真の取捨選択にあたっては、大島洋氏に監修をお願いした。第2巻は文学、第3巻は漫画のアンソロジーである。これは詩人の福間健二氏とフランス文学者の中条省平氏に、編集人として参加していただいた。いずれもが400頁から600頁となる大部の書物である。当時、高校生として長編小説を刊行した福間さん、中学生としてゴダールや松本俊夫をめぐる論文を発表していた中条さんにとって、それはある意味で、半世紀にわたる作家・批評家生活の原点を見つめ直す作業だったのかもしれない。

というわけで、今年の前半は3冊を出します。乞うご期待！

（『ちくま』2018年2月号）

## 国家に統治されないゾミア

ルアンプラバンに1週間ほど行ってきた。あの有名な世界遺産の観光地である。いる、いる。貧乏なフランス人の観光客がうじゃうじゃいる。きっと1970年のカトマンドゥも、こんな風だったんだろうなあ。

ラオスにはもとより関心があった。よく知られているわけではないが、ヴェトナム戦争のとき、アメリカはラオス人ひとりあたり700キロの爆弾を投下している。ラオスは恐ろしい戦禍を克服して社会主義国となり、大飢饉《だいききん》のなかで仏教寺院を閉鎖したり、王族を強制収容所に送り込んだ。国王は栄養失調と過労から死んでしまった。この王のことに言及するのは、今でもタブーのようだ。だがわたしにとってより気になっていたのは、この国が典型的なゾミアの地であったことである。

ゾミアという言葉はまだそれほどポピュラーではない。蛮族とか未開人と呼ばれてもいっこうに気にせず、移動に移動を重ねながら、つねに国家の統治からスリ抜けていく少数民族の群れのことだ。本来はヴェトナムの中央高原からカンボジア、ラオス、タイ、ミャンマー、中国4省を含み、インド北東部にかけての広大な丘陵高山地帯（ヨーロッパよりひろい）を示す言葉である。人類学者のジェームズ・スコットがこの地域の民族を研究し、『統治されずにいる術』という本を2010年に出したのがきっかけで、ゾミアは脚光を浴びるようになった（日本ではずばり『ゾミア』という邦題で、みすず書房から刊行されている）。ぶ厚い本だが、めちゃくちゃに面白い。それでわたしは、少しでもゾミアに近いところに行ってみようと決意したのである。

ゾミアの内側にはとにかく信じがたい数の民族が存在している。ラオス一国でも、49とも68とも、その数は資料によってまちまちだ。ビエンチャンではラーオ族がほとんどだが、ルアンプラバンではカム族が多く、モシ族も無視できない。もっと北部の高山に行くと、アカ族やシンシリー族がいる。彼らは土地の高さによって巧みに棲み分け、争うことがない。正確な資料が存在しないのは、国家によって支配され、統計的に掌握されたくないという意志の表れである。

多くの人が山地に住む者は未開で文字を知らず、攻撃的だと思っている。低地に下りて来れば文明の恩恵にも与《あずか》れようというのに、愚かにもそれを頑強に拒んでいると信じている。スコットはこうした定説はすべて偏見だと説いた。彼らは文字を知らないのではない。少なからぬ民族はかつて文字を知っていたが、それが社会に支配被支配の関係をもたらすものだと気付いて放棄したのだ。彼らは低地での他民族との諍いを嫌って、高地へ、さらにより高地へと隠れ住むようになった。民族の代表者、権力者を持とうとしないのも、代表者はかならず低地の国家に懐柔され、民族を売り渡してきたという事実を、嫌になるほど思い知らされたからだ。いくら貧しくとも、孤立していようともかまわない。とにかく国家にだけは統治されたくない。これがゾミアの民の意思決定なのである。

ゾミアという考えは、世界中いたるところに適用できるのではないだろうか。日本でも北方の先住民から平家の落人《おちゅうど》、また14世紀の南朝王権にいたるまで、日本史はゾミアの宝庫だったはずだ。ルアンプラバンでわたしはそんなことを、とりとめもなく考えていた。

（『週刊金曜日』２０１８年２月２日号）

## サーカスに行ったことがない

ノーベル文学賞の文学者には、これまで３人、会ったことがある。

まず大江健三郎。わたしは学生時代、この人の原稿の清書を手伝っていた。２番目はル・クレジオ。彼ははじめて会ったとき、なんと日本語で自己紹介をした。カタコトではあったが、それは、自分が滞在している社会の文化に尊敬を抱いているという意思表示だった。文句なしにイイやつ、という感じがした。３番目はＶ・Ｓ・ナイポール。トリニダッド・トバゴ出身のインド系イギリス人のこの作家は、実は最低の人物だった。思い出しても虫唾《むしず》が走るというのは、まさに彼のことだ。傲慢で、支配欲が強く、自分が世界で一番偉い作家だといわんばかりの口ぶり。もちろん日本のことは何も知らない。日本人は真の日本を忘れ、西洋の真似ばかりしているというのが、来日の第一声だった。

ナイポールが来たというので、東京のある大学でシンポジウムが開かれた。わたしはパネラーとして招かれた。彼は２時間の間、休みなく怒り続け、周囲を罵倒し、怒鳴り散らしただけだった。わたしが何人か、他の作家の名前を挙げたというだけで、不愉快だといいだした。まあ、ケンジ・ナカガミとか、ユキオ・ミシマなんてローカルな文学者のことなど知るわけないから、自分が馬鹿にされたと感じたのだろう。もうひとついけなかったのは、別のパネラーがガンジーの名前を口にしてしまったことだ。ナイポールがガンジーをいかに嫌っているかを知らなかったのである。雰囲気が険悪になって来たので、司会者は話すのをやめ、聴衆からの質問を受けつけることにした。聴衆はほとんどが英米系の白人。日本人は2、3人だけだったが、なぜかいるべきはずの英米文学者の姿はなかった。

ダイアナ王妃についてどう思いますか？ 謹んで冥福をお祈り申し上げます。

カリブ海の島で子供だったころは、何語を話していたのですか？ わしは自分が見捨てた島のことなど、興味ないね。何語を話していたかなど、あなたには関係ないでしょう。

シバ・ナイポールはいい作家ですね。弟さんですか？ 弟の書いたモノは読んだことがない。これはわしのためのシンポではなかったのか。弟とは関係ないはずだ。

ナイポールの苛立ちはますますひどくなった。聴衆のなかにはあきれ果て、席を立つ者が出てきた。

ところがそのとき、一番後列で立っていた若者が突然、質問したのである。言葉遣いからイギリス人だと、すぐにわかった。

ぼくはサーカスに一度も行ったことがありません。子供のとき、パパがあんなに約束していたのに。

サーカスがわたしに何の関係があるのかね。きみは誰だ。わしの本を読んだことがあるのか！

だから、パパが一度も連れていってくれなくて……。

サーカスがなんだ！　わしを馬鹿にするのか！

だってママはサーカスが嫌いで……。

ナイポールはカンカンになって出ていこうとし、司会者がそれを引き留めた。聴衆は拍手した。若者はいつしか姿を消していた。

なんてヤツだ。わたしは感嘆した。彼は険悪なシンポジウムの会場を、一瞬にして『モンティ・パイソン』の舞台に変えてしまった。馬鹿のふりをして、みごとにナイポールをもっと馬鹿にしたのだ。

それ以来、わたしはなんとかこの手が使えないものかと機会を待っている。何かものすごく厳粛な場所で、いきなりサーカスの話をしたいのだ。

（『週刊金曜日』２０１８年３月２日号）

## パリの日記から

3月12日

コメルスのレイコ・グリュック邸でパーティ。先月に東京で観た『蝶々夫人』の衣装は、ご子息アントワーヌの手になるものと知る。ビゴーが訪日したころの諷刺画などに依拠し、意図的に色彩をセピアに落として、日本の庶民に不思議な木製のオブジェを持たせたりした。このオペラを演出したヨシ・オイダとも話すが、人が多くて長く話せず。

ワガドゥグー滞在時からずっと続けてきたマラロンの服用をやめる。今回は幸いにもマラリアにならずにすんだ。

夜、ジョスリーンを訪れる。彼女は1歳年上だったジュリエットと大の仲良しだった。最初の劇映画を撮るにあたって、まず『中国女』のこの女優に出演してもらった。ゴダール的な死に方はこうよといって、みずから床に倒れてみせる。それに対しレバノンのアクション映画では、こんな風に倒れて死ぬのよと、別の死に方を見せてくれる。ほら、これがジュリエットの一番いい写真。彼女は指を唇に下にそっとあてるポーズが好きだった。

わたしは1984年のロカルノ映画祭で、ダニエル・シュミットからジュリエットを紹介されたことがあった。でも彼女はひどく早く亡くなったよねというと、ジョスリーンは44歳だっ

た と答える。それから少し間を置いて、小さな声で、cancer だったと付け加える。

3月13日

ディディ＝ユベルマンがまたしても新著を刊行したことを、コンパニー書店で知る。今回は『戦艦ポチョムキン』で悲嘆に暮れる民衆の映像をめぐり、バルトがいかに解釈したかに始まり、泣くという行為を分析している。もう20年近く前だが、彼を東京へ招き、当時奉職していた大学で話してもらったことがあった。そのときに驚いたのは、わたしがパリの写真雑誌に寄稿した、広島と長崎の映像を分析した論文を、あらかじめキチンと読んでくれていたことだ。やがてアウシュヴィッツで秘密裏に撮影された写真をめぐり、1冊の本を書くわけだから、惨禍をめぐる映像一般にすでに関心をもっていたのだろう。「自分はワルルブルグの学徒だから映画はちょっとねえ」なんてそのころはいっていたのだが、この数年、ゴダール論、パゾリーニ論、そして昨年はネメッシュ・ラースローの『サウルの息子』について徹底分析した本を出している。昨年、大学の講義のなかで強制収容所の映像の問題を論じたとき、この本には学ぶところが多かった。ディディはわたしと同い年だが、どうしてこんなことがスラスラとできてしまうのだろう。こちらは読む方で精いっぱいだ。この人のレヴェルに立てるように、もっと勉強しなければいけないと思う。

3月14日

リオ・デ・ジャネイロのアダルベルトが、メイルで短編小説を送ってくる。合衆国の何かのアンソロジーに入る予定。日本の侍社会を舞台にしているので、おかしなところがあったら助言を欲しいという。ある画家が八岐大蛇《やまたのおろち》の画を大名に所望され、それを拒んだため死罪にされそうになる。だが大蛇の表象は世に禍をもたらすと前置きし、真に畏怖すべきなのは己の内面に宿る竜ではないかと説く。明らかに芥川とボルヘスのパスティッシュという感じ。とりあえず、モノノベという家名は7世紀に滅亡しているので、大名に用いるにはふさわしくないだろうと返事する。

3月15日

オルガはわたしにイルダ・イルストの存在を教えてくれた大切な友人だ。デリダと動物をめぐる長い論文を送ってくる。難しくて読めないよと書き送ると、折り返し返事が来る。文面には、わたしは自分が体験的に知っている理論しか信じないのよとあり、愛猫の写真が2点、添えられていた。彼女は日本のカントル研究のレヴェルの高さに驚いている。

月初めにブルキナファソで参加したＦＥＳＰＡＣＯ（汎アフリカ国際映画ＴＶ祭）の報告を20枚、『世界』のために書き終わる。ウスマン・センベーヌが逝去して10年、彼の大きな影がますますアフリカ映画全体に強く感じられるようになった。書き終えた直後にカメルーンのボドゥール・ソッソが、センベーヌを撮ったドキュメンタリーをデータで送ってくれる。

3月16日
重信房子歌集『ジャスミンを銃口に』の英訳はなかなか進まない。それでもできた分だけベイルートの重信メイに送ると、悦んでくれた。
3月17日
トゥォンブリー展を見に行く。若いころの、子供が爪で引《ひ》っ掻《か》いたような絵は、正直にいってつまらない。ホメロスを読みだし、戦争と虐殺の表象に関わるようになると、がぜん面白くなる。キャンバスに垂れている赤は流された血だ。キーファーと同じように、トゥォンブリーもある時期からエジプトに憑りつかれてしまう。こういうタイプは日本にはない。唯一の例外は合田《ごうだ》佐和子だろう。
3月18日
ニコル、ジョスリーンとキュジャス街のコルシカ料理店で食事。わたしが最初にパリに来たときにこの通りに泊まったというと、ふたりは笑う。今は消えてしまった小さな映画館の話から、ゴダールが5人の歌手を中心に短編連作を撮っているという話になる。カルロスの再審が数日前に開始されたらしい。

（『新潮』2018年3月号）

## チラナンとの対話

「わたしの詩集が30刷にもなり、20万部も売れたのは、人々が詩そのものに関心があったというより、詩に描かれている森のなかの生活に興味があったからだと思います。

わたしは東南アジア文学賞を受けて以来、2か月にわたってずっとラジオとTVに出ずっぱりで、インタヴューの連続でした。でもどうせメディアに利用されるなら、思いきってメディアを利用してやろうと思ったのです。タイ社会は長い間、共産主義は悪魔だと思い込んできました。だからこそ、森のなかのことを公然と語ることに意義があると考えたので。かつての同志たちのなかには、あのときの体験をずっと隠してきた人もいました。アルコール依存症になって、野垂れ死にのような最期を遂げた人もいました。この詩集を出すことによって、同志たちがあの時期の生活に誇りを抱くことができるようにと思い、平然としたふりをして、TVで発言をすることにしたのです。」

チラナンは淡々とした調子で語った。3月6日、横浜国立大学で開催されたシンポジウム「タイ学生運動と文学的実践」の席でのことである。

チラナン・ピットプリーチャーは1955年、南タイの田舎町に生まれた。実家が書店であ

チラナン・ピットプリーチャー（2018年）

ったこともあり、幼いころから文学書を読み耽り、やがて詩を書き始めた。18歳でバンコクに上京。チュラーロンコーン大学理学部に進学。大学ミス・コンに出場したところ、なんと「チュラー大の星」に選ばれてしまった。もっとも容貌を褒められるだけで満足したわけではない。軍事政権の腐敗ぶりに怒ると政治運動に飛び込み、チュラー大女子学生組織の一員として活躍し始めた。

1973年は、タノーム元帥の首相任期を勝手に延長した年である。学生たちはこの暴挙に反対して、NSCT（日本でいう全共闘）に加わり、連日のように集会とデモを行なっていた。チラナンは間もなく、運動の指導者のひとり、セークサン・プラセタークンと恋に落ちた。

この年の10月14日、軍と学生の間で大きな衝突が生じている。白色テロの横行に身の危険を感じたセークサンは、チラナンを連れてパリへ亡命。北京で結婚式を挙げると、ラオスに入って軍事訓練を受けた。やがてふたりはタイ・ラオスの国境地帯にあるタイ共産党の軍事基地に落着いた。それは武装闘争への参加を意味していた。

1976年10月6日、バンコクでは軍が大量の活動家学生を虐殺。生き延びた者たちはバンコクを捨て、森にいるセークサン一行に合流した。その数は3000人。彼らは自給自足の農耕を始め、山岳少数民族と共闘して国軍に対峙した。束の間ではあったが、ここでは理想主義的な共同体が築かれた。タイ共産党は新生ヴェトナム政府とカンボジアのポル・ポトを同志と見なし、中国共産党の指導のもとに、毛沢東主義による革命を準備していた。この時期、チラナンは森の生活を詩に書き、双児を出産している。

もっともユートピアは長くは続かない。79年にヴェトナムがカンボジアに侵攻し、中国がそのヴェトナムに「膺懲《ようちょう》」のため戦争を仕掛けると、地政図は一変した。中国共産党とタイ政府は和睦し、森のなかの学生たちはその結果、見捨てられた。彼らは闘争の目的を見失い、孤立感と焦燥に囚われた。このとき思いきった政策に出たのがタイ政府である。すべての学生に恩赦を与えるという条件で、首相が投降を勧告した。

学生たちはそれを受け容れ、森からバンコクに戻った。チラナンとセークサンもそれに従った。とはいえ、6年にわたる武装闘争を放棄した彼らを襲ったのは、深い挫折感であり虚脱感である。ほどなくしてふたりはアメリカのコーネル大学に留学。ここで彼らは初めてポル・ポトによる大量虐殺の事実を知り、深刻な動揺を覚えた。無邪気に彼を同志と信じていた自分たちの闘争に懐疑を抱いた。だが革命への情熱に満ちた栄光の日々を忘れるわけにはいかなかった。

チラナンは少しずつ心が落着くと、中断していた詩作を再開した。やがて学位を得て帰国。1989年に詩集『消えてしまった葉』を刊行すると、たちまちベストセラーとなったのは、先に記した通りである。

わたしは4年前、バンコクでチラナンと初めて逢った（本書107頁参照）。彼女はエッセイストとして、博物館の企画者として、写真家、翻訳家、字幕制作者として、タイのメディア界できわめて影響力の強い活躍をしていた。しばらく話をしているうちに、彼女が森を出て以来、社会運動の活動家としても一貫しており、長い経歴を積んでいることを知った。そこでなんとか問題の詩集を日本語に訳そうと決意し、タイ現代史研究家の櫻田智恵氏の協力を得て、その作業に入った。それが4年越しの仕事となり、この2月に刊行を見たところで、横浜国立大学が作者を招聘したのである。シンポジウムに先立って、その前日、彼女は両国のシアター

χ《カイ》で自作の朗読を行なった。聴衆席には小池昌代や筏丸《いかだまる》けいこ、新井高子といった詩人たちの姿が見られた。彼女たちには年齢的に近いこのタイの詩人の存在が気になっていたのだろう。

チラナンはシンポジウムの席で、武装闘争時代の話を始めた。

「70年代後半に起きたあの森の時代は、タイの歴史のなかで、誰もが触れようとしない時代なのです。学校の教科書に記されることもありません。しかし森がわたしの人生を変えたのです。

森にはたくさんの少数民族がいました。彼らは国家ではなく、自分たちの集落に帰属していました。たとえばモシ族は阿片の栽培をしています。タイの軍事政権は彼らの利益を収奪しようとしました。また『おっぱい税』という奇妙な税制を考案し、母親が新生児に母乳を与えるという行為に課税しました。払わなければ田畑を焼き払うというのです。モシ族はわたしたちと共同戦線を張りました。彼らにとって敵とは、自分たちの文化を破壊し、攻撃してくる者たちなのです。」

彼女は武装闘争時代の写真を次々と壁に映し出しながら、過ぎ去った日々を懐かしく回想した。映像のなかではいつも戦闘服を着て、M14のライフルかカラシニコフを肩に掛けている。モシ族の女性たちといっしょに写っている写真もあった。彼女たちも同じく武装していた。

森での生活はチラナンの詩作にとって、大きな転機であった。少女時代から古典的な定型詩を作っていた彼女は、ここで民謡から闘争歌までさまざまな様式を取り入れることを覚えた。

民俗学的想像力に訴えるといったふうに、作品が主題的に大きく拡がったのもこの時期である。だがもっとも重要だったのは、幻の大詩人、ナイ・ピーに出逢ったことだった。ナイ・ピーは中国共産党を信じず、一介の老兵士だった。チラナンは彼を師と仰ぐことで、詩人として大きく成長した。

「この10年ほどで、タイの市民は二極に分裂してしまいました。タクシン政権の支持不支持をめぐり、赤シャツか、黄色シャツかという争いが起きて以来、ずっとそうです。今では人は政治について真面目に、分析的に語ろうとした途端、どちらかの側に分類されてしまいます。軍事政権を認めるか、それに反対するかという、ひどく単純な対立関係に捲き込まれてしまうのです。誰もが饒舌になり、言葉に支配されている。だから『言葉を用いない声というものが存在している』という、ルーミー（ペルシャの神秘主義詩人）の言葉を思い出さなければいけません。言葉を自分の主人にしてはいけないと、諺でもいうではありませんか。」

チラナンはさらに、いまだにタイに存在する国王侮辱罪をめぐって、その改正のため長く運動してきたことを語り、権力と癒着した仏教界の堕落について言及した。

バンコクに帰ったらまず何をするつもりですか？　わたしはチラナンに尋ねた。

「タイ最大のゼネコンのボスがミャンマー国境で、禁止されている黒豹狩りをしていたのが、最近になって発覚しました。今ごろバンコクの地下鉄駅の前では、抗議のためにマーヴェルの

『ブラック・パンサー』のお面を付けた男の子たちでいっぱいです。わたしはそれを応援に行くつもりです。タイ社会は権力者にいつも甘い。彼らが何をしようと、訴追されることはない。ダム建設による森林破壊にしても同じ。それを容認している政権に異議を唱える人たちの側に就くのが、わたしの役割なのです。」

（『週刊金曜日』２０１８年3月30日号）

## 凡庸なる人生

つい先ごろ、わたしは65歳になった。ロラン・バルトより1年長生きをし、吉田健一の死んだ年齢に達してしまった。

わたしが若いころ、このふたりこそ老いたる賢者であると信じていた。ヨシケンは人生の悦びを語り、バルトはその悲しみを説いた。けれども彼らは本当に賢者だったのだろうか。わたしには彼らと同じ年になったことが、ひどく滑稽な感じがする。自分には賢者めいたところなど、まったくないからだ。わたしが心がけてきたのは、なんとか人に尊敬されずに生きていくことだった。日本では尊敬されてしまうと、自由に生きることができなくなってしまう。

しばらく前に、高校の同窓会の通知が来た。わたしは同窓会になど出たくもないし、興味もない。すると160人の同級生の近況を知らせるメイルが送られてきた。160人といっても、自殺と病死を除くと150人くらいだ。ほとんどの者が近況報告の欄に、定年退職したことしか書いていない。そのうちの18人が野球チームをふたつ作り、週に1回、球場を借りて試合をしている。暇だから週に2回でもいいという声もあったらしい。あとは孫の相手と趣味の園芸。働いている者はもうわずかしかいない。何人かの開業医と日本共産党の国会議員。共産党と訣《けつ》別《べつ》したらしい経済学者。それにわたしくらいのものだ。

わたしの通っていた高校は、8割までが東京大学に進学するという受験校だった。思い出しただけでゾッとする。わたしは1日かぎりのバリケード闘争に関わったおかげで、直線コースから脱落した。けれども他の連中は誰も眼の色を変えて受験戦争を生き抜き、現役で東大に入った。バリケードの連中も例外ではない。彼らは何を人生に期待していたのか。何をしたかったのか。年金をもらって週に一度、野球をすることが人生の目的だったのか。わたしにはわからない。どうでもいい気がする。

それにしても65歳になるというのは奇妙な気分だ。長い間わたしは、電車のなかで背広を着て、ネクタイを締めている男たちが大人だと、無邪気に思っていた。ヌードとゴシップの週刊誌を読んでいるようなサラリーマンのことだ。けれども今では誰も週刊誌など読んでいない。猿が身づくろいをするように、神経質そうにスマホを弄っている。最近になってわたしは気が付いた。日本ではホワイトカラーの定年は60歳だから、わたしが電車のなかで見かけるサラリーマンは、みんな自分よりはるかに年下の男たちなのだ。彼らもまた、定年後に野球チームを結成するために生きているのだろうか。

わたしは野球のことを何も知らない。選手の名前も、球団の名前も、それどころかルールさえ知らない。わたしは元同級生たちのように野球をしたことはなかったし、これからもないだろう。わたしは彼らのように歌ったこともなかったし、彼らのように泣いたり笑ったりしたこともなかった。けれども滑稽なのは、わたしが彼らと同じように、そう、まったく同じように死んでいくということだ。なんという厳粛な事実！　死が馬鹿馬鹿しいのは、ひとえにこの平等性にかかっている。どんな死も、自殺も含めて、死は等しく凡庸なのだ。

凡庸さとは、それを振り払う身振りによって、いっそうそれを特徴づけられるといった何ものかだ。きっとこの凡庸性とどう折り合いをつけていくかが、これからのわたしの人生の課題となるだろうなあ。

（『週刊金曜日』２０１８年４月６日号）

## 宇佐美圭司の絵

東京大学安田講堂といえば、〈1968〉の学生運動を象徴する建物である。今から半世紀前、新左翼の活動家たちが立て籠もり、機動隊と激しい攻防戦を続けた。その後、建物は廃墟と化し、長い間立ち入り禁止となった。最近になってこの講堂のことを思い出したのは、近くで傑作なスキャンダルが起きたからである。

講堂前の広場には、地下に巨大な学生食堂がある。この3月、食堂を改修するさいに、40年にわたって壁に掲げられていた宇佐美圭司の絵画が、勝手に廃棄処分されてしまった。もちろん誰の了解もなく。

わたしはこの絵をよく憶えている。縦横が4mほどの大きな作品で、交差する階段のなかを行ったり来たりしている人間を描いたものだ。1970年代の一時期、宇佐美は創刊間もない『現代思想』の表紙を手掛けていた。この絵にもそんな雰囲気がある。現代社会では人間は個別性を捨て、移行する存在として空間の構造化に関わっているというのが、絵の主題だ。東大生たちはこの絵の下でコーヒーを飲んだり、カレーライスを食べたりしていた。それが突然に消え去った。食堂側は「意匠の面」で問題があったと、わけのわからない答弁をしているが、要するに絵のことなど少しも考えていなかったのだろう。

わたしは今さらながらに東京大学の偽善的官僚制を批判しようとは思わない。だからといって、戦後日本の美術家のなかで、例外的に知性をもっていた画家の芸術が破壊されたことを嘆こうとも思わない。国民の税金で買った時価数千万の「お宝」が勝手に捨てられたから、義憤を感じているというわけでもない。世間の目からすれば芸術などこの程度にしか認識されていないのだなあと、思っただけである。「人生は短く、芸術は長し」というギリシャの格言など、今は誰も信じていない。芸術は消費社会のなかで使い捨てにされるが、人間の平均寿命は延びていくばかりだ。

もっとも宇佐美の場合には大学に絵が買い上げられたのだから、まだ運がよかった。わたしは生前の赤瀬川原平が語ったことが、今でも忘れられない。彼は貧しさと部屋の狭さから、60年代に制作した絵画やオブジェを保存できず、ほとんどを破棄してしまっていたのだ。

だが今回の事件は、はたして嘆くべきなのか。たとえば宇佐美のこの絵が美術館お買い上げだったらどうだろう。ほとんど人が足を向けることのない常設展示に埋没してしまうだけだ。もっとひどい場合には、地下倉庫に収蔵され、10年に一度の御開帳を除けば見られなくなる。ヴァレリーが嘆いたように、美術館とは芸術を見せるのではなく、たかだか芸術を管理するだけの場所だからだ。どちらが絵にとって幸福なことだろう。

宇佐美の絵は、少なくともその下で飲食をする無数の学生たちによって、ボロボロに表面が汚れるまでに眺められていた。絵が幸福だったのは、誰もが著名な画家の作品と知らないため、無名のアートとして受け取られていたことである。美術館で物々しく解説を添えられて「名画」を鑑賞するという不潔さが、ここには微塵《みじん》もなかった。こうした事件のつねとして責任者は不問とされるだろうが、絵はきっと役割を終えたのだ。

東大は昔、巨費を投じてデュシャンの『大ガラス』を買った。食堂にはあれを代りに飾ったらどうか。あれなら最初から壊れているから、破損の問題はないはずだ。

（『週刊金曜日』2018年6月1日号）

## 5月のパリ（1）

5月にパリにいようと思ったのは、このころになると日がとても長くなって、どこかで夕食を取った後でもまだ明るい。そこで映画でも観に行こうとか、今日は美術館が遅くまで開いているはずだからちょっと覗いてみようという、軽い気持ちになるからである。今回の滞在もそのつもりでいたところ、これがけっこう寒かった。2階の窓から下を眺めていると、大通りを行く人が氷雨に身を屈《かが》めて歩いているのがわかる。とはいえやはりパリはパリだけのことはあって、毎回足を向けるだけの収穫がある。

ひとつはケ・ブランリ、セーヌ河岸に雑草の生い茂る広大な敷地があって、その奥にひょっこりと設けられた人類学の博物館である。ここはアフリカやオセアニアの仮面や彫刻を何百となく常設展示していて、その魔術的な魅力は、いくたび足を運ぼうともつねに驚きを与えてくれる。今回はおまけに、実はわたしもカタログに寄稿していたのだが、「アジアの地獄と妖怪」という大きな特別展示がなされていた。

暗い会場に足を踏み入れると、まず中川信夫の新東宝映画『地獄』が大スクリーンで映し出されている。続いて応挙の幽霊画から北斎、国芳の怪奇浮世絵まで、江戸期の画家たちの作品が並ぶ。さらに場内を進んでいくと、楳図《うめず》かずおや丸尾末広の漫画までが大パネルで展示され、およそ日本美術にあって怪異を描いたものであれば、すべてを一望のもとに集めて展示しておきたいという主催者側の強い情熱が感じられてくる。

だが日本ばかりではない。さらに足を進めると、今度は中国とタイの展示となる。女吸血鬼や目玉男を描いたタイの怪奇映画のポスターがいたるところに貼られ、民俗学的な分析的解説がわきに記されている。3か国に的を絞って展示を行なったのは、ひとつにはフランス人の目には〈アジア〉としてひと纏めにされかねない諸地域において、他界と他者をめぐる想像力がいかに多様で豊かな図像を生み出してきたかを示しておきたかったからであろう。

どの地域でも本来現地にあった精霊信仰の上に、グローバリゼーションとして仏教が到来した。両者の衝突と融合のしかたが微妙に異なったおかげで、幽霊にも地獄絵にも興味深い差異が生じた。日本の学芸員ならば和ものだけの展覧会は発想できても、こうした大きな文明論的規模での展示は期待できそうにない。アジア美術という、より広い文脈を所有していないからだ。ケ・ブランリの妖怪地獄展は、パリという一定の距離をもった場所においてこそ可能となった作業であろう。わたしは2時間にわたってすべての展示につきあい、満足して博物館を後にした。

今回のパリのもうひとつの収穫は、1968年の〈五月〉から50年が経過したというので、それを記念するシンポジウムや展覧会、記念出版が相次いでいたことであった。日本における68年文化をめぐり3冊のアンソロジーを編纂《へんさん》したばかりのわたしにとって、これは聞き捨てならないことだ。書店のショーウィンドウを覗くと、あるわあるわ。当時の活動家の回想録はもとより、街角の壁の落書き集、報道写真の図像分析研究書、さらに『子供が自転車で見た5月』といった絵本までが飾られている。ポンピドゥー・センターは闘争を呼びかけるポスターを蒐集し、ボザールは5月に喚起されて制作された美術作品を、展示していた。国立古文書館の壁に復元されたポスターには、興味深い言葉が記されていた。「パリはひとりぼっちじゃない。東京が、ベルリンが、ヴェネツィアが、リオが、バークレーがあるぞ。」

五月革命はいまだに歴史的評価の定まらぬ事件である。だがパリ人にとってそれは、単なる大学紛争でもなければ、労働争議でもなかった。突然に巻き起こった巨大な祝祭であり、誰もが好きなことを語り、好きなことを思うがまま街角の壁に描きつけることのできた、至福の時間であった。今回の回顧展示を見ると、そこに事件のユートピア的本質があったことが明確に理解できる。パリが〈1968〉をめぐり、かくも幸福な姿勢を取り続けていることは、その当時を知らぬ日本の社会学者たちの、生真面目にして退屈な討議とは対照的である。まあ、そんなことはどうでもいい。わたしは5月のパリを満喫したのだ。（『文藝春秋』2018年7月号）

## 5月のパリ（2）

5月のパリはいつまで経っても、なかなか太陽が沈もうとしない。ときに冷気の揺り戻しはあるが、さわやかな風の季節だ。

書店のショーウィンドウを覗くと、〈五月〉関係の本やグッズがズラリと並んでいる。革命の女神よろしくデモの先頭に立った女性を描いた、大判の写真集。パリ中のポスターをこと細かに蒐集して、図像学的分析を施した研究書。あの当時に居合わせた者たちの回想記。文学者

ポスター「2018 もう一度 1968を」(2018年)

たちの立ち振舞いの記録。なかには、『子供が自転車で見た5月』、といった絵本まである。

モーリス・ブランショ著『68年5月、観念による革命』という、真赤な本を見つけた。ガリマールから出ている。ギヨギョッ、こんな本を書いてたかなあ。手に取ってみると、この時期にブランショが共同で署名をした宣言から、個人に宛てた手紙までを実に丹念に集めた本だ。革命とは時間の切断であり、その切断を肯定することかと、ブランショは書いている。

国立古文書館、ポンピドゥー・センター、ボザールといったところが、思い思いに展覧会を開いている。

国立古文書館はまず機動隊のヘルメットと制服、武具の展示にはじまり、鎮圧する側の者たちの手帖《てちょう》、日記、書簡などズラリ。壁に掲示されているポスターには、「パリはひとりぼっちじゃない。東京が、ベルリンが、ヴェネツィアが、リオが、バークレーがあるぞ。」といった文句が殴り書きされていたりする。ポンピドゥー・センターでは、この半世紀に20万枚のビラとポスターを蒐集したという人物が画像のなかで語っている。美大の学生たちがワークショップを開いて、子供たちに政治ポスターの作り方を教えている。ボザールは天井まで壁一面がポスターで埋め尽くされている。「闘いは続くぞ」「今年の夏はいつもとは違うと思え、ブルジョワどもよ」「人民の大義」「で、それからは？」ポスターに大書されたスローガンを読んでいるだけでも、当時の雰囲気が伝わって来る。

5月の映像は高度資本主義社会の内側に、どんどん回収されようとしている。オテルデュヴィユは、おしゃれな格好でさっそうと5月の風をきり、デモ行進をする5人の女の映像を掲げ、グッチは「liberté, égalité, sexualité」（自由、平等、セックス）と、いかにも5月の壁に殴り書きされたような雰囲気のキャッチを、白い壁に記している。資本主義を廃絶せんという試みそのものが、資本主義の延命のための意匠として巧みに取り込まれているのだ。

1968年とはパリの古色蒼然《そうぜん》たるアカデミズムに対し、新思潮の構造主義が台頭し、あちらこちらで火花が散った年でもあった。直前にフーコーの『言葉と物』がベストセラーとなり、

『別荘（ダーチャ）』ギル・アイヨ、フランシス・ビラ、ロルチョ・ファンティ、ファビオ・リエッティ、エドゥアルド・アッロヨによる共同制作（1969年）

博士論文を落とされたバルトが日本に入れあげ、ドゥルーズとガタリが出番を待っている。ボザールには、この時期の雰囲気を描いた、謎めいたアクリル画が展示されていた。

ある夕暮れどき、レヴィ＝ストロースの別荘にバルトとラカン、それにフーコーが来て、夕陽を眺めながら寛《くつろ》いでいる。ラジオからは学生たちと労働者たちが、彼らの過去の業績を嬉々として唾棄しているという放送が流れている。そこに遅れてアルチュセールがやってきたのだが、はたしてガラス扉を開けてなかに入っていいのか、ためらっている。誰もが好き勝手な方向を向いている。なんだか判じ物のような絵だ。

１９６９年に描かれた共同作品である。ではこの絵画を成立させている眼差しとは、いったい誰のものだろうか。一人ひとりの姿勢や視線の方向を細かく分析してみれば、謎はおのずから明らかとなる。答えは、１９６７年に『グラマトロジーについて』でさっそうとデビューしたジャック・デリダだ。レヴィ＝ストロースが自宅だというのに緊張を崩していないのは、彼がデリダにこっぴどく叩《たた》かれたからだ。ラカンだけは真剣にデリダを凝視し、このアルジェリア出身のユダヤ人が味方なのか、敵に廻るのかを考えている。

ところで68年当時、一番過激な実験をしていた文学者は、その後どうなっただろうか。わたしが考えているのは詩人のドゥニ・ロッシュのことだ。

ドゥニ・ロッシュとは結局会うことがなかった。2年前にパリに着いたときには、彼はもう亡くなっていた。わたしが知っている彼は、20歳代でエズラ・パウンドの『キャントーズ』をフランス語に翻訳した詩人である。『テル・ケル』グループのなかでもとりわけ過激で、68年の少し後に自爆するかのように詩を書くことをやめてしまった。最後の方では西夏文字を自作のなかに突っ込み、読めるものなら読んでみろという感じになった。ちょっと乱暴な喩えかもしれないが、吉増剛造が最近、ハングルばかりか、カンボジア文字を詩に導入していることの先駆者かもしれない。しかしロッシュの場合には説明抜きで、読めないテクストを提示することに主眼があった。日本で彼をフォローしていたのは豊崎光一さんひとりだった（今度のヨモタの本『詩の約束』で、細かく書きます）。

わたしはまったく知らなかったのだが、詩をやめたロッシュは、今度は写真家としてめざましい活躍を続けていたようだ。ある瞬間の、一度しかない光を捕らえるという点で、とてもいい写真を発表した。サン・ジェルマン・デ・プレ教会のあたりをブラブラと歩いていたら、なんと彼の写真展が開かれているではないか。教会の裏側の画廊だったので、さっそく入ってみた。やっぱりパリは街角を歩いているとかならずこうした発見があるものだ。

シネマテックでクリス・マルケル展が開かれている。68年には街頭に出てアジビラ映画を撮り、メドヴェツキン集団を名乗って共同制作をした人だ。『空気の底は赤い』という彼の長編ドキュメンタリーは、〈五月〉を語るときにもっとも重要なフィルムだ。でも今回の展示は、マルケルのよく知られていない若いころを知る上で、とても参考になった。

1950年代終わりにピョンヤンで写真を、北京で映画を撮っている。みんな服装は素朴だが、幸福そうな顔をしている。彼は人々が喜びの表情を見せている瞬間をキャッチするのが実に巧みだ。けれども沖縄の映像となると、アメリカ軍が攻めてくるというので、自分で泣きながら母親を殺したという老人の顔がアップされて出てくる。

クリス・マルケルの仕事場を見ると、ちゃんと猫の絵が飾られている。彼が若いころレネと組んで、睡眠中に見た夢をTVで映そうという実験映画を、シュルレアリスムの影響のもとに制作していたなど、全然知らなかった。サルトルに認められて、ジロドーについて1冊本を書いていたりする。でも若いころって、何でもできるんだよね。

さて、最後にお待ちかねのゴダール。カンヌ国際映画祭でゴダールが45分にわたり、新作『イメージ・ブック』について記者会見をした。といっても今は少し足が悪いらしく、スイスの自宅からスマホを通して質疑応答に答えるという。ゴダールとスマホ！　やっぱりこの人はどんな時代にも、一番新しいものに手を出してみたいのだ。

いろんな国の記者が質問するのだけど、今回上映された新作について突っ込む質問はめったにない。どんなロシア映画が好きですかとか、カタロニアのことをどう思いますかとか、そんなのばかし。それに答えるゴダールにしても、いつものようにたくさんの哲学者や映画監督の名前を引き合いに出して、相手を煙に巻いたりしない。なんと1時間の記者会見のなかで彼の口から出た固有名詞は、スピルバーグを除けば、エドワード・サイードだけだった。それも会見の初めの方と、最後の方で、2回も。新作『イメージ・ブック』がパレスチナにおける暴力に深く関わっていることを考えると、これはとても重要なことに思える。

しかし変だなあ。ほんとに誰もそうしたことを質問しないのだから。日本ではこの新作とか記者会見はどう報道されるのだろう。フランス映画社なきあと、誰がキチンと文脈を整えて、この作品（というか映像インスタレーション）を日本で配給できるのだろう。なんといっても日本は、『グッバイ・ゴダール！』などという、不真面目で、どうしようもないバカ映画を配給し公開する国なのだ。あの作品を観ると、ゴダールがまるで反ユダヤ主義者であるかのように思われてしまう。事実はそうではないのだから、困ったなあ。

（『図書新聞』２０１８年7月14日）

## 香港の天安門事件追悼集会

地下鉄を出てみると、雨は上がっていた。そごう百貨店の前はすでに人でいっぱいだ。「人民力量」といった幟《のぼり》があちこちに立っている。警官が人の波を整理している。何か胃にモノを入れておいた方がいいですよ。林家威《リムカーワイ》さんがいった。彼はマレーシア出身の華人で、インディーズの監督である。わたしたちは満員の食堂でイカ焼き定食を食べた。

最初のころは10万人くらいだったんですが、毎年、少しずつ人数が減っていく。それが心配です。だって世界中でこんな集会を続けているのは、もう香港しかないのですから。

食事を終えて外へ出ると、だいぶ暗くなっていた。大通りはひどく混雑している。やがて公園が見えてきた。たくさんの人がビラやパンフレットを配っている。「共産主義的終局目的」という、豪華なグラビアの表紙のものもあれば、「母忘、六四」と記した、簡素なビラもある。「劉暁波を忘れるな」という垂幕もある。夕暮れの空の下、中華民国の青天白日旗が鳴動《はため》いていたりもする。どうやら3万か4万くらいの人が来ているらしい。人々の黒い影が隙間なく公園を埋め尽くしている。その向こう側には高層ビルが林立し、キラキラと光り輝いている。そう、ここは大商業都市、香港なのだ。

蠟燭を手渡された。誰もが手にしておくものらしい。手に持った蠟燭の蠟が手に垂れないように、かわいい紙の傘が添えられている。公園を埋め尽くした群衆の間にはところどころに巨大スクリーンが設けられてあり、はるか前方にある特設舞台を映し出している。実際に壇上で何が起きているかは、遠くで見えない。スクリーンを頼るしかない。

死者を追悼して、まず献花がなされた。群衆のなかから松明《たいまつ》が運ばれてきて、聖火に火がともされた。集会の中心人物が追悼の辞を語り、黙禱《もくとう》。「天安門母親の会」の女性が録画で登場し、殺害された19歳の息子のことを話した。女性コーラスの斉唱。29年前に虐殺を目の当たりにした老証言者の発言。このあたりで参加者はめいめい手にした蠟燭に火を点《つ》け、それを高く掲げた。誰もが無言だった。

わたしはつい先日、滞在していた北京のことを考えていた。強権的な独裁政権による徹底的な監視社会となった北京では、このような集会を開くことはおろか、開催の計画をもつだけで拉致監禁されてしまう。「6月4日」とブログで書くことはご法度だから、しばらく前までは「5月35日」という表現が用いられていた。今ではこの手も使えなくなった。いったい北京はどのような気持ちで、今夜を迎えているのだろう。悲憤慷慨する者は自室に閉じこもり、強い蒸留酒でもあおっているのか。彼らは香港が追悼の集会を毎年行なっていることを知っているのか。

集会は大きな盛り上がりを見せようとしていた。人々は手にした蠟燭を高く掲げ、公園の全体を静かな光の祭典の場に作り替えた。静かで晴朗な気持ちがした。

だがわたしは席を立たなければいけなかった。路面電車を2駅ほど乗った先にある会場で、若松孝二のフィルムについて講演をすることになっていたのだ。つい4年前、突発的に生じた「雨傘運動」によって、あっという間にバリケードが築かれ、学生と警官隊が激しく対峙しあったあたりだ。わたしは日本の連合赤軍とその悲惨な最後について、話さなければいけなかったのだ。

(『週刊金曜日』2018年7月6日号)

# 世界一正しい人

わたしが中学生のころ、世界で一番正しかったのは貧乏人だった。プロレタリアの労働者だけが人間の真実である。もしプロレタリアに反対する者がいたとしたら、それはブルジョワだ。いや、牛や馬と同じだ。ところでブルジョワを打倒せよというけれど、いったいブルジョワなどどこにいるのだろう。誰もがプロレタリアの味方なのだから、いるわけがない。でもブルジョワを告発せよ。プロレタリア万歳！

わたしが少し大人になったとき、世界で一番正しい人は、いつの間にかエスニックな少数派になっていた。彼らは不当にも差別され、抑圧され、解放の機会を剥奪されていた。しかし世界でもっとも美しいのはエスニックな少数派の言語であり、エスニックな少数派の芸術であり、エスニックな少数派の高齢の女性が説く、地球にやさしい哲学なのだ。今こそエスニックな少数派に学べ。彼らの誇り高い歴史から、人生の教えを学ばなければならない。

わたしが完全に大人になったとき、世界で一番正しいのは、歴史のなかの犠牲者になった。犠牲者の悲惨な死に尊厳を与え、記念碑を建てよ。だが問題が生じた。犠牲者はとうに死んでしまっていて、発言ができない。人々は仕方がなく、妥協策として、一番正しいのは犠牲者の遺族だということにした。すると自称遺族はエスニックな少数派の正義を否定し、新たな犠牲者を作り出した。世界一の正義なのだから、何をやってもいいのだ。

それでは現在、世界最強の正義の王牌《きりふだ》をもっているのは誰だろう。それは被害者である。

被害者は歴史の犠牲者とは違う。彼らはまだ死んでおらず、自己主張をすることができる。被害者に逆らうことは、誰にもできない。加害者だと罵倒されるだけだ。被害者を前にしたときできるのは、微笑しながら、自分もまた被害者ですよといって、周囲の賛同を得ることしかない。ひとたび誰かから加害者だと名指しされたら、もう抗弁のしようがない。被害者は主張する。世界中がみんな被害者になってしまえば、世界中が正義で満ちあふれることだろうと。

しかし、それでだいじょうぶかなあ。被害者の体験はみな一人ひとり別で、個人の実存に深く根差したものなのに、どうしてみんな、そんなに簡単に共感や同調できるのだろう。もし被害者が多数派になってしまったら、被害者にさえさせてもらえない少数派の身に何が起きるのだろう。その人たちははたして自分たちが少数派であると口にすることを許されるのだろうか。しかしこうした考えは無意識的に加害者に利をもたらすものであって、徹底して再教育が必要だと、被害者はいう。

だがここにさらに最新流行の考えがあって、彼らは究極の正義を体現しているのは人間ではなく、実は動物だと主張している。猿や犬はプロレタリアともエスニックな少数派とも被害者とも違って、メディアすらもっていない。誰もその権利と尊厳を代表してくれない。猿や犬こそが世界でもっとも悲惨であり、それゆえに正義を体現しているのだという。

いったい誰が世界で一番正しいのか、わたしにはわからない。わたしはただ、理不尽に迫害されたり、差別されたり、冤罪《えんざい》の対象になったりしないで、愛犬といっしょにこの世界の片隅で生きていたいだけなのだ。


（『週刊金曜日』２０１８年8月31日号）

## トルコのアルメニア人社会

イスタンブールでは、誰もが苛立っていた。大統領選挙の前日だったからだ。いたるところに現大統領の巨大な肖像が掲げられている街角。狂信的な口調で現大統領を讃える街頭演説。群衆。わたしを招待してくれた教授は憂鬱な顔をしていた。

「もしエルドアンが再選されたらって？　彼は目下、いたるところにモスクを建て、トルコをイスラム国家に引き戻そうとしているのです。１９２３年にアタチュルクがトルコ共和国を建てたときに定めた政教分離の原則を、すべて蔑ろにしようとしているのです。」

わたしは苦笑すらできなかった。自分が後にしてきた国と、あまりに似通っていたからだ。

翌日、選挙はエルドアンの圧勝で終わった。彼は新憲法のもとに強化された大統領権限を、これから思う存分駆使することだろう。誰もが沈痛な表情をしていた。だがわたしには行くべきところがあった。週刊誌『アゴス』の編集部である。わたしはフラント・ディンクのことが知りたかったのだ。

1916年、崩壊途上のオットマン帝国において、250万人のアルメニア人のうち100万人近くが組織的に虐殺された。生残者は周辺の国々に四散した。正確な数字はわからない。だがそれが事態の深刻さと重大さを逆に物語っている。虐殺を知って、イスタンブールで主に商業に従事していたアルメニア人は、ただちに身の危険を感じた。どうすれば生き延びることができるのか。

ディンクは1954年、アルメニア人としてトルコに生まれ、収容所で育った。彼は同じ収容所の女の子と結婚し、苦労してそこを抜け出ると、大学で動物学を学んだ。一時はアルメニア解放のため、武装闘争に共感を寄せたこともあった。その後、アルメニア人のための新聞週刊誌『アゴス』を創刊し、トルコ人との平和共存を説いた。『アゴス』はあえてトルコ語も併用した。同胞のみならず、同胞に関心をもつトルコ人にも読んでもらいたかったからだ。トルコ人の寄稿も歓迎した。だからノーベル文学賞を受けたオルハム・パムクも寄稿した。

大虐殺の後に生き延びた少数派は、こうして妥協と融和の道を選んだが、それはなかなか理解されなかった。２００７年、ディンクは編集部のあるビルの前で、狂信的民族主義者の17歳の少年に刺殺されてしまう。編集部は別の場所への移転を余儀なくされた。

わたしが通された元編集部には、ディンクの書斎だけが遺されていた。競馬に目がなかった人で、いくつかの馬の人形が置かれている。アルメニア正教の聖母のイコン。アルメニア人でアメリカに逃げ延びた画家、アーシル・ゴーキーの油彩の複製。日に焼けて、ボロボロになった『アゴス』のバックナンバー。

『アゴス』編集部の建物は、現在、アルメニア人文化センターの役割を果たしている。わたしを案内してくれた女性はいった。毎日、毎日、電話で到来するヘイトスピーチに対応するだけで大変なのです。けれどももっと重要なことは、独立国家アルメニアに住む人たちとわたしたちの間の溝が、どんどん大きくなっていくことなのです。彼女はわたしを、近くにあるアルメニア人小学校へ連れていった。巨大なトルコ国旗が門前に掲げられていた。仕方がないのです。こうしないと学校を開く許可が下りないのです。

ああ、なんとしたことか。トルコは民族問題においても、日本とそっくりなのだ！

（『週刊金曜日』２０１８年10月5日号）

## 食べものを与える文化・与えない文化

失敗は旅の最後に起きることが多い。わたしの失敗はだいたいそうだ。そのときも例外ではなかった。台湾の都市をめぐり、自分の書いた本を朗読してまわるというツアーが無事に終了した。最後の日は休暇だ。高雄の波止場からフェリーで島に渡った。そのときスケジュール手帳をどこかに置いてきてしまったのである。

わたしは島に戻り警察署を探した。海岸には人が出ていて、南シナ海に沈もうとする太陽をのんびり眺めている。イカや貝を焼く屋台からは、香ばしい香りが流れてくる。もっともわたしはとても口にする気にはなれない。群衆を掻き分けようやく警察署に辿り着いたときには、すでに日は沈んでいた。フェリーで元の町の方へ戻ろうとする人たちが長い行列を作っている。やばいな。明日の帰国便のデータを含め、何から何まで情報を失ったまま帰国するなんて……。

署には4人の警察官がいた。彼らは突然出現した外国人に、一瞬驚いた顔を見せた。だが、ただちに事情を察したらしい。ひとりがわたしに椅子を差し出し、机の上を指さした。コンビニで買ってきたばかりのお握りが山ほど積まれている。もうひとりがそれをひとつ摘《つ》まむと、いきなりわたしに渡した。彼らは夜勤に備え、これから腹ごしらえをしようとしていたところだったのだ。まあ、いっしょに食ってから話を聞こうじゃないか。疲労と空腹で倒れかかっていたわたしは、ただちに握り飯に手を付けた。

食べているうちに少しずつ心が落着いてきた。警官たちも何やら楽しそうな話をしながら、パクついている。どうだい、もうひとつ。はあ、どうも。そんな風なやりとりをしているうちに、警官のひとりが盗難証明書を作成して渡してくれた。盗難かあ、まだそうと決まったわけじゃないんだけど。でも、ま、いいか。わたしはお握りですっかり満腹になり、フェリーに乗ってホテルに戻った。

スケジュール手帳は2日後、博物館で発見された。何のことはない。わたしは訪問スタンプを押すため手帳を出し、館長とお喋りをした。そしてそのまま博物館を出ていってしまったのである。

あのお握りとは何だったのかと、わたしは考えている。これがもし日本だったら、交番の警察官はどのような対応を示すだろうか。まさかこれから自分が食べようとしているお握りを、突然に出現した外国人に勧めたりはしないだろう。わたしはふたつの国の警察官を比較したいのではない。その背後にある文化的な行動様式、つまり仕種のあり方を比べてみたいのである。

見ず知らずの人に平然と食べものを与え、かつ自分も受け取るという文化が一方にある。もう一方に、未知の人との接触をことのほか嫌悪し、食べものの交換はおろか、言葉を交わすことにも警戒する文化がある。前者の代表がイタリアと韓国。台湾でも南に行けば行くほど、この傾向が強くなる。後者の代表はいうまでもあるまい、日本だ。日本では親は子供に、知らない人とは絶対に口を利いてはいけないと教える。ましてや食べものを受け取ってはいけないと。この傾向は20年前に和歌山で起きた毒入りカレー事件の後、いっそう強くなった。いまだに真犯人が不明のあの事件は、直接の被害者を殺害しただけではない。共食という儀礼的行為に対する日本人の信頼感を、深く傷つけたのだ。旅の失敗はわたしに、いつも多くのことを考えさせる。

（『週刊金曜日』２０１８年11月２日号）

## マリファナの将来

わっはっは！　カナダ政府がマリファナを全面解禁した。ウルグアイに続いて世界で２番目だ。ほどなくして他の国々でも似たようなことが起きるだろう。

マリファナが煙草や酒と比べて人体に有害ではなく、依存率もはるかに低いという事実は、以前から知られてきた。精神科医でアルコール依存症の治療を専門としていたなだ・いなださんは生前、老人性鬱病にはマリファナの服用がきわめて効果的であると、いつも唱えていた。現にアメリカのいくつかの州では、その医療効果が認められている。だが日本政府はこうした医学的勧告を無視し、マリファナが危険な「麻薬」であるかのように宣伝してきた。御用物書きもしかり。

日本は縄文時代から麻を着る社会だ。その気になって探せば、北海道や関東の山野にも、麻はいくらでも自生している。実際に中学生から老人まで、実に多くの人たちがマリファナを育て、個人的に愛好している。ただ彼らの姿が見えないだけである。芸能人が見せしめに逮捕されるのは、得意げに人に話したり、不純な金銭が絡んできたためだ。

マリファナはヘアヌードに似ている。日本では長い間、ヘアヌードはご法度だった。飛行場の税関で署員のイヤガラセに遭い、西洋のエロ雑誌を取り上げられた人もいた。それがある時期から、西洋人へアヌードは芸術だからOK。日本人のそれは猥褻だから駄目という二本立てになった。その後、全面解禁となり、現在では、それがどうしたというレヴェルにまで、人々は無関心だ。ひとたび解禁されれば、マリファナも同じ運命を辿る。わたしは80年代にニューヨークに住んでいたが、もうその時点でマリファナはダサかった記憶がある。そんなに関心があるのならうちにあるからあげるけど……という程度の扱いである。残念ながらわたしは喘息《ぜんそく》の気があって、煙ものがいっさいダメ。機会を逸してしまった。

ここでちょっと大げさなことをいうことになるが、国家とは何かを考えてみる。国家を定義するのは栄光ある民族の歴史でもなければ、言語でも宗教でも通貨でもない。世界的に見るならば、たくさんの言語や民族、宗教を抱え込む国家の方が、そうでない国家よりも多い。それでは国家とは何か。アケスケにいえば、それは法律の通用範囲ということにすぎない。地上のある場所では法律的に罰せられる行為が、飛行機に30分乗って着いた場所では罰せられない。国家にはその程度の境界線という意味しかない。アムステルダムではマリファナはカフェで註文《ちゅうもん》できるが、日本ではセレブの見せしめの手段である。アメリカのある州ではフェラチオもオナニーも刑罰の対象だが、他の州では自由だ。

世界中いたるところで、法律は異なっている。絶対的な法律などないし、そう見えるものはいとも簡単に覆される。国境線も同じだ。国家はいつも法律と国境線は固有で絶対ですぞと主張するが、それは国家の言葉には現在しかないからだ。国家はいとも簡単に崩れ去る。日本人は大日本帝国と満洲帝国が瓦解したとき、それを思い知ったはずなのに、いつの間にか忘れてしまった。

さて、マリファナだ。もし解禁されたとしても、別の問題が生じるだろう。嫌煙権が横行する日本では、おおっぴらに吸える場所を見つけるのが一苦労かもしれない。まあ、わたしの知ったことか。

（『週刊金曜日』２０１８年12月7日号）

## *2019*

世界のいたるところで気候変動が深刻な問題となった。東アフリカでは大雨と洪水。インドネシアでは大規模な森林火災。日本では台風災害。デング熱は史上最高の感染率に達した。国連は気候変動が貧富の格差を拡大し、アパルトヘイトに似た社会的分離が引き起こされることを憂慮する報告書を発表した。

アメリカと中国の貿易摩擦が激化した。イギリスは紛糾していたEU離脱問題に、三度の選挙を通してようやく結論を出した。アルジェリアでは第2の「アラブの春」が生じ、市民の大規模デモによって政権が交替した。クウェートでオンラインによる人身売買が発覚した。香港では逃亡犯の中国への引き渡しをめぐる条約改正案に反対し、大規模な反政府運動が展開された。条約案は撤回されたが、香港人の「1国2政府」の高度な自治が危機に瀕しているという認識は、急速に高まりを見せた。韓国は軍事情報包括保護協定GSOMIAの破棄を通告し、日韓関係の悪化にさらなる拍車を加えた。パリのノートルダム大聖堂と沖縄の首里城で大火災が生じた。

明仁天皇が譲位し、新天皇の即位とともに年号が「令和」と改められた。消費税が10%に引き上げられた。京都のアニメ制作会社に侵入した男がガソリンによる爆発火災を起こし、36人を殺害した。国際芸術祭「あいちトリエンナーレ2019」は、韓国の慰安婦少女像と昭和天皇の映像を素材とした出品作品が物議を醸し、一度は決定されていたはずの文化庁の補助金交付が取り消された。事態は紛糾し、「表現の不自由」をめぐって多くの美術家と知識人が抗議をした。

わたしにとって最初の英語の著作である *What is Japanese Cinema?: A History* が、コロンビア大学出版より刊行された。自分がかつて留学したことのある大学から本を出してもらうというのは、正直いってうれしかった。ソウルの延世《ヨンセ》大学校における翻訳学会で、「翻訳の政治学」なる基調講演をし、翌日の朝一番の飛行機で新潟に飛ぶと、北朝鮮「帰還」運動60年について発表をした。詩論集『詩の約束』で鮎川《あゆかわ》信夫賞を受賞した。

この年、親しい友人ジョスリーン・サアブが急逝した。わたしは彼女の追悼のためベイルートを訪れ、1冊の書物を執筆することを決意した。

## 映画『戦艦大和』

新東宝映画『戦艦大和』をはじめて観たのは子供のころだった。満員の映画館に片目を瞑《つむ》って入り、じっとその回が終わるのを待つ。場内が明るくなり客が立ち上がるのを見て、すかさず野球帽を空席に投げ込み、席を確保する。こんな風にして観たのである。

何を憶えていただろう。わたしを夢中にさせたのは円谷《つぶらや》英二の特撮だった。激しい機銃掃射にも耐えて、悠々と大海を進みゆく巨大戦艦。それが力尽きて沈みゆくとき、わたしは生まれてはじめて崇高という感情を感じた。

サンフランシスコ講和条約のすぐ後に生まれた子供が小学校に上がったとき、彼を取り囲んだのは子供向けの戦争文化だった。少年週刊誌には加藤 隼《はやぶさ》戦闘隊を舞台にした漫画や、戦記読み物が満載されていた。大出版社が全4巻の太平洋戦争物語を函《はこ》入りで刊行し、好評なので、さらに2巻を追加した。玩具屋にはゼロ戦から紫電まで、さまざまな飛行機のプラモデルが並んでいた。戦艦武蔵と戦艦大和の違いをただちに見分けられることが、子供たちの基礎教養だった。わたしが『戦艦大和』というフィルムを観たのは、こうした文化環境においてである。

このフィルムを思いがけずもう一度観ることになったのは、3年前のパリだった。フランス人の日本映画好きは、現在相当なレヴェルに達している。小津や黒澤の話をしようものなら、そんなもの、もうとっくに知ってるよという顔をされてしまう。上映する側も、誰も見ていないレアものを探しだして、「これならどうだ！」といわんばかりにプログラムを組む。『戦艦大和』に再会したのは、こうした一連の連続上映でのことだった。

わたしが懐かしさを感じなかったといえば、嘘《うそ》になるだろう。だが半世紀を経て見直したフィルムは、わたしにはまったく違うもののように思われた。もはや特撮のすばらしさに心を打たれることはなかった。大和の最後にしても、冷静に眺めることができた。では何に感動したのか。乗組員たちにである。わたしは一人ひとりの海軍兵士たちが、それぞれに固有の物語と動機をもって大和に乗り込んでいるということに心打たれたのだ。

フィルムの初めの方で、ほとんど日本語を話せない水兵がふたり登場する。彼らは上等兵から非国民だといってイジメを受ける。実はふたりはアメリカで生まれた日系人で、戦時下の日米交換船で日本に「帰国」した青年たちだ。彼らの兄弟はアメリカ兵として、ヨーロッパ戦線で戦っている。しかし彼らは日本を選んだ。英語に堪能だというので、敵国の暗号を解読する任務を与えられ、大和に乗船したのだ。

ふたりは狭い暗号解読室に閉じこもり、たどたどしい日本語を駆使しながら任務を果たす。大和が沈みだし、多くの乗組員が避難を始めたときも、胸まで水に浸《つ》かりながら解読した情報を基地へ発信し続ける。わたしは彼らに感動した。軍国主義のイデオロギーにではない。集団のなかで孤立に耐えながらも、自分に与えられた場所の責任を最後まで貫徹しようとする姿勢に、崇高なものを感じたのだ。

沈みゆくことがわかっている船のなかに留まり、何ごともなかったかのように、今まで通りの仕事を続けること。現在の日本人ならきっと時代遅れだといって笑うかもしれない。だがいったい誰が、それだけの勇気を持ち合わせているというのか。

（『週刊金曜日』２０１９年１月11日号）

## 裸足のインド

インド人はすぐに裸足になってしまう。もともと履いているのも薄っぺらいサンダルだったり、突っかけだったりするのだが、ごく自然に脱ぎ捨ててしまい、素足でそのあたりを歩き回っている。ゴアからケララ、タミルナードゥまで、インド半島最南端を西から東へ大きく廻るという旅のなかで、わたしは数えきれないほどそんな光景を目撃した。

ヒンドゥー寺院は神聖なる場所である。祭礼の前の夕方には信者たちが集い、小さな神殿に祀られている火を、本殿の長い回廊へと運んでいく。燭台《しよくだい》の一つひとつに灯を点《とも》していくのだ。しだいに暗さを増してゆく空の下、彼らは一言も口を発せず、ただ黙々と作業を続ける。このときは裸足だ。わたしにはそれは理解できる。寺院は神々の領域であるからだ。喧騒の市場を歩いてきた汚れた履物のまま、清浄なる空間に踏み込んではならない。ふたつの世界の境界を尊重するためにも、人は裸足にならなければいけない。

インド人の裸足は貧困や暑気では説明できない。わたしは人でごった返す鉄道駅で寝台車を待った。列車は大幅に遅れた。プラットフォームのあちらこちらでは人が横になって眠っている。ちょっとお金を払えば、冷房のきいた特別待合室に入ることができる。わたしは疲れていて、そこで少し仮眠を取ろうとした。待合室の人たちの半分くらいはサンダルを脱いでリラックスしていて、裸足のままで平然と洗面所で顔を洗ったり、トイレで用を足している。

5時間ほど待って、深夜にようやく寝台列車が到着した。インドの鉄道ではプラットフォームが指定されるのは、だいたい列車到着の10分前である。掲示板にその数字が現れると、誰もがたくさんの荷物を抱え、大急ぎで該当するプラットフォームを目指し走っていかなければならない。プラットフォームは日本とは比較にならないほどに長く、おまけに混雑の極に達している。とはいえ目的の寝台車を探し当てることができた。列車のなかの狭い通路を進み、予約しておいた寝台を見つけて、トランクをその下に押し込む。ここでも乗客の半分は裸足である。素足のまま寝台の2階へ上ったり、プラットフォームに戻ってお茶や駅弁を買ったりしている。驚くべきは携帯電話であらかじめ宅配ピザを註文しておいて、寝台車まで届けさせる乗客がいたことだ。配達する側は大変に違いない。

さていよいよ半島の突端にある、有名な女神の巡礼地に到着した。真紅のサリーを着た女性巡礼者が何百人と来ている。青年信仰団のメンバーだろうか、上半身裸で下は黒衣だけという髭の若者たちがズラリと並んでいる。誰もが裸足だ。夜明けごろ、海のなかに浮かぶ女神の聖所を拝もうと、岸辺に集まっては拝んでいる。履物を履いているのは外国人観光客だけだ。石ころだらけの路《みち》だろうが、ゴミが散らばっていようが、巡礼客はいっこうに気にしない。神聖なる大地を信頼しているのだ。

インドにいると、少しずつ裸足でいることが増えてくる。土の温かさ、石の冷たさを直接に感じる機会が多くなる。もっと長く滞在していれば、大地が発しているメッセージを読み取ることができるかもしれない。だがそのころにはわたしは飛行機を乗り継いで、革靴とスニーカーとハイヒールの世界に戻らなければならないのだ。

（『週刊金曜日』2019年2月1日号）

## 山折哲雄先生

老人になるのは大変だ。一刻も早く老人になりたいと思っても、なるためには恐ろしく時間がかかってしまう。そういったのは吉田健一である。彼には『時をたたせる為に』という題名の本さえある。夕暮れを眺めていたり、旧《ふる》い友だちのことを思い出したりして、時間が過ぎていく。人が生きるのは老人になるためだと、彼は繰り返し書いていた。

山折哲雄先生に会いに、京都に行った。10年ぶりである。ひさしぶりに会う先生はあいかわらずの着物姿で、飄々《ひょうひょう》としていらっしゃる。開口一番、『シン・ゴジラ』はどう思うかと、いきなり直球を投げてこられた。

10年前には質問はこうだった。きみは親鸞は読んでるかね。

わたしが、はい、一応『歎異抄』とか、といいかけると、先生は言下にあの書物を否定し、あれは弟子の唯円が勝手に書いたもので、本当に親鸞の言葉か、わかったものではありませんといわれた。まず襟を正して、キチンと『教行信証《きょうぎょうしんしょう》』を読みなさい。これは親鸞が手ずから書いたものです。

別れぎわに先生はいわれた。人が師と呼ばれるにあたって一番大切なことは何だと思うかねといわれた。知識でも教養でもない、それは後ろ姿だよ。

わたしは先生をエレベーターのところまでお見送りした。では、さらば。なるほど、先生は実にカッコイイ後ろ姿だった。伊藤比呂美や島田裕巳といったわたしと同世代の人間が、争うかのように先生に会い、その謦咳《けいがい》に接したく思うのが、なんとなくわかったような気がした。

10年後、わたしは先生に報告した。あれから『教行信証』を何回も読みました。それでようやく親鸞について本も書くことができました。

先生はいわれた。『教行信証』は親鸞の若いころの、前半生の考えですよ。親鸞の本当の思想は彼が80歳代に執筆した和讃《わさん》や、奥さんに宛てた手紙を読まないとわかりませんね。彼は晩年になって、驚くべき量の文章を遺している。そのどれもが深いのです。

ガチョ〜ン！　それでは10年前と話が違うではありませんか。わたしは心のなかで呟いた。『教行信証』を読むだけでも相当に難しかったのに、それは序の口で、まだまだ先があるとは！

先生は年を取るにつれて思想が深まっていく例として、ハイデガーの名前を出された。『存在と時間』は確かに難しそうに見えるが、やはり若書きの初期作品ですな。中年をすぎて、ハイデガーはより深く変化していきます。道元にしても、誰もが禅の極致だとか褒めるけれども、54歳で亡くなっている。まだまだ長生きをしていれば、もっと思想に深まりが出ていたでしょうに。

だがわたしが驚いたのは、それから先の話だった。先生は最近になって、自分が長い間慣れ親しみ、深い影響を受けた思想家の書物を、次々と手放しているらしい。長谷川伸全集も、柳田國男全集も、人に譲ってしまった。ひとつの思想を背負い続けるというのは、それに雁字搦《がんじがら》めになることで、実に重くて辛いことなんだ。

でも親鸞は別でしょと、わたしは尋ねた。いや、今年になって、親鸞全集も人にあげてしまった。先生は平然といわれた。身軽になりたいからだよ。より身軽になるためだよ。
山折哲雄先生は今年、88歳におなりになった。
（『週刊金曜日』2019年3月1日号）

## 貧しくなる音楽体験

電車のなかでスマートフォンのイヤホンを両耳にかけ、神経質そうに小さな画面に指を走らせている若者を見ると、あ、こいつ、頭、悪そうだなと、一瞬にして思ってしまう。シャンシャンシャンと、鋸《のこぎり》を軽く挽《ひ》くような音が耳元から洩《も》れている。だが彼が音楽を聴いているのだとは考えない。音楽とは本来、そのように聴くものではないからだ。

この若者が発しているメッセージは次のようなものである。すなわち、ノンメタンヘレ。オレに触れないでください。オレに話しかけないでください。当然のことながら、彼らは高齢者のための優先席にも、平然と無視して坐《すわ》っている。人に注意されても、聞こえてませんというふりができるからだ。

今年の2月、世界保健機関WHOは、スマホに代表される携帯音楽機器を長時間使用すると、聴覚障害がきわめて高い確率で起きるという警告を発表した。このままでいくと、12歳から35

歳までの世界の若者の半数、つまり11億人が難聴になる危険があるという。スマホばかりではない。ディスコやコンサートでも、人は以前には考えられなかった規模の大音響に包まれる機会が急速に増えている。これも聴覚障害を招く大要因だという。

WHOの勧告は、わたしには予想できたものだった。この10年ほどヨーロッパの海水浴場で、ヴォランティアの若者団体が危険を訴えるビラを配っていたのを、いくたびか見かけていた。彼らは声をからして訴えていた。

一度失《な》くした視力は、手術さえ成功すれば回復できる可能性がある。だが一度失くした聴力は、もう二度と戻ってこない。わたしはこれから20年ほどが経って、重い聴力障害に悩むことになったかつての若者が、電機メーカーを相手どって補償を要求する光景を想像した。韓国の元徴用工は日本に対して戦時下の強制労働の補償を要求しているが、とてもそのような規模では収まらないだろう。もっとも最初に訴え出るのはたぶんアメリカ人か韓国人だ。羊のように従順で、すべての人災を天命として受け容れてしまう日本人は、きっと訴え出ることなど思いつかない。

ところで最初の疑問に立ち戻ってみよう。電車のなかでスマホを耳にしている若者たちは、いったいどのような音楽を聴いているのか。それがエリック・サティや武満徹でないことは確実である。イヤホンを外せば、そこは騒がしい雑音だらけの世界だ。世界の片隅でミニマルに微《かす》かな音を立てている曲など、たちまちのうちに騒音に押しつぶされてしまう。スマホに最適なのは、外界の騒音を頑強に撥《は》ね退《の》けることのできる音楽、単純でリズミックで、騒々しい音楽である。

だが、ここに矛盾が生じてくる。DVDやインターネット配信で獲得される音楽ほど、キレイにデジタル処理されて、騒音を徹底的に駆除したものはないからだ。そこにはアナログ時代の原録音とは、まったく異なった世界が展開している。かつてレコードに混入していたノイズや非可聴音域は、ことごとく切断排除されている。とはいえ音楽とは、そうしたノイズを含めて、身体全体を通して体験されるべきものではないか。同じ水を飲むにしても、鉱山から湧き出る水と、水道管から出る蒸留水では、違うはずだ。

現代人の聴覚体験は身体から切り離され、どんどん貧しくなってゆく。どうすればよいのだろう。

（『週刊金曜日』2019年6月7日号）

## 窮愁《きゅうしゅう》著書

『史記』に「窮愁著書」という言葉があって、わたしは昔からそれが気にかかっていた。人は貧窮し、心に憂いごとがあるとき、モノを書くものである。だいたいそのような意味である。

この成句に対し猛然と異を唱えたのが魯迅だった。

貧乏のどん底にいて、死ぬほど心配ごとがある人間に、はたしてモノを書いたりする気持ちの余裕などあるだろうか。飢え死にしかかっている者が谷川のほとりで優雅に詩を吟じている姿など、一度も見たことがない。鞭《むち》打たれている者が立てるのは咽喉からのいきなりの叫びであって、四声を整え、対句にも気を配った華麗な文体のもとに身の苦痛を訴えることなどありえない。昔の経典に「履《くつ》には穴が開き、踵《かかと》が見えている」という言葉があるが、そんなことを平気でいえるようになるときには、人はもうとうに絹足袋を穿《は》いているものだ。苦痛がたけなわを極めているとき、苦痛をただちに口に出していうことなど、誰にもできない相談である。地獄にいて責め苛《さいな》まれている亡者にしても、叫び声など上げていないではないか。

これが魯迅の考えである。北欧の外交官からノーベル賞候補になっていますよと耳打ちされたとき、なあに、もらっても上海では黄色い猿が悦ぶだけですよとこともなげに笑ってみせた文学者だけあって、その深々とした懐疑心にはいつも驚かされてしまう。

とはいえ、わたしに反論がないわけではない。

財産も、地位も、名誉も、家族友人も、すべてを失って、窮地に立たされた人間にとってできることは、書くことだけなのである。わが身を襲った厄難の数々を記録し、たとえ現世では無理としても、いつかはそれが日の目を見て、後世の誰かがそれを読んでくれるのではないかと微かな期待を抱きながら、身を削るようにして書くこと。広島で被爆し、原爆症に全身を蝕《むしば》まれながらも、ガリ版刷りで詩を発表し続けた峠三吉。同性愛であるがゆえに独裁国家キューバで獄に繋がれ、執筆中の小説をいくたびも取り上げられたが、そのたびにゼロから書き直したアレナス。魯迅先生が生まれた中国でも、自分が目の当たりにした政治虐殺や民族弾圧をめぐって、おそらくこっそりと何かを書き続けている有徳の士が存在しているはずである。書くことそれ自体が抵抗であるような状況は、世界中に存在しているのだ。

もっとも魯迅の考えがまったく間違っているかというと、わたしにはそうともいえない。身に受けた悲惨が人間の表現能力をはるかに超えるまでに大きく、もはや沈黙でしかそれを語りえないといった事態を、人間の歴史はいくたびか体験している。書き残そうと思っても手が動かない。また書き残そうとする人たちも、ほとんど全員が地上から消えてしまったので、書きものが生まれる可能性がゼロに帰してしまった。皮肉なことにこうした厄難の場合にかぎって、死骸に蠅《はえ》が集《たか》るように、事後に外部から多くの者が殺到し、あることないことを書き散らすものなのだ。8年前に東北の海岸が津波によって壊滅的な被害を受け、原子力発電所が大事故を起こしたときがそうだった。小説家と称する野次馬たちがどれほど現地へ車を飛ばし、安全地帯の仕事部屋に戻って、見聞記からSF小説までを発表したことか。

（『週刊金曜日』２０１９年７月５日号）

## 最後まで沈黙

中国で毛沢東が亡くなり、しばらくして「四人組」が逮捕された。文化大革命の間、10年にわたって権力をほしいままにし、敵対する者を容赦なく迫害し、中国社会全体に混乱と恐怖をもたらした張本人たちである。あっけない逮捕劇だった。だがわたしは彼らのその後に興味があった。彼らが法廷でいかなる態度を見せるかに注目していたのである。

一番簡単に転向したのは姚文元だった。前非を悔いたばかりではない。自分の生命乞いのため、何から何までを喋った。その結果、懲役20年の刑ですみ、刑期を終えると釈放された。これは王洪文が終身刑をいい渡され、獄死したのと比べると、驚くばかりに軽い刑罰だった。

毛沢東夫人として権勢を振るった江青は、裁判の席上で一世一代の演技を披露した。大声で裁判官を罵倒し、毛主席の命令に従っただけの自分を誰が裁けるのかと逆に食ってかかった。中国人たちは江青を嘲ったが、わたしはなかなかの演技だと感心した。さすがは元上海映画の女優。革命は無罪であると主張する自分の最後のパフォーマンスが、ＴＶを通して世界放映され歴史に記憶されることを、彼女は期待していた。彼女は死刑を宣告されたが最後に獄中で、自殺した。

とはいえもっとも興味深いのは、張春橋である。彼は最後まで法廷で一言も口を利かなかった。完全に黙秘を続け、死刑判決を受けたときも眉ひとつ動かさなかった。お前たちに何がわかる。お前たちに自分を裁く資格があるとでも思っているのか。おそらく彼は心のなかでそう叫んでいた。江青は自分が被告席に立たされていることを認め、床を這《は》いずり回って抗議をしたが、張春橋は裁判そのものを認めなかったのだ。わたしは、こいつは筋金入りだと思った。弁明もしなければ、異議申し立てもしない。彼は自分が中央に立たされている茶番劇を、文字通り嘲笑していた。

ある人物が歴史的に大きな愚行を演じたとする。彼が後悔を顔に露《あらわ》にし、くどくどと弁明をするのなら、話は簡単だ。オウム裁判のときにもそのような輩《やから》はいた。だが最後まで沈黙を守り、自分を裁くことの不可能性を体現してみせる人物の場合にはどう考えればいいのか。彼は罪の意識を抱いているのか。自分の振舞いが愚かであったと反省しているのか。何もわからない。完璧なる拒絶が、われわれにさらなる思考を停止させてしまうのだ。

20世紀でもうひとり、例を挙げよう。ドイツの哲学者、マルティン・ハイデガーである。この大哲学者は、1933年にフライブルク大学の総長に任命されるや、ただちにナチスに入党。

哲学はドイツ民族の大地と血のために奉仕されるべきであると説いた。だがその8か月後には突然総長の職を辞し、政治的な言辞をいっさい口にしなくなった。戦後になって彼のナチスへの加担を批判する声が挙がっても、頑《かたく》なに沈黙を守り、死ぬまで後悔のしぐさを見せなかった。彼がその8か月間を愚行だと思っていたかは、現在でもわからない。彼の死後、生前は公開を許可しなかったインタヴュー談話が発表されたが、そこでも彼はいかなる弁明もしなかった。お前たちに何がわかるということか。

沈黙とは抗議であり、怒りである。この古さびた真理にわたしは感動する。沈黙する者は生命をかけて、裁く者と弁明する者に対する軽蔑を露にしているのだ。

（『週刊金曜日』２０１９年9月6日号）

## 日本人の姓名

もう20年近く前のことだが、イタリアの小さな町の学会に招かれたことがある。参加者のほとんどはヨーロッパ人で、アジア系の参加者はわたしひとり。司会は若いイギリス人だった。

わたしの発表の順番が廻ってきた。彼はためらいもなく「イヌーヒコ・ヤマト」と、わたしの名前を読み上げた。「ヨモタ」とアルファベットで書かれてあっても、つい「ヤマト」と発音したくなってしまうのが西洋人の癖である。「大和」という名前がどこかで刷り込まれているのだろう。だがそれより気になったのは、あらかじめ提出しておいたペーパーでは「ヨモタ・イヌヒコ」と書いておいたのに、それが「イヌーヒコ・ヨモタ」と読まれたことだ。打ち上げのパーティでそれを指摘したところ、この若いイギリス人の答えが振るっていた。

「名前というのは名があって、それから姓と続くものだよ。」

「日本人の場合は、まず姓があって、それから名なんだけど。」

「日本人も西洋人も同じだよ。」

「じゃあマオ・ツァートン（毛沢東）はどうなんだ。チャン・チェシー（蔣介石）は？　きみだってツァートン・マオなんていわないだろ？」

「中国人は別さ。彼らはまだ充分に西洋化していない。でも日本人はちゃんと西洋化しているから、西洋人と同じように、名、姓の順番でいいのさ。」

わたしは開いた口が塞がらなかった。かつて南アフリカでは日本人だけは「名誉白人」と呼ばれ、西洋人待遇を受けていたと聞いたことがあるが、それと同質の居心地の悪さを感じたのである。そうか、これが無意識のうちに構造化された西洋中心主義というやつか。人食いをやめた原住民には文明の恩恵を施してあげ、これからはちゃんと名、姓の順番で名前を呼んであげましょうというわけか。わたしはもしこの学会に中国人や韓国人の学者が出席していたらどう反応するだろうと想像した。若きイギリス人司会者が彼らの名前を姓、名の順番で読み上げたとき、彼らは、自分たちも西洋人や日本人なみに、名、姓の順番で呼んでほしいと抗議するだろうか。ちなみに西洋でも正式な公式文書では、姓、名の順で名前を記すのが慣例である。

今年の5月21日、文部科学省大臣柴山昌彦はこの問題について談話を発表した。20年近く前に文化庁が関係諸機関に、日本人の姓名をローマ字表記するさいには、姓、名の順番が望ましいと通達を送ったにもかかわらず、いっこうにそれが徹底していない。ここに改めて行政機関、大学、放送、出版の諸機関に通知をすると宣言した。なるほどねえ、外務省のホームページでも、日本人名は名、姓の順になっているのだから、大臣としては面子《メンツ》を潰されたと感じたのだろう。

だがそんなことは放っておいてほしいというのが、わたしの本心である。わたしは個人的には自分の名前が姓、名の順で記されることを望むが、それは個人の自由裁量に任されることであって、政府が指示を出すべきことではない。こうした姿勢は戦時下の英米語追放の嵐のなかで、ディック・ミネをはじめとする芸能人が日本風に改名を強いられたことを思い出させる。そもそもバロン吉元やジャニー喜多川、モンキー・パンチといった名前の順番を転倒させて、何の意味があるのだろう。姓名の順序に苛立たずにすむのは、皇族だけではないか。

（『週刊金曜日』２０１９年10月４日号）

## 建築と記憶

建物とは単に人が住んだり、雨宿りをするような場所ではない。それは記憶であり、書物に似た何ものかである。これまで見慣れてきたある建物が、ある日突然に取り払われて消滅してしまったとしよう。たちまち記憶が曖昧になってしまう。新しい建物が建つころには、かつての建物を心に描き出すことのできる人はいくらもいない。

ベイルートに到着して１週間が経った。安いものだから、毎日バスであちこちに行っている。この町にはバス停がない。一定のコースを進むバスは、道の途中で手を挙げている人を見つけると、どこででも人を乗せる。降りるときも同様。あ、ちょっとこの先でねというだけで、バスは停《と》まってくれる。

ベイルートは人口２００万だから、ちょうど横浜の半分くらいの首都だ。キリスト教徒は東側に、イスラム教徒は西と南側に多く、ちょうど真ん中あたりを境目に、まったく雰囲気の違う町が形成されている。新宿の西東が逆さまになったという感じだ。だがこの分断には深刻な原因がある。1975年から90年まで、ベイルートは15年間にわたって市民が二派に分かれ、血で血を洗う殺し合いを重ねてきたのだ。わたしを乗せたバスは西の端から東の端まで、かつての分断ラインを横断し、行く先々で乗客を拾いながらゆっくりと進んでいく。

境界線の中央に不思議な建物があった。第一次大戦の後に建てられたと思《おぼ》しき、それなりに立派な5階建てで、ただ場所が場所であったため壁面の半分ほどが崩壊し、残された壁面にも夥しい「薔薇」（セルビア軍に包囲されたサラエヴォでは、弾痕をそう呼んだ）が残されている。周囲の建物はどんどん新しい高層建築にとって代わられているというのに、どうしてこの建物だけは廃墟のまま遺してあるのだろう。バスで毎日、傍を通るたびに、わたしは不思議に思っていた。

あまりに気になって仕方がないので、昨日思いきってバスを途中下車し、建物のなかに入ってみた。内部は徹底して新しく改修がなされていて、若い女性写真家の個展が開かれている。会議室もあり、文化センターになっている。ほとんど外壁しか残っていなかったところに新しくメタリックな螺旋《らせん》階段を設え、建物をみごとに公共圏のなかで再生させたのだ。しかも内戦の記憶を損なうこともなく。受付で尋ねてみると、廃墟再生のこの試みは2年前に始まったばかりだという。

1階はマリオ写真館という有名な写真屋さんだったんです。でも、そのマリオがどんな人だったのか。どこから来てどうなったのか、何の記録もない。ただ瓦礫の山を整理していたところ、1万枚以上のネガが発見された。黒焦げになったものもあれば、傷んで画面が読み込めないものもある。だけども、時間はかかるけれどもこれを修復していけば、あの内戦で損なわれた記憶が少しは取り戻せるかもしれない。このあたりに住んでいたせいで殺されたり、海外に離散してしまった人たちのことが、わずかであってもわかるかもしれない。受付の女性はそう語った。

破壊は一瞬だが、修復には時間が必要だ。だが記憶の復元にはさらに大きな時間がかかる。オリンピックが都市における建築の、大規模にして計画的な破壊であり、過去の記憶の破壊を積極的な目的としていることはいうまでもない。

（『週刊金曜日』２０１９年11月１日号）

## 外交官のレヴェルの低さ

わたしはこれまでの人生で何人かの大使や領事と食事をしたが、そのひとりは（中近東の紛争国に赴任していたが）仕事があまりに暇なので、６時ではなく、５時半に公邸に戻ることにしたのですよと語った。交通渋滞がひどいし、なにしろ邦人渡航自粛宣言を出して長いもので、ロクに日本人もいませんでしてねというのが理由だった。

別の大使は（アフリカでのことだが）、第二次大戦で中国人はどのくらい死んだんだろうと、わたしに尋ねた。普通はそんな馬鹿な質問はしない。それ以前から日本は中国に侵略をしていたからで、質問自体が無意味である。まあ全体で3000万くらいですね。ちなみにヴェトナムは200万とわたしは答えた。へえー、そんなに死んだのかい、と大使は他人事のようにいった。わたしは呆《あき》れ返った。こいつ、そんなことも知らないで、よく外務省の平和研究所に勤め、大使になれたものだと。

別の大使は、ヨーロッパでのパーティの席上でわたしに尋ねた。ねえ、きみ。クロサワとオヅの違いを一言で教えてくれないかね。こっちではよくそんな話になるのでねえ。

だがもっとひどいのがいた。ヨーロッパのある町で日本映画祭が開催され、領事館での会食会に招かれたときのことだ。今夜は成瀬監督にもお声がけしたのですが、どうもお忙しいようでと領事はいった。成瀬巳喜男《みきお》が現役の監督だと思っていたのだろう。わたしは黙っていたが、高峰秀子さんでもお呼びすればよかったのにと返事をするべきだったのだ。

重要な国に派遣された大使は、お抱えの日本人コックを連れていくことが認められている。それほどでもない国の場合だと、それができない。訪問してきた貴賓に対し和食のフルコースを出したくとも、食材が調達できない。そこで登場するのがロンドンのある大手の食品メーカーだ。あらかじめ註文しておくと、毎年大量の懐石料理セットが冷凍で送られてくる。コースの最後だけがチョイスになっていて、チキンか魚。接待のときはともかくこれを出しておけば一応の体面は保てる。もっとも大使も領事も食べ飽きている。三等書記官は客筋を見て、今夜は魚かチキンかと仲間どうしで話をするのが、唯一の愉しみらしい。

大使にとって一番大事なのは条約の締結ではない。天皇誕生日のパーティに赴任国の貴賓や各国の大使がどのくらい来場してくれるかだ。これが国家の威信のバロメーターなわけで、いきおい中国や韓国のパーティと競争となる。当日は妻にも娘にも振袖を着せ、大使館の入口にずっと立たせて挨拶をさせる。まさに家族総動員の町工場だ。

つい先ほどウィーンで日本の現代美術の展覧会が開催され、日本大使館が展示内容に仰天して慌てて公認を取り消したという話を聞いて、わたしは明らかに外交的な失点だと思った。日本は言論統制が厳しく、芸術表現の自由がない国家だという風評を国際的に広め、文化的威信の格下げをもたらしただけだからだ。だが一方で、個人的に会ったことのある大使や領事を思い出すと、さもありなんとも思った。日本の外交官の文化認識の稚拙さを思うにつけ、この国は、馬鹿で無知な順番から外交官を指名するのだという確信をますます強くした。外交官試験というのは、いったいどの程度まで馬鹿でないと合格できないのだろうか。

（『週刊金曜日』２０１９年12月6日号）

## 2020

武漢で発生した新型コロナウイルスが瞬く間にヨーロッパからアメリカ、インド、ラテンアメリカ、アフリカと世界中に蔓延し、夥しい死者をもたらした。世界保健機関はこれを「パンデミック」と呼び警告を発したが、いくたびも変異を繰り返すウイルスを前に、人類は厄難を鎮静させることができなかった。

アメリカでは白人警官が黒人を暴行殺害し、それが着火点となって全土にわたり抗議デモが生じた。タイでは王制改革を要求する学生たちが反政府集会を開き、警官隊と対峙した。ベイルートでは港湾で大規模な爆発事故が生じ、激しい反政府運動によって内閣が総辞職した。香港では国家安全維持法が施行され、あらゆる反中国的言動が厳格に禁止されるに到った。民主活動家が次々と逮捕された。韓国の元従軍慰安婦が「正義記憶連帯」(元「挺対協」)の代表者で国会議員の尹《ユン》美香《ミヒャン》を告発し、かつて組織に贈られた寄付金・補助金が不正使用されてきた事実が明るみに出た。

アメリカはようやくタリバンと和平合意に達した。だが一方でイラン革命防衛司令官を空爆で殺害。イランは報復にイラクの米軍基地を攻撃した。イスラエルはアメリカの後ろ盾によって、バーレーン、モロッコと、アラブ諸国との国交正常化を開始した。

アメリカの大統領選挙でトランプが敗北し、民主党のバイデンが新大統領に選出された。時を同じくして日本では安倍晋三が持病悪化を理由に総理を辞職し、菅義偉《すがよしひで》が総理となった。菅は就任早々、日本学術会議の新会員候補6名の任命を拒否し、学者知識人たちから激しい抗議を受けた。

新型コロナウイルスは日本にも深刻な厄難をもたらした。東京五輪・パラリンピックは延期された。7都府県に緊急事態が宣言され、全国の小中高は休校が求められた。その一方で政府は全国民にマスクを配り、観光業界活性化のためＧｏＴｏと称する助成を実施した。その方針は一貫せず、人々をいたずらに混乱させた。自警団による監視制度が自然発生し、差別と排除の光景がいたるところで見られることになった。アニメ『鬼滅《きめつ》の刃《やいば》』が歴史的な興行成績をあげた。

コロナウイルスの世界的流行のため、海外での学会が次々と中止となった。自宅に蟄居《ちっきょ》を命じられた幕末の蘭学者のような、鬱屈した日々が開始された。わたしは積年の懸案であった、大泉黒石《こくせき》の伝記に取りかかった。

またこの年の後半は、自分の1970年代の韓国体験を再検討することに費やされた。40年前、韓国からの帰国直後に執筆し、とうに廃棄していたと思い込んでいた小説『夏の速度』を読み直して、思うところあって刊行した。エッセイ集『われらが〈無意識〉なる韓国』を纏めた。最後に『群像』に長編小説『戒厳』の連載を開始した。

日本郵趣協会より「一般の方々に対する郵趣普及の貢献が非常に高い著作」として、前年に刊行した切手蒐集のエッセイ集『女王の肖像』が特別表彰された。これは小学生以来の切手少年としては、素朴に嬉しかった。

## 切腹するまでの長い時間

年末から切腹について考えている。短刀を右手にもち、思いきって腹を十文字に切り開くというのはどんな感じだろうと、うっすらとした気持ちで空想している。

最初に断っておかなければいけないのは、切腹とは刑罰ではないということだ。これは意志によって選ばれた名誉の死であり、いいかえるならば、自己の生命と引き換えになされる究極の自己表現である。古代ローマの賢人は皇帝の悪行を批判するために、切腹をすることを厭《いと》わなかった。ロシアのニコライ皇太子が訪日中に暴漢に斬りつけられたとき、事件とは何の関わりもないひとりの女性が、ロシア人に日本人の真心をわかってほしいと遺書を認め切腹をした。今日の世界ではきわめて稀なことだが、いずれもが死に内在する崇高さの表れであったように、わたしには思われる。

溝口健二は戦争中に、『元禄忠臣蔵』という、とても不思議なフィルムを撮った。忠臣蔵といえば47人の浪士が吉良《きら》邸に乗り込んで、主人もろとも大勢の配下を虐殺するというのが見せ場である。だが彼は剣戟《けんげき》場面が大嫌いで、そのため上映時間が4時間近いにもかかわらず、一度も侍が人を斬るという場面を撮らなかった。もちろん戦意高揚を説く政府に面白いはずもない。真珠湾攻撃に興奮している観客も外側《ソッポ》を向き、興行成績は最悪だった。だが最近になってわたしは、この作品の最後の部分が妙に気になりだしたのである。

みごと本懐を果たした浪士たちは、細川家や松平家といった大名屋敷にお預かりの身となり、切腹の日の到来を待つことになった。溝口は実際の切腹は描かず、討ち入りの頭目であった大石内蔵助《くらのすけ》に焦点を当て、その最後の1日をずっと描いている。

座敷の奥で内蔵助はじっと待っている。同室にいる配下の者たちがひとりずつ名前を呼ばれ、立ち上がって屋敷の中庭へ向かうのを黙って見守っている。中庭には畳が敷かれていて、彼らは順番にそこで形ばかりの割腹をし、首を刎《は》ねられてゆくのだ。座敷の奥からはその姿は、直接には見えない。だが気配だけは感じることができる。彼らはちゃんと切腹をまっとうしただろうか。見苦しい死に姿を晒すことはなかっただろうか。内蔵助はそれを一心に案じている。ひとりの侍の切腹にはどの程度の時間が必要なのか。これは厳粛なる儀礼であるから、5分や10分ではすまないはずだ。遺体を運びだし、畳の上に飛び散った血を拭って場所を清め、次の侍の到来を待つのには、少なくとも20分は必要だ。内蔵助が預けられている細川邸には、他にも数多くの侍が預けられていた。彼は自分の名前が呼ばれるまで、何時間でもじっと不動のまま待機していなければならない。午前中から始まった切腹は、すでに夕暮れを迎えようとしている。

溝口のフィルムでは最後に内蔵助の名前が呼ばれる。彼は清々《すがすが》しい表情で立ち上がり、庭先へと向かっていく。もうすべては終わった。自分は充分に義務も責任も果たした。思い残すことはこれで何もない。内蔵助の晴れ晴れとした顔のアップで、映画は幕を閉じる。死とは歓びなのだ。

わたしはこの内蔵助に羨ましいものを感じる。はたしてわたしもまた、いっさいの義務や責任から解放されて死を迎えることができるのだろうか。

（『週刊金曜日』２０２０年1月10日号）

## 外国語の傲慢

レバノンにみごと脱出し、日本の司法制度を笑いものにしたカルロス・ゴーン氏は記者会見の席上で、フランス語、英語、アラビア語、ポルトガル語で理路整然とみずからの道理を主張した。日本側の同時通訳はそれに対し、きわめて稚拙な対応しかできないでいた。そのさまをＴＶで眺めていて、わたしは数年前に体験したあることを思い出した。

わたしは地域研究の大御所の教授から、弟子筋の若い研究者を紹介された。彼女はケロケロ語とゲロゲロ語とヘロヘロ語ができますと、教授はいった。いずれもけしてメジャーではない言語である。ヘロヘロ語は、わたしも少し齧ったことがあって懐かしい気がしたが、教授の話ぶりにはどこか違和感を感じた。初対面の人を紹介するにあたって、いきなり当人の語学能力から始めるというのははたして適切なことなのだろうか。人は外国語の知識だけを基準に判断されていいのだろうか。紹介された女性はただニコニコしているだけだった。

しばらく話しているうちに事情がわかってきた。要するに教授は、自分もまた複数の外国語に熟達しているということを自慢したかっただけなのだ。彼は人間の価値は話せる外国語の数で決定されると、無邪気に信じていた。わたしは浅薄なものを感じたが、別の風にも考えてみた。いったいこの教授はわたしを人に紹介するとき、どのような表現を用いるのだろうか。

ここでわたしははっきりと断言しておこうと思う。外国語の能力をもって人を認識したり紹介したりすることは、その人の人格に対する侮辱である。考えてもみよう。この方は英語がペラペラなんざますヨと紹介されて、いったい嬉しいと思う人がいるだろうか。

話を日本人にかぎってみることにしよう。多くの日本人は外国語が嫌いだし、事実外国語ができない。自分の外国語能力について話題にされたくないと思っている。だがこの同じ日本人が、片言の外国語のおかげでひどく尊大に振舞ってしまうことも事実なのだ。誰それは英語もできないんだよなどと、平気で口にしたりする。

外国語は人を容易に傲慢にしてしまう。森有正がかつてそう書いていた。森は今では読む人もいないかもしれないが、人生のある時点で日本を見限り、パリに住んでパイプオルガンを弾いていたエッセイストである。

森がパリに住みだしてしばらく経ったころ、親戚の若者が遊びに来た。いっしょに何か催しものを観に行ったのだが、その若者は日本人に会うごとに会話にフランス語を交ぜ、それを理解できないでいる者を馬鹿にする口吻を示す。かたわらでそれを眺めていた森が感じたのが、この感想である。半可通の語学習得者は、外国語を口にできる自分は周囲の者たちよりも自分が偉いと思い込み、外国語を少しも知らない者たちに向かって、つい馬鹿にしたような話しぶりをしてしまう。森がこの若者のしぐさを冷静に観察し、自戒も含めてこの挿話を書き留めることができたのは、彼が過去において真剣にフランス語を学んできたからに他ならない。

ゴーン氏は4か国語で自分の道理を説いたが、そんなことを得意だとは、いっこうに思っていなかったはずだ。複数の言葉のなかに身を晒して生きることは、彼の人生そのものだったからである。日本の国家権力はいつ彼に到達できるだろうね。

（『週刊金曜日』２０２０年2月7日号）

## 伊東静雄全集の怪

古本屋の店先を覗くというのは愉しいものである。豪華本や稀覯書《きこうしょ》のたぐいは店の奥の方、勘定場の背後の薄暗いガラス棚に鎮座していて、厳粛な表情の店主の許可なしにおいそれと取り出して手に取るわけにはいかない。それに比べ、店晒《たなざら》しにされている書物を検分するには手続きがいらない。とりわけ１００円や２００円といった均一価格の表示がなされている場合には。

かつては大きな話題となったベストセラーが、聞いたこともない出版社から出た実用書の隣に置かれている。半世紀前に刊行された文学全集が数冊、函に値段のシールを貼られて並んでいる。古代ローマの小説では、冥界に降りていくと、アレクサンダー大王も、ソクラテスも、稀代の名姫も、すべて一様に骸骨となってわが身の来歴を話してくれるというのがつねであった。書物も同じである。古書店の店頭とは、かつて栄光の座にあった知性の、零落の果ての終着駅なのだ。わたしはそこで、『定本　伊東靜雄全集』なる一冊本を発見した。

この全集は函入りで、１９７１年に人文書院から刊行されている。定価３８００円。もっとも函には５００と、鉛筆で乱暴に書きつけられている。やはり街というものは散歩するものだなと、わたしは思った。高額ゆえに学生時代どうしても入手できなかった書物を、半世紀後、まったく偶然から定価の７分の１程度の金額で自分のものにすることができたのだから。わたしは人生には幸運というものがあることを、ひさしぶりに思い出した。

帰宅して書物を開いてみると、なかから１枚の紙がハラリと落ちてきた。手書きの詩を複写したものである。署名はないが、「昭和１６・１２・８」と執筆日が記されている。日本が真珠湾を攻撃した日付である。

伊東静雄はこのとき満34歳で、翌年にかけて、戦争を礼賛する詩を7篇《へん》発表している。それは戦時下で詩集『春のいそぎ』に収録されたが、戦後になって作者はそれを恥じ、全詩集から削除した。戦争中「大本営発表」を律儀に日記に書き写していた詩人にとって、敗戦とは大きな挫折であり、戦争詩は詩的経歴から抹殺しておきたいものだった。もっともわたしが入手した全詩集には、7篇がキチンと収録されている。生前に深い親交のあった富士正晴と桑原《くわばら》武夫の、伊東の詩人としての全体像を、疵《きず》を含めて後世に伝えておきたいという真摯な姿勢が、そこには窺われる。

もっとも書物に挿まれていた一篇の詩は、伊東とは無関係に、別の誰かによって執筆されたものだった。題名は「開放」。「ぼくは行く。／ああ、ぼくは行く。／過去のためには明日を怖るるなかれ。」「ぼくは行く。／ぼくは新しくなる。」上手な詩ではない。伊東と比べるならば、月とスッポンといってもいい。だがそこには、太平洋戦争の勃発を知らされ、新しい世界が開示されたと信じる青年の、心の高揚が正直に描かれている。

いったいこの詩を書いたのはどのような人物だったのか。また伊東静雄全集の元の所有者は、どうしてまたそれを詩集に挟み込んだのだろうか。何もわからない。ただわたしの目に浮かぶのは、戦争が始まったときに一瞬の躁《そう》状態に襲われ、すべての恐怖から解放されたと信じ込んだ、多くの日本人の姿である。

（『週刊金曜日』２０２０年3月6日号）

## 古沼の浅きかたより

今の世が明智光秀ブームであるのは、ＮＨＫがついに出し物に事欠いて、時代劇ドラマの主人公に選んだからだろう。人間、じっと待っていれば、いつかは主役が廻ってくるという、いい例である。だがわたしにはどうしても三好長慶《ながよし》の方が、戦国武将としてはるかに重要な気がしている。彼は思いつきのクーデタに失敗するような人物ではなかった。足利の将軍たちを次々と京都から追放し、5年という短い期間ではあったが、実質的に京都を支配したのである。

その長慶もさすがに40歳を過ぎると、権勢に陰りが見えるようになった。永禄《えいろく》5年（1562）になると、少しずつ叛旗を翻す輩が現れてくる。肝腎の本人もそのころから病を得てしまい、いくぶん厭世《えんせい》癖に取りつかれたのか、飯盛山に城を構えると、連歌師たちを呼んで連歌三昧の日々を過ごすようになった。

あるときひとりの連歌師が「すすきにまじる芦《あし》の一むら」と詠んだ。誰もが付けあぐねていると、長慶みずからが「古沼の浅きかたより野となりて」と付けたので、居合わせた全員がさすがはと感心した。江戸時代に編纂された『三好別記』『常山紀談』にある、有名な話である。

これには異説があって、「すすきにまじる芦の一むら」ではなく、「芦間にまじるすすき一むら」だったともいう。だが『日本のルネッサンス人』のなかでこの逸話を取り上げた花田清輝は、「そんなことはどうでもいい」と一蹴し、中世の終わりから近世の夜明けまでを生きた長慶が、彼のいう「転形期」の実態を冷静に見極めていたことを評価している。「古沼の浅きかたより野となりて」という一句には、有名な芭蕉《ばしょう》の「古池やかわずとびこむ水の音」よりもはるかにスケールの大きい世界が描かれているではないか。なによりもそこには変化の相が描かれているというのが、花田の高い評価の根拠である。

わたしは花田の炯眼《けいがん》に敬意を表したいと思う。なるほどこの句には近景から遠景までが同時に、深い焦点深度のもとに捉えられている。映画でいうならば、さしずめオーソン・ウェルズか溝口健二の撮影演出である。おそらく飯盛山の城から見下ろせば、古代王朝時代から河内《かわち》の地にあったたくさんの池や用水地が、一望のもとに見渡せたことであろう。だがわたしにとって気になるのは、花田が「そんなことはどうでもいい」と相手にしなかった芦とススキのことなのだ。

眼下に拡がる低湿地帯は、きわめて緩やかにではあるが変化しようとしている。以前は一面の芦で埋め尽くされていたはずだが、土地が乾いていくにつれて一叢《ひとむら》のススキが現れ、そのススキがしだいに勢いを増して、芦を圧倒しつつある。ススキの支配が完全となったとき、もはや古沼は消滅し、そこは単なる原野と化していることだろう。問題はこの光景を一面の芦のなかにススキが出現するようになったと見るか、一面のススキのなかにまだ過去の芦の名残が認められると見るかである。時代が大きく変わろうとするとき、ある現象を過去の残滓《ざんし》と捉えるか、未来の予徴と見なすか。両者の間には、視点の決定的な違いが横たわっている。

なるほど、この句が体現している緩やかな時間は確かに美しい。だがその背後に、もう二度と引き戻すことのできない絶対的な変化が働いていることを忘れてはならない。

（『週刊金曜日』２０２０年４月３日号）

## ジョギングの社会階層

ジョギングをしている男女に出くわしたときに感じる不愉快さ、居心地の悪さは、電車のなかで耳にイヤホンをつけながら、優先席でスマホを弄っている男女を見たときのそれとは、少し違っている。後者は別に音楽を味わっているのではない。わたしに触れるな、わたしに話しかけるなというメッセージを周囲に送っているだけのことで、その根底にはコミュニケーションをめぐる能力不全と恐怖が横たわっている。だが前者は違う。それは社会階級的な性格を帯びた行為だ。ジョギングはそれを行なう人間に、否応もなくある階級への帰属を要求する。

何を好き好んで、早朝や夕方に街中を走ったりするのか。危険から逃れるわけでもなければ、急ぎの用事があるわけではない。ジョギングは、自分が危険のない安全な生活を送っており、緊急の用事などないことを誇示するために行なわれる。それを理解するためには、けっしてジョギングをしない人たち、ジョギングなど思いもつかない人たちのことを考えてみるだけで充分だ。

毎日の労働が苛酷きわまりなく、長い残業をすませ、疲労困憊《こんぱい》して帰宅する者は、ジョギングをしない。体力を無駄に消耗するだけの時間があるなら、まず軀《からだ》を休め、翌日の労働のために備えておこうと考える。そもそもカロリー取り過ぎを心配するほどに豊かな食生活を送っているわけではないからだ。職を見つけられない者も同じ。どこにも到達できない無目的な運動をする以前に、毎日の生活がどこにも到達できない無為の連続だからだ。貧乏人は無駄な運動をしない。

富裕層はどうだろうか。彼らもジョギングはしない。彼らはより特権的な場所に赴いてテニスをしたり、乗馬に耽ったりする。自分の屋敷の周囲を簡素な格好で走ることなど馬鹿馬鹿しくて、できるものではない。ジョギングをする者は、貧乏人でも金持ちでもない。その中間にあって、万事に小心で、几帳面《きちょうめん》で、カロリー計算だとか、「地球にやさしい」とか、意味不明の抽象表現を好む中産階級である。もっと簡単にいえば、村上春樹の新刊を買って読むようなクラス。ちなみに村上の趣味もジョギングである。

ジョギングをする者はそれを誇示する。運がいいことに、わたしは肉体が過度に疲弊するほどの低賃金労働をしていない。余分なカロリーの軽減に留意できるほどの（精神的、物質的）余裕を持っているし、そのための時間的余裕もある。

しかし彼らは同時に恐ろしく鋭い経済感覚の持ち主である。なぜジョギングかって？　それはテニスや乗馬と違い、タダなのだ。こうした認識は必然的にジョギング習慣者に差別的な特権意識を付与する。わたしは貧乏でも、愚かな金持ちでもない。わたしは健康的であるばかりか、聡明で、しかも合理的な精神を持った「小市民」なのだ。

数年前、天津に行ったとき、わたしは驚くべきものを見た。高級スーパーの裏に広大なコンクリの空地があり、いくえにも同心円が描かれている。そのバームクーヘンに似た円周を、何十人もの中国人がグルグルと走っていたのだった。彼らの運動には到達点がなかった。いつまでも、いつまでも、彼らは走っていた。わたしは現在の中国にも、みごとに中産階級が成立していることを、この光景から確認した。

（『週刊金曜日』２０２０年12月４日号）

## 厄難の教え

１月にはまだ噂の段階だった。中国で何か大変なことが起きている。武漢という大都市が封鎖されたらしい。わたしはただちに武漢の友人にメイルを出した。心配するな、みんな落着いてるから大丈夫だと、ただちに返事が来た。

２月に自宅でささやかな誕生パーティを開いたときにも、まだ誰もが他人事のように話していた。３月に入っても半ばまではまだ試写会や名画座に行ったり、人と外で食事をしたりしていた。

決定的だったのは志村けんの死が報道されたときだ。もう他人事ではないと、誰もが覚悟した。4月はすでにどこにも出かける気にならなかった。公園のベンチには禁止のテープが廻らされ、気が付くとパン屋も、お菓子屋も、居酒屋も、どこも閉まっていた。

この原稿を書いているのは5月の半ばだ。5月どころか、6月も7月も、予定表は白紙である。安倍総理は4月から始めていた「非常事態」をさらに5月25日まで延長した。誰もが怒りと閉塞感に駆られ、それに無気力が追い打ちをかけている。

これは戦争なのだろうか。世界中の権力者は、そうだ、そうだといっている。だが敵は人間ではない。生物とも非生物ともいえない極小のウイルス、つまり自然の存在だ。巨大怪獣や共産主義者と戦うときのような隠喩を持ち出すことはできない。逆に戦争だと騒ぎ立てる者が何を隠蔽しているかを、冷静に観察しなければならない。厄介なのは、このウイルスが人間のIDを深刻な形で混乱させてしまうことだ。

いったい自分と向き合っている人物が、明日会う予定の人物がウイルスに感染しているのか、いないのか。それがわからない。さらに深刻なのは、自分が感染しているのか、いないのかがわからないことだ。感染を疑って相談所に連絡をとろうとしても、なかなか通じない。感染したと判断されると隔離されるだけ。だが隔離先の病院はウイルスだらけで、感染していなくとも感染してしまうし、現に医師や看護師が次々と感染している。誰もが隣人を疑い、見知らぬ者を排除し、最後に自分のことで際限のない不安に取りつかれてしまう。

いつまで続く泥濘《ぬかるみ》ぞ。いっこうに先が読めない。厄難が今年中に鎮静化する保証はどこにもなく、2年、3年と続くことだってありうる。この不安を理解できるのは、巨大隕石《いんせき》落下のせいで気温が20度近く低下し、まさに滅亡を迎えようとしていたときの恐竜たちだけだろう。

このウイルス禍の教訓とは何か。わたしは別に医療対策の見直しとか、管理体制強化への批判といった話をしているわけではない。もしこの厄難から学ぶべきものがあるとすれば、それは1938年のマドリードや1982年のベイルート、つまりフランコの反乱軍やイスラエル軍に包囲された都市の記憶に関わることだろう。といってもスペイン人やレバノン人に比べれば日本はまだましでよかったねといいあって、自粛勧告に服従することではない。真に重要なのは、現下の厄難を通して、歴史的になされた都市の包囲を生きた人々をより深く理解し、彼らの誠実さをより深い共感のもとに思い出す術《すべ》を学ぶことだ。彼らの体験した悲惨に、一歩でも近づいて眼差しを向けることだ。わたしは結論を口にしているのではない。これは5月半ばの時点での考えの、とりあえずの報告である。

（『週刊金曜日』２０２０年6月5日号）

東京、井の頭公園のベンチ（2020年）

# コロナウイルスの日々

## 1

犬を連れて井の頭公園を散歩する。

桜が満開だ。池の端には白鳥の形のペダロ（ボート）が勢ぞろいをしている。誰も運転する者がいない。だから水面は静かで、桜花を反映している。こんな静かな池を初めて見た。もっともベンチには残らずビニールテープが×字形に張り廻らされ、「立入禁止」と記されている。座るな、という表示だ。池の傍の道にも、お花見ができないようにテープが廻らされている。まさか現代芸術ではあるまい。だとしたら、なんとグロテスクな光景だろう。

公園が終わったところの原っぱでは、た

くさんの子供たちが遊んでいる。ボール投げをしている親子もいれば、太極拳をしている中年女性たちもいる。隅っこに咲いている桜の樹の下でお弁当を食べている家族がいる。みんな愉しそうだ。この原っぱだけは公園に属していないから、禁止の対象になっていないからだ。

原っぱの傍を神田上水が流れている。バシャバシャといつになく激しい水音がするので水面を覗き込むと、何匹もの鯉が水草の間で産卵をしていた。

## 2

予定がまったく立たない。3月末にビエンチャンに行く予定が駄目になった。それでも5月末のナントの学会はなんとか行けるだろうと思っていたところ、4月になってこれも駄目になった。すでに発表する論文は執筆して主催者側に送ってある。なんと残念だが、パリでは500メートル以上の外出は駄目とか、犬の散歩とスーパーでの買い物以外は駄目とか、信じがたい規制がなされているのだから、たとえ空港に到着できたとしても何もできない。そんなパリを見たくないので、ナントは諦めることにする。学会で議長を務める予定だったインド人の教授は、たまたま夫人がデリーに短期間里帰りしている間に事態が進んでしまったため、彼女と別れ別れになってしまった。おふたりの寄る辺なき心中をお察しする。

パリの友人からのメイル。ドイツのメルケルは冷静に、風通しよく、国民に接している。フランスのマクロン大統領は国民を子供扱いして、けして本当のことを告げないという。

　これは日本の安倍もそうだろう。日本の大臣たちはみな素人で、安倍から割り振られてその席に就いているにすぎない。台湾のように最前線に立つ専門家が大臣になるということがない。結果は眼に見えた。台湾は世界中の多くの国から国家として認められておらず、WHOに加盟することもできないでいるのだが、どの国家よりも優れた政策を実践し、ウイルスの被害を最小限に食い止めることに成功した。日本と台湾の大きな違いは、なによりも国民が政府を信頼しているところだ。

3

　近くのパン屋に行くと、休業の掲示があった。大好きなクッキー屋に電話をすると、今日から店を休むと悲痛な声が受話器から聞こえてきた。とりあえずまだ店に残っているクッキーの大きな箱を買うことにする。これを食べきってしまったとき、今度はいつ同じものを口にすることができるだろうと思うに違いない。戦時下の日本もそうだったはずだ。

　ハバナ大学に集中講義に出かけたことがあった。キューバでは「牛肉を買う」とか「米を買う」といわない。「牛肉を探しにいく」「米を発見できた」といった。日本はまだ物流が堅固に存続しているため、ここまでには到っていない。しかし、これから先はわからない。

## 4

映画館が次々と休館となる。メディアと批評家のための試写も行われなくなった。ミニシアターはただでさえ上映の継続が難しくなっているところに、これで致命的な打撃を受けてしまった。たとえウイルス騒動が終焉を迎えたとしても、その後で元通りに回復できるかどうか。新宿の馴染みのバアが店を閉じたものの、再開の目途がついていない。何人かが提案して、義援金を募るという通知が来る。さっそく地元の銀行から振り込みをした。

日本の文化そのものが危機を迎えている気がする。津波の痕跡がいつまでも残るように、この厄難も癒しがたい跡を人々の記憶に刻み付けるだろう。

## 5

「このような状況にあって、いとも悲惨を極め、哀れの限りであったことは、ただ誰でも自分が病気に捲き込まれたと知るや、あたかも死刑を宣告されでもしたかのように、落胆し、心を悲痛にして横たわり、死を考えながらそこで息を引きとって行ったことである。実に、貪欲な病気の伝染は一瞬間といえども、次から次へと移り行くをやめず、これは毛深い羊も、角のある牛とても同様であった。そして、これが主として死に死を重ねることとなった。又、生命にあまり執着し過ぎ、死を恐れて、自分の肉親の病人を見舞うことを避けていた者は皆、その後間もなく『不義理』の報いをうけて、誰にも見捨てられ、誰の助けも受けることなく、恥ずべき悲惨な死に方をして、その罰をうけた。〔病人の〕傍につき添っていた者は伝染してしまったり、又は面目上とか又衰弱し切った病人の嘆きの声に混った甘える言葉にやむを得ず尽さざるを得ない苦労の為に死んで行った。」

ルクレーティウス『物の本質について』（樋口勝彦訳）第6章 1230~1251 一部省略

## 6

武漢にいる古典学者の友人にメイルで連絡をする。ただちに返事が来て、こちらは大丈夫だから心配するなといってくる。

ニューヨークの haiku poet は、自宅のあるアパートの屋上に上るのが愉しみだったのに、それが禁止されてしまい残念だといってくる。

パドヴァの映画研究家は、毎日がとても静かな、平穏に満ちた生活だと書いてくる。

ソウルでは、わたしが最初に渡韓して以来、40年にわたって親交のあった石油化学工業界の長老が、98歳で亡くなられた。李承晩政権時代から歴代の大統領に石油立国を進言してきた、指導的人物である。大きな太い樫《かし》の木のような人物だった。こんな時節であるため大がかりな葬儀をするわけにもいかなかったようだ。葬儀に参列したいのだが、それがままならないのが残念だ。

西安《シーアン》の舞踏家の友人からメイル。東京ってマスクが不足してるのでしょ。こっちに余分なのがあるから、送ってあげるわ。

## 7

今では誰もがヒキコモリになってしまった。もう元祖ヒキコモリを笑うことはできない。さまざまな理由から家の外に出ることを拒絶してきた者は、世界の全体がはからずも自分たちと同じ趨勢に陥ってしまったことをどう思っているだろうか。ヒキコモリ incubation には宗教的な修行から現在の社会化した家庭内の現象までさまざまなタイプがあり、一律に論じることはできない。しかし、少なくともこれまでその行為に対し無理解と軽蔑をしてきた者たちは、自分たちがサルトルのいう「出口なし」の状況に置かれていることから出発して、ヒキコモリについて新しい共感的認識を抱く機会が与えられたのではないだろうか。

DVとレイシズムについてもしかり。それはもはや他人事ではなくなった。いたるところでDVが噴出し、理性のもとに統制されていたはずのレイシズムが明確な形をとって出現している。ネオナチやヘイトスピーチの徒が、ほら、きみたちも同じじゃないかと笑っている姿が眼に浮かぶ。権力の側からの「自粛」を良しとしない者は、共同体の名のもとに非難され、排除される。感染する・しないが個人の倫理的責任であるかのように報道される。風評という風評がインターネット空間を駆け廻り、大新聞は一面に書く記事に事欠いて、なんとか感傷的な美談を探しだそうとして挫折する。

8

5月の間に2冊の単行本を刊行する予定が、どんどん遅れてしまう。仕方がない。ミハイル・ブルガーコフのように、死ぬまで大作の原稿が出版できなかったというわけではないのだから、状況を受け容れなければならない。

マルクス皇帝は「汝《なんじ》の習い覚えし技術《テクネー》のうちにやすらえ」と書いている。ヴォルテールも『カンディード』を、「我等《われら》みずからの庭を耕せ」という言葉で結論とした。どんな事態になろうとも冷静に、自分の領分を食み出ることなく、できる範囲のことだけをキチンと行なわなければならない。

(朝日新聞デジタル「&M」2020年5月27日)

# マスクとパンティ

今、この原稿を書いているのはまだ6月で、雑誌に掲載されるにはまだ2週間あるのだけれど、いったい7月になっても日本人はまだマスクをしているのだろうか。たぶんしているだろう。高温多湿のなかで逃げ場のない圧迫感に苛立ちながら、必死になって口と鼻を隠しているのだろう。

もともと日本人はマスクが大好きだった。世界中の人が不思議に思うくらい、何でもないときでもマスクをしていた。マスクをしていなくとも、話をしている最中にふと口に手をやるという動作が好きだった。何かいけない話をしているからか。口臭が気になって仕方がないからか。あるいは二枚舌を気取られたくないからか。原因はわからない。とにかく日本人は口元を人に見られるのが嫌いなのだ。今回のウイルス騒動では、大好きなマスクをおおっぴらに着用することができて、本心ではうれしくてたまらないのかもしれない。

不謹慎を覚悟の上でいってしまえば、わたしにはマスクがビキニパンティに思えて仕方がない。2か月ほど前、街角を歩いていて、白いマスクが道路に棄《す》てられているのを見た。そのとき一瞬だが、パンティが脱ぎ捨てられている！　と勘違いしてしまったのだ。それ以来、人間の口から外されたマスクを見つけると気になって仕方がない。住宅地のテラスに洗濯したマスクが干してあるのを発見すると、やっぱりこれはパンティなのだとつい思ってしまう。

大概のマスクは一度で捨てられる。誰もが必死になって探し求め、一時は早朝に薬局の前に列ができたというのに、ひとたび使用されてしまうと汚物として捨てられてしまう。およそこれほど脆弱で情けないものはない。また汚らしく感じられるものもない。

マスクとパンティはどこが似ているだろうか。パンティは人前でけして見せてはいけない、とても恥ずかしいものを隠すために用いられる。だったらマスクも同じではないか。ウイルスの蔓延している口は、絶対に露にしてはならないのだ。

試しにマスクをせず、口を大気に晒しながらスーパーやコンビニに入ったりしてごらんよ。途端に誰もが警戒し始め、嫌な顔をする。きっとパンティを穿かずに入っても、同じような反応を示すだろう。誰も面と向かっては何もいわない。ただ見なかったふりをして、眼を逸らすに違いない。

最初のうちは、マスクなどウイルス防止に何の役にも立たないと豪語する向きがあった。ウイルスはあまりに微小なので、マスクを簡単に通過してしまうからだ。だがそのうち、自分が感染していた場合、マスクをつけていると人に感染させなくてすむからと主張する人が登場してきた。マスクの着用は感染防止の問題ではなく、エチケットの問題となり、最後にモラルの問題となった。だが本当のところ、人はただ安心したいだけなのだ。とにかくマスクさえしておけば安心だと、信じたいだけなのだ。

どこにも車が通っていない舗道でも、律儀に信号が青になるまで横断歩道の前に立って待っているというのが日本人だ。きっと誰もいない真夏の山のなかでもマスクをしていることだろう。いつマスクを外したらいいのか自分で決められず、いつも周囲を見渡して外そうとしないのが日本人なのだ。誰が最初にマスクを外すのだろう。

（『週刊金曜日』２０２０年7月3日号）

## 死者は数字なのか

いくたびも繰り返されることで、人は数字に無感動になってゆく。

3月30日、新型コロナウイルスの感染者が、東京で１００人を超したとき、誰もが驚いた。だが10日間にわたって１００人以上が続くと、もうそんなものだよと思うようになった。数値は一時低下したが、6月から7月にかけて復活。また１００人を超した。ま、そんなものかなと、誰もが思った。7月の終わりに２００人台となり、どんどん数が増えていったとき、さすがに人は驚いた。しかしそれが何日か続くと、もう絶望に慣れてしまった。今日は何人だろう。

う〜ん、ちょっと少ないなあ。やった！　また記録更新だ！……。

きっと1日の感染者が1000人を超したとしても、日本人は同じことを繰り返しているのだろう。伝達されるのは数字でだけだ。数字からは、現実に苦しんでいる一人ひとりの人間の顔はわからない。数字は人を簡単に無関心にさせてしまう。

記憶を手繰ると、「昭和」が「平成」に変わる直前にも似たようなことがあった。昭和天皇の病状が悪化し、吐血と輸血、下血が三拍子揃って、新聞の紙面を賑わしたときだ。1988年9月21日、いよいよ下血が始まった。10月にそれは頻繁となり、そのたびごとに下血量と脈拍数が第一面に大きく掲載された。いったいどこまで下血したらすむのだろう。人々が数字の発表にそろそろ飽きだしたころ、強力なライヴァルが登場した。ヴェトナムのヴェトちゃんとドクちゃんである。分離手術を受けたこの双生児の一挙一動が、脈拍数を中心に大きく掲載され出した。毎朝、新聞で天皇と双生児の数字を比べるのが、日本人の習慣となった。

これは何も日本にかぎった話ではない。わたしが今世紀の初めごろ滞在していたイスラエルでは、連日のようにガザに爆撃がなされ、パレスチナ人が殺害されていた。現地の特派員はどんな記事を東京の新聞社に送ろうが、死者の数しか取り上げてもらえないことに嫌気がさしていた。無理もない。日本人は中東で人が死のうが、殺されようが、自分の親戚でないかぎり興味がないのだ。大新聞がガザの死者の数を報道するのは、そのかたわらに「ただし邦人無事」と書き添えるためでしかない。そして今では、もう誰もがガザの死者に無関心だ。ガザでユダヤ人がパレスチナ人を殺害するのは、リンゴが木から落ちてきたり、韓国の政治家が自殺したりするのと同じで、日本ではまったく自然なことだと見なされている。すべては数字に還元されてしまったとき、人間の実存は内実を喪失し、でも交換可能な出来ごとに堕してしまう。数字とは数字で処理されてしまうもののことだ。

南京で、アウシュヴィッツで、広島で、済州島で何人が殺されたのか。歴史家と歴史修正主義者はいつも殺された人数だけを争点に争っている。だが数字を論旨の根拠にするだけでいいのか。南京で日本軍が批判されなければならないのは、彼らが30万人を殺したからでも、2万人を殺したからでもない。ひとりでも人を殺したら戦争犯罪なのだ。こんな根源的な認識が蔑ろにされ、数字の大小だけが取りざたされている。

数字は人を無感動にするとともに、真実の論点をはぐらかせてしまう。コロナ報道の単純化は、人の認識を自動化に陥らせるばかりで、きわめて危険である。

（『週刊金曜日』２０２０年9月4日号）

# 世界最大の『どっきりカメラ』

ピラニアが巨魚を襲っているところを見たことがある。この食肉魚はけっしてジョーズのように大きく口を開き、獰猛に襲撃してくるわけではない。獲物の前や後ろを軽やかに廻り、ときどき突っついたり、軀をぶつけてくるといった感じで、遠くから眺めていると2匹の魚が仲良く遊んでいるようにさえ見える。標的とされた魚の方も、危険を感じてただちに逃げ出すというわけではない。ただ当惑しているだけだ。だがその実、ピラニアは少しずつ獲物の肉を削《そ》ぎ取り、ほどなくして獲物を食べ尽くし、骨だけにしてしまう。

『どっきりカメラ』というＴＶ番組があった。もとはアメリカのおふざけ番組で、それが70年代から80年代に、全世界で爆発的に流行したものの日本版である。北海道の雪山にスキーに行って、急斜面で困っている女の子を助けてあげたところ、翌日、彼女がアイヌの威厳ある長老の一人娘だと判明。邸宅に招かれ、長老に深く感謝されると、彼女と結婚させられることになる。今から考えるとかなりきわどい差別ネタもあるが、すんでのところで野呂圭介がプラカードを掲げて登場。どっきりカメラでした〜と謝って、騙された人も騙した人も大笑い。この番組を近ごろはなかなか見かけないなあと思っていたところ、今から3年前に空前絶後の規模で再現された。ご存じ、クアラルンプール空港における金正男殺害事件である。

　ジャカルタの裁縫工場で朝から晩まで働いていた女性と、ハノイでパブの接客係をしていた女性が、日本のＴＶ局のスタッフに誘われ、おふざけ番組にアマチュアとして出演しないかと声をかけられる。空港ロビーを歩いている太っちょの男に後ろから近づき、両手で目隠しをして遊ぶだけでいいんだよ。ふたりの女性は「それ、面白そう！」という感じで仕事を引き受け、何回ものリハーサルの後、みごとに悪戯に成功する。だが日本のTVとは真赤な偽り。スタッフは全員北朝鮮工作員であり、女性たちの手にはべっとりと強力な毒薬が塗られていた。太っちょの男性は間もなく死亡。ふたりの女性は何がなんだかわからないままに逮捕される。その間に北朝鮮人たちは飛行機を乗り継いでピョンヤンに戻り、行方を晦《くら》ましてしまう。犠牲者となったのは北の独裁権力者、金正恩の異母兄だった。およそ世界の暗殺史のなかで、かくも奇妙な暗殺というのはこれまでなかったのではないか。

ライアン・ホワイトのドキュメンタリー『わたしは金正男を殺してない』を観て、いろいろなことがわかった。「主犯」のふたりの女性は2年ほど勾留されたが、インドネシアとヴェトナムの両政府が動き、幸いなことに無罪放免された。彼女たちはそれぞれ故郷に戻り、獄中で築き上げた友情を確認しあっている。北朝鮮人は全員がお咎めなし。これは彼らのみごとな作戦勝ちだろう。

今日では事件は単独には生じない。それは数多くのシミュレーションを伴い、どれが事件でどれが虚構の演技であるか、判断のつかない形で曖昧に実践される。しかも白昼堂々、衆人環視のなかにあって。もはや「暗殺」ではない。「明殺」である。記録映像のなかでは女の子が目隠しごっこをして遊んでいる。そのすべてはSNSや空港の監視カメラに収められている。もっとも通りがかりの人たちは、その行為の真の意味を誰も知らないのだ。

（『週刊金曜日』2020年10月2日号）

## 感染者はケガレか

病気に罹《かか》ったとき身体で生じているのは、現行の病気だけではない。それまで身体が被ってきたすべての体験が蘇ってくる。とうの昔に治っていたはずの病気や、苦心して抑え込んだ記憶のある病気が、このときとばかりに自己を主張し始める。好むと好まざるとにかかわらず、身体がその本質を露にするのだ。人間社会においても同じことが起きる。ひとたび予期せざる厄難が続くと、社会が隠蔽してきた矛盾、解決できないままに回避してきた恥多き問題が、溶岩のように地表から吹きこぼれてくる。

2003年3月のことだった。わたしは1か月の間香港に滞在し、ブルース・リーについて調べごとをしていた。SARSウイルスが猛威を振るっていた時期で、誰もがマスクをして毎日を過ごしていた。その最中にレスリー・チャンが自殺し、わたしは図らずもその葬儀に参列した数少ない日本人となった。事件はその直後、わたしが無事に帰国したときに生じた。わたしがＳＡＲＳに感染して帰国したというデマが飛び交い、仕事関係の知り合いたちの間にパニックが起きたのだ。わたしは何のことかわからないまま、打ち合わせを拒否されたり、奇怪な電話を受けることになった。

噂の出どころがやがて判明した。わたしが連載中の芸術雑誌の編集長が、ヨモタが感染した、危ない、危ないと騒ぎ始め、担当編集者に連載の中断を図ろうとしたのである。噂が根拠のないものだと判明したとき、この人物は会社の重役に付きそわれて謝罪に来た。泣きそうな顔をしていた。ただ自分がどうして謝罪をしなければいけないのか、どうも理解できていないようだった。わたしは怒りを感じる前に、憐《あわ》れみを感じた。ああ、日本人というのはいつもこうなんだなあ。

エンガチョという遊戯がある。汚れたものに触った人間は、それを誰か別の者に移さないかぎり、汚れから解放されることができない。犬のウンチを知らずに踏みつけてしまった子供は、「縁がチョン切れる」ために駆け回らなければいけない。

日本人にとって世界は二通りでしかない。清らかであるか、汚れているかだ。汚れたものは内面ではなく、つねに外側から到来する。だから禊《みそぎ》をすれば、元の清浄なる姿に戻ることができる。水に流せばいいだけなのだ。日本人には汚れを内面化し、歴史的に検討する契機が欠落している。汚れた者はただちに排除か隠蔽する。汚れをわがこととして引き受け、ともに生きようという発想はない。

戦前の日本では「アカ」が、戦後は「ホモ」が汚れだった。もっとも新しい汚れはコロナウイルスである。ひとたびウイルスに感染したとしたら、その人物は隔離され、視界の外へと放逐される。家族も同罪である。誰も西洋社会のように辛苦を分かち合おうとはしない。だから感染者は公にされないし、家族は秘密にしようとする。患者は恐怖の対象にはなっても、憐憫《れんびん》の対象にはならない。

コロナウイルスは新しい現象だろうか。わたしには日本社会がこれまで隠蔽してきたケガレの構造を、もう一度、白日のもとに曝け出しただけだという気がする。繰り返していうが、どこまでも汚れと清めなのだ。罪と罰ではない。そのかぎりにおいて、日本人はいつまでも歴史の教訓に到達しない。

（『週刊金曜日』２０２０年11月６日号）

# あとがき

本書は『週刊金曜日』２０１１年5月27日号から２０２０年12月4日号まで連載したコラムのなかから87本を選び、他誌に執筆したものを何点か含め、さらに若干の書き下ろしと加筆を行なったものである。連載は最初『オオカミ小僧の世界一周紀行』という題名であったが、「世界一周紀行」がひと通り終わった（?）時点で一時休載となり、２０１３年5月10日号からは『犬が王様を見て、何が悪い?』と改題されて再開された。連載は本書刊行の２０２１年の時点で、いまだに継続中である。
『週刊金曜日』への執筆を勧めてくださったのは佐高信氏であった。担当編集者は赤岩友香氏。赤岩氏が退社されてからは、土井伸一郎氏が後を継いでくださった。３人の方々に感謝を申し上げたい。

わたしは１９８２年から現在に至るまで、若干の中断はあったが、ほとんど休みなく週刊誌にコラムを執筆してきた。最初は『朝日ジャーナル』。次に『週刊ＳＰＡ!』。２０００年代に入ってからはwebに場所を移し、『パブリデイ』なるブログ。『黄犬本』から『驢馬とスープ』

まで、6冊の書物がそこから生まれた。わたしの念頭にあったのは、イタリアの週刊誌『エスプレッソ』の最後の頁にいつも掲載されている、ウンベルト・エーコの『ミネルヴァの被りもの』だった。

2011年に、ひさしぶりに週刊誌に連載を再開した。もっとも月1回、それも5月と8月はなしという、1年10回のペースで、1回が1350字程度の字数である。週1回、年に50回といったペースが突然に5分の1になったため、現下に起きたばかりの事件にすばやく判断を下すという姿勢は取れない。どうしても時間が経過した後に、いくらか距離を置いて執筆することになる。それが以前の連載との違いである。そこでわたしはエーコをモデルにすることはやめ、魯迅の『馬上日記』やパゾリーニの『海賊文書』のようなものが書けないものだろうかと、漠然と自分の筆に期待した。眼高手低は承知の上。だが公に文章を書くときには、せめて志だけは高く持ちたいではないか。

書き続けた文章が10年でそれなりの分量となったので、中仕切りとしてここに纏めることにした。新書の企画を押してくださったのは集英社の落合勝人氏、編集を担当してくださったのは千葉直樹氏である。お礼の言葉を申し上げたい。

ひとつ心残りがあるとすれば、それはわたしの文章を毎回飾ってくださったスージー甘金さんのイラストを、本書に掲載できなかったことである。ともすれば生真面目で悲観的になりがちなわたしのエッセイに対し、彼はもう一度気を取り直して、ユーモアを忘れずにやっていこうというメッセージをもった挿画を、いつも添えてくれた。わたしはいつか美術作品を含めて、スージーさんの世界に自分の文章を添えるという書物を執筆し、彼の尽力に報いたいと思う。

最後に短い詩を掲げて、本書を閉じることにしよう。

岡崎京子がむかし、いった通りになるよ。
もうすぐぼくたちはみんな忘れていってしまうだろう。
1960年があったことも、1970年があったことも、
1991年や2011年があったことも、それから

２０２０年があったことも、みんな忘れていってしまうのだ。
戦争はたとえばこんな風に始まる。
ぼくたちはひさしぶりにばったり出逢って
昔のようにビールを呑みにいって
誰かがふと何かをいいたそうになるのだけど
もういいよ、そのことはと、別の誰かがそっと目で合図して
それでもと通り、ぼくたちは呑み続ける。
仕方がなかったんだ、あのときは。
でも何も変わってはいないじゃないか、って。
気にすることはないよ。もうみんな忘れちゃえばいいんだから、って。

２０２１年４月１日
吉祥寺寓居にて　著者記す

**四方田犬彦**（よもた いぬひこ）

映画誌・比較文学研究家。エッセイスト。詩人。東京大学にて宗教学を、同大学院にて比較文学を専攻。長らく明治学院大学教授として映画史の教鞭をとり、現在は文筆に専念。著書に『親鸞への接近』『われらが〈無意識〉なる韓国』『日本映画史110年』などが、詩集に『わが煉獄』が、翻訳に『パゾリーニ詩集』がある。サントリー学芸賞、伊藤整文学賞、桑原武夫学芸賞、芸術選奨文部科学大臣賞など受賞多数。

# 世界《せかい》の凋落《ちょうらく》を見《み》つめて クロニクル2011—2020

集英社新書一〇六八B

二〇二一年五月二二日 第一刷発行

著者……四方田《よもた》犬彦《いぬひこ》

発行者……樋口尚也

発行所……株式会社集英社

東京都千代田区一ツ橋二―五―一〇 郵便番号一〇一―八〇五〇

電話 〇三―三二三〇―六三九一（編集部）

〇三―三二三〇―六〇八〇（読者係）

〇三―三二三〇―六三九三（販売部）書店専用

装幀……原 研哉

印刷所……大日本印刷株式会社 凸版印刷株式会社

製本所……加藤製本株式会社

定価はカバーに表示してあります。



ISBN 978-4-08-721168-9 C0236

a pilot of wisdom

## 文芸・芸術――F

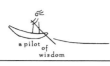